Stumme Rache

Stefan König, geboren 1959 in München, lebt als freier Schriftsteller am Nordrand von Penzberg – mit Blick auf die Benediktenwand. Das Gebirge ist dem begeisterten Kletterer, Wanderer und Mountainbiker Inspiration für seine Romane und Erzählungen. Und es spielt in seinen Bergkrimis und auch in seinen anderen Veröffentlichungen immer eine Hauptrolle.

Mit „Stumme Rache" legt er „Tobs Thanners zweiten Fall" vor – wer „Abgrund" gelesen hat, wird mit Spannung auf das neue Abenteuer des jungen Privatermittlers gewartet haben, dem zunächst alle Voraussetzungen für seine kriminalistischen Aufgaben zu fehlen schienen.

Wie „Abgrund" ist auch „Stumme Rache" wieder ein echter Krimi – kein Regionalkrimi mit Anspielungen auf lokale Prominenz, kein Pseudokrimi mit mehr Humor als Spannung. Königs Storys (in einer anderen Reihe sind die Alpenkrimis „Schattenwand" (2009), „Kalter Fels" (2010) und „Gletscherkalt" (2012) erschienen) sind hart, psychologisch genau und höchst authentisch, wenn es um die Berge und das Bergsteigen geht.

„Stumme Rache" fesselt von der ersten bis zur letzten Seite.

Stefan König

Stumme Rache

Tobs Thanners zweiter Fall

Bergkrimi

Bergverlag Rother

Titelbild: Markus Stadler, www.stadler-markus.de
Umschlaggestaltung: Edwin Schmitt
Lektorat: Carlos Westerkamp, Berlin
Druck und Bindung: Litotipografia Alcione srl., Trento
Originalausgabe

1. Auflage 2014

ISBN 978-3-7633-7065-8

Ein guter Tag

Der Mann zitterte am ganzen Körper. Nackt lag er auf dem kalten Betonboden des fensterlosen Raumes, die Hände waren ihm nach hinten gebogen und mit den Füßen zusammengebunden worden, die Schultern, die Handgelenke, die Knie und die Hüfte, alles schmerzte fürchterlich und er zitterte vor Kälte und vor Angst.

Er hatte keine Ahnung, wo er sich befand und wie er hierhergekommen war. Das Letzte, woran er sich erinnern konnte und was hinter den Mauern dieses furchtbaren Gefängnisses lag, war, dass er seine Freundin besucht hatte und dass er eigentlich bei ihr hatte übernachten wollen, dass sie dann aber – wieder einmal – gestritten hatten.

Ich bin zum Auto gegangen, dachte er. Wollte zurückfahren. Wütend war ich und ein bisschen deprimiert auch. Und dann …

Er war so wütend und so deprimiert gewesen, dass er nicht den kleinsten Hauch jener Gefahr verspürt hatte, die in seinem Rücken lauerte.

Jetzt, zitternd, verbogen, voll Todesangst auf dem Beton liegend, glaubte er sich zu erinnern, dass er die Wagentür aufgeschlossen hatte – mit dem Schlüssel im Schloss (weil die Batterie der Fernbedienung lange schon leer war), dass er sodann die Tür geöffnet hatte und im Begriff war, einzusteigen. Dann aber … nichts mehr … Finsternis … kein Schmerz, keine Erinnerung.

So muss der Tod sein, wenn er es gut meint mit einem, dachte er und zitterte noch mehr als ohnehin schon.

Er konnte nicht sehen, dass er unbekleidet war. Die Finsternis war total. Nur spüren konnte er, dass er nackt und schutzlos war. Der Raum roch modrig und wie ewig nicht mehr gelüftet.

Er spürte sein Herz klopfen. Schnell. Panisch. Und er hörte es sogar. Bumm … bummbummm … bummbumm … schlug es, und einen Moment lang glaubte er, dass man es weit hören musste, dass der Raum, in dem er sich befand, die Herzschläge wie ein großer Resonanzkörper weitertrug. Doch dieser Irrglaube hielt sich kaum länger als ein paar Sekunden. Niemand hörte ihn. Niemand war da. Niemand würde ihn finden. Grausam gefesselt, würde er hier krepieren: verhungern, verdursten, verrecken.

Er spürte, wie ihm sein Urin warm über den Oberschenkel rann. Selbst hier, in dieser kalten Hölle, allein und verdammt, war ihm das peinlich. Doch die Panik drängte alles andere zurück. Die Panik, hier verenden zu müssen.

Er schrie. Schrie, so laut er nur konnte. Schrie, bis er keine Luft mehr bekam, und hörte dann schwer hechelnd dem unwirklich erscheinenden Klang seiner Stimme nach: Die Schreie hallten von den Wänden wider, dumpf, bleiern, ausweglos.

Er versuchte den Atem zu beruhigen, das Pochen seines Herzens nicht mehr zu hören und dafür in das schwarze Nichts zu lauschen, das ihn umgab. Wo war er? Drang von hinter den Mauern irgendetwas an ihn heran, das ihn wenigstens hätte vermuten lassen, wo er sich befand – in einer Stadt mit Verkehrslärm oder in einem Wald oder an einem Fluss, ob über der Erde oder unter ihr, ob noch halb im Leben oder schon ganz in einem Grab?

Er hielt das nicht aus, schrie wieder. Und als er nicht mehr schreien konnte, begann er zu schluchzen, so heftig, dass sein ganzer Körper davon geschüttelt wurde.

Kopfschmerzen hatte er und er spürte eine leichte Übelkeit aufsteigen. Doch beides, der Schmerz im Kopf und die Übelkeit, wäre erträglich gewesen. Das Schlimmste an allem war, nicht zu wissen, nicht verstehen zu können, wie er in diese Situation geraten war.

Was wollte man von ihm? Ich bin doch niemand, dachte er verzweifelt. Ich bin nichts und habe nichts. Niemand könnte mich erpressen wollen. Aber was dann? Was will man von mir?

Er hatte kein Zeitgefühl. Doch er spürte, dass die Phasen größter Panik mit Phasen der Beruhigung und der Klarsicht abwechselten, dass die höllische Angst wie in Wellenbewegungen daherkam – und genauso wieder verebbte. Allerdings nicht für lange …

In den Minuten der Beruhigung – oder waren es nur Sekunden? – konnte er immerhin so viel Klarheit gewinnen, dass er seine Lage ein wenig besser einzuschätzen wusste.

Ich bin entführt worden. Betäubt und entführt. Als ich aus Tesis Wohnung kam … nein, als ich zum Auto ging … vielleicht in dem Augenblick, als ich einsteigen wollte. Ja, ich glaube, so war es: Als ich einsteigen wollte, genau in dem Moment, müssen die mich überfallen haben.

Er roch seinen Urin. Und er spürte die Nässe jetzt kalt auf seiner Haut.

Wenn die mich töten wollen, dachte er weiter, dann hätten sie es gleich getan. Am Auto. Oder hier. Dann hätten die mich doch nicht nur gefesselt und hierher gelegt, oder? Nein, das hätten die gleich gemacht. Jede Verzögerung wäre für die doch gefährlich. Aber warum? Warum sollten die mich überhaupt töten wollen?

Ihm kam der Gedanke, dass dieses Verließ, seine Nacktheit, die völlige Finsternis Teil des Mordes sein könnten, der an ihm begangen wurde.

Da schrie er wieder. Mit all der Kraft, die seinem nach hinten gebundenen Körper zu entlocken war. Er schrie, schrie, schrie, bis seine Stimme leiser und leiser wurde und schließlich nichts mehr da war als ein klägliches, weinendes Wimmern.

Er versuchte, seine Lage zu verändern, aber es gelang ihm kaum. Die schmerzende Hüfte konnte er ein wenig entlasten, aber es dauerte nicht lange, bis der Druck genauso stark, wenn nicht noch vehementer, zurückkam.

Wer?

Wer macht das?

Was wollen die von mir?

Ich hab kein Geld. Meine Alten haben auch kein Geld. Da ist nichts zu holen. Die wollen was anderes von mir. Die wollen was – aber ich weiß nicht was.

Plötzlich hörte er ein Geräusch: laut, metallen, brachial. Und dann fiel Licht in sein Gefängnis. Es war so grell, dass er die Augen schließen musste. Und es kam durch eine Öffnung – war es eine Tür? War es ein Fenster? War es sonst irgendwas? –, die sich hinter seinem nackten Rücken befinden musste.

Das Licht war gleißend. Sobald er die Augen wieder ein klein wenig öffnen konnte, sah er es beinahe weiß auf kahlen Betonwänden.

Ein scharfkantiges Lichttrapez fiel auf die gegenüberliegende Wand, drei oder vier Meter von ihm entfernt. Luft, nicht kühl und dennoch erfrischend, erfüllte den Raum. Betonwände, hart, kalt und wahrscheinlich meterdick – das sah er jetzt, erkannte es als sein Gefängnis, als seine Gruft, aus der er vielleicht niemals wieder herauskommen würde, nicht lebend zumindest.

Er versuchte den Kopf zu drehen, über die Schulter zu schauen, dorthin, wo das Licht einfiel. Irgendjemand musste dort sein.

War es eine Einladung, sich zu befreien? Oder würde jetzt jemand zu ihm ins Verließ kommen, gebückt wahrscheinlich, denn auch das konnte er erkennen: dass der Raum nicht hoch war, kein Zimmer wie bei ihm zu Hause oder in Tesis kleiner Wohnung.

Ob Tesi wusste, dass er entführt worden war?

Er dachte an seine Freundin und die Tränen liefen ihm über die Wangen.

Nimm dich zusammen, dachte er.

Tesi ist jetzt nicht wichtig.

Wichtig ist, dass die Tür offen ist, dass ich Luft bekomme, dass dort draußen die Freiheit ist.

Einen Moment lang stiegen Zweifel in ihm auf – was ist, wenn dort nicht die Freiheit ist, sondern nur ein Stück Brachland, umgeben von Stacheldraht? Doch es gelang ihm, die Zweifel zu verdrängen und stattdessen jenen allerletzten Rest an Optimismus wachzurufen, der in seiner Situation noch verfügbar war.

Er horchte. Horchte hinein in die Stille. Sein Herz hörte er schlagen. Ein Vogel zwitscherte. Ganz fern das Geräusch eines Automotors. Aber niemand kam. Keine Schritte auf dem kalten Boden. Kein Schatten, der in den Lichtschein fiel. Nicht der geringste Laut.

Er spannte seine Muskeln an und versuchte mit den Handgelenken Druck auf seine Fesseln auszuüben. Die Tür stand offen, er konnte sie nicht sehen, aber er sah das Licht und er atmete die Luft, die den strengen Geruch seines Urins beinahe überdeckte. Das Licht war Hoffnung. Dort draußen konnte die Rettung sein.

Er wusste, dass er jede Chance ergreifen musste, um hier rauszukommen. Aber es gab keine.

Er hörte Metall auf dem Steinboden. Es klang wie ein blecherner Hundefressnapf. Und Sekunden später hörte er, dass noch etwas hinter ihm abgestellt wurde.

Plastik, dachte er. Ein Plastiknapf.

Dann wurde das Licht von der Wand gewischt, eine Tür (oder irgend so etwas) fiel schwer ins Schloss, er lag wieder in völliger Dunkelheit und er hörte, wie ein starker Riegel vorgeschoben wurde.

Die Freiheit war draußen. Herinnen roch es nach Essen. Gulasch? Hackfleisch? Spaghetti Bolognese?

Er würde dorthin robben müssen, mit Händen und Füßen, die ihm hinter dem Rücken zusammengebunden waren. Seiner Nase folgend, würde er den Napf suchen müssen – in völliger Dunkelheit. Und dort würde er einen Fraß fressen müssen, gedemütigt wie ein geprügelter Hund.

Nur, dass er nicht den geringsten Hunger hatte.

Warum?, fragte er sich. Warum bin ich hier?

Er fand keine Antwort.

Nur Angst und Verzweiflung.

Sein Magen rebellierte, verkrampfte sich, sein Darm wollte sich entleeren.

Er hörte die gurgelnden Geräusche in seinem Bauch, spürte die Schmerzen, die ihm das Zurückhalten seiner Notdurft verursachten – und konnte irgendwann nicht mehr an sich halten.

Es war fürchterlich, in der eigenen stinkenden Brühe zu liegen. Und doch brachte die unfreiwillige Entleerung eine kleine Linderung mit sich. Es war ihm, als hätte er viel Übles von sich gegeben, als wäre er ein wenig leichter geworden und als könnte er nun damit beginnen, die Gedanken und Gefühle besser zu ordnen. Klarheit in diese Angelegenheit bringen, das war es, was er wollte, was er schaffen musste!

Freilich konnte von Klarheit keine Rede sein.

Immerhin lüftete sich ein Schleier in seiner Erinnerung, so wie ein hartnäckiger Nebel sich eines Morgens aus einem Park verzog und wenigstens ein bisschen etwas von der Wiese und den Stämmen freigab, die nicht mehr zu sehen gewesen waren.

Ein Lichtblick?

Vielleicht.

Aber es stank. Es stank so verdammt fürchterlich, dass er bestimmt bald kotzen würde.

***

Brunner stieg in den Wagen des jungen Mannes, den er ein gutes Stück entfernt abgestellt hatte, ließ den Motor an und fuhr davon. In den letzten Jahren hatte er sich wieder und wieder überlegt, wie er vorgehen würde, wenn ihm die Kerle in die Hände fielen, die seiner Tochter das angetan hatten.

Unzählige Szenarien hatte er in Gedanken durchgespielt, er hatte Urteile gesprochen und wieder verworfen, hatte jede Kleinigkeit geplant, wissend, dass kein noch so guter Plan bei seiner Umsetzung ohne Improvisation auskommt. Er hatte dafür Zeit gebraucht und er hatte sich Zeit gelassen – immer den irgendwo aufgeschnappten Spruch im Hinterkopf: „Die Liebe musst du heiß, die Rache kalt genießen …“

Brunner sah auf die Uhr. Kurz nach eins. Die Sonne stand hoch am Himmel.

Mittlerweile könnte jemand den Kerl als vermisst gemeldet haben, dachte er. Allzu lange kann ich nicht mehr in seinem Auto rumkutschieren.

Er mied die Autobahn, fuhr auf der Landstraße Richtung Osten, von Jenbach nach Kufstein und dann, auf deutscher Seite, über Oberaudorf und Brannenburg nach Rosenheim. Auf dem Bahnhofsparkplatz stellte er den Wagen ab, dann ging er zu Fuß in die Altstadt. Er kannte Rosenheim, mochte es aber nicht, hatte es nie gemocht.

Eine blöde Stadt, hatte er immer schon gedacht.

Jetzt brauchte er einen Ort wie die Innenstadt Rosenheims, wo ihn nicht leicht jemand kennen würde, wo er seine Ruhe hatte und nachdenken konnte.

Er setzte sich in ein Café unter den Laubengängen, es war ziemlich voll, doch ganz hinten in der Ecke, gleich neben der Tür zum WC, war noch ein kleiner Tisch frei. Es störte ihn nicht, dass es ein wenig nach Urin und ein wenig mehr nach Urinal-Seife roch. Die Hauptsache war ihm, für eine halbe Stunde aus der Welt zu sein.

Nachdenken, dachte er. Ich muss nachdenken.

Er nahm sich eine der Zeitschriften, die zum allgemeinen Gebrauch auflagen – Wohnidee, Landlust, Alps –, und tat so, als würde er darin blättern, manches auch lesen, während er seinen Cappuccino in kleinen Schlucken trank und in ebenso kleinen Bissen eine Himbeerschnitte aß.

Er las nicht, allenfalls die eine oder andere Überschrift, er dachte nur nach.

Als er dann zahlte und das Café verließ, war ihm ziemlich klar, was er an diesem Tag und an den nächsten Tagen zu tun haben würde.

Er holte alles aus dem Auto, was ihm gehörte, rieb Lenkrad, Schaltung, Türgriffe gründlich mit ein paar Erfrischungstüchern ab und verriegelte die Türen.

Anschließend ging er zum Bahnhof, löste am Automaten ein Ticket nach München und setzte sich in den bald darauf einfahrenden Zug.

Er war zufrieden mit sich und der Situation.

Einen habe ich, dachte er. Der eine wird mich zum anderen führen, wenn er erst einmal lange genug um sein Leben gefürchtet hat. Jetzt geht es darum, meine Fußabdrücke zu verwischen, falsche Fährten zu legen, einmal im Kreis zu fahren und damit jedem Ermittler ein Rechts und Links, ein Vorn oder Hinten gründlich durcheinanderzuwirbeln.

In München angekommen, nahm er unverzüglich den nächsten Zug nach Garmisch-Partenkirchen. Er fand einen der wenigen freien Plätze, es herrschte bereits Berufsverkehr, die Pendler traten ihre Heimwege an, die Waggons rochen nach Schweiß und schlechten Zähnen.

Ihm kam es sehr gelegen, dass die müden Menschen, die von der Arbeit zurückkehrten, kaum Notiz von ihm nahmen. Die meisten dösten vor sich hin, das Kinn auf der Brust oder den Kopf im Nacken und dabei den Mund weit aufgerissen. Nur einige lasen oder tippten irgendwas in die Tastaturen ihrer Laptops.

In Garmisch-Partenkirchen stieg er um in einen Zug nach Innsbruck. Während der Wartezeit schaute er hinauf zu den Gipfeln von Alpspitze, Zugspitze und Waxenstein, die sich in bestem Abendlicht zeigten.

In Seefeld stieg er aus. Er war jetzt wieder in Österreich, wieder in Tirol, und gar nicht weit entfernt von seiner Hütte, die er in den Sommermonaten bewirtschaftete. Dieses Jahr hatte er schon Mitte September zugemacht und war mit Lonni ins Tal zurückgekehrt. Das war erst vor ein paar Tagen gewesen – irgendwie hatte er genug gehabt vom Dasein auf zweitausend Metern Höhe. Was nur die halbe Wahrheit war: Vor allem wollte er hinunter, um den über die Jahre gesammelten Gerüchten, die immer mehr Kontur angenommen hatten, nachzugehen und endlich herauszufinden, wer diese Kerle waren, die seine Tochter vergewaltigt hatten.

Jetzt war er dran. Der gestrige Tag war ein guter gewesen, der beste seit Langem. Der heutige noch besser, keine Frage, es war sein Glückstag.

Das Leben hatte ihm beigebracht, dass an Tagen, die schlecht anfingen, alles schlecht ausging. Dass aber Tage, an denen er am Morgen schon Glück hatte, durchgängig erfolgversprechend waren.

Er dachte einen Moment lang an den jungen Mann – Tobs Thanner –, der einige Wochen zuvor bei ihm auf der Hütte Zuflucht gesucht hatte. Brunner war es gelungen, ihm aus einer gehörigen Misere herauszuhelfen. Und Thanner hatte ihm beim letzten Treffen gesagt, dass auch er ihm helfen wollte. Doch wie solltest du mir helfen?, dachte Brunner, als er den ziemlich vereinsamten Bahnsteig in Seefeld entlangging.

Vom Bahnhof zur Spielbank waren es nur ein paar Hundert Meter. Er holte den Geldbeutel des jungen Mannes aus seiner Jackentasche, nahm den Fünfzig-Euro-Schein heraus, warf noch einmal einen Blick auf den Ausweis und die Bankcard – Mario Demhardter – und ließ dann alles bis auf den Fünfziger durch den Schlitz eines Gullis fallen.

Für fünfzig spiel ich, dachte er. Fünfzig und keinen Cent mehr. Scheint schließlich mein Glückstag zu sein. Gustav Gans.

Beinahe hätte er laut über sich selbst gelacht.

Gustav Gans hat vielleicht noch mehr Glück, dachte er weiter. Wenn der Zufall es will, bekomme ich nicht nur ein Alibi für heute, sondern gleich auch noch für gestern Abend. Wär nicht dringend notwendig, kann aber auch nicht schaden.

Obwohl Brunner nur eine legere Jacke und einen Rolli trug, wurde er ins Casino eingelassen. „An die Tische können Sie so aber nicht!“, sagte der Mann, der im schwarzen Anzug am Eingang stand.

„Macht nichts“, gab Brunner zurück. „Will nur wieder ein paar Euro an den Automaten riskieren.“

Zur Antwort bekam er ein kleines Nicken.

Am Empfang wurde er von einem weiteren Herrn in Schwarz und mit Fliege freundlich begrüßt.

„Sie wollen an die Automaten? Herzlich willkommen. Wenn ich Ihren Ausweis sehen dürfte ...“

„Meinen Ausweis?“

„Ich bitte um Verständnis“, sagte der Mann. „Die Vorschriften sind einfach so.“

Ich probier es, dachte Brunner.

„Meinen Ausweis? Ist das neu? Ich war gestern Abend auch hier und bin reingekommen, ohne dass mich wer nach dem Ausweis gefragt hat.“

Der Mann sah ihn skeptisch an. Schüttelte verständnislos den Kopf.

„Das muss ein Versehen sein“, sagte er dann. „Mein Kollege hätte Sie gestern auch schon erfassen müssen. Bedaure …“

„Ist ja kein Problem“, sagte Brunner und legte sein Ausweiskärtchen auf den Tresen. „Dann tragen Sie mich halt heute ein. Für heute und für gestern, wenn Sie möchten. Vielleicht hab ich heute mehr Glück. Gestern hat es für mich nichts zu holen gegeben.“

Der Casino-Mann gab die Daten von Brunners Ausweis in den Computer ein, wechselte ihm dann den Fünfziger in Coins und wünschte ihm viel Spaß und viel Glück.

Brunner bedankte sich. Er ging die paar Stufen hinauf zu dem leicht separierten Automaten-Bereich; der Saal, wo an den Spieltischen die Roulettekugeln rollten und Croupiers die Karten gaben, interessierte ihn kein bisschen.

Er hatte, was er brauchte. Und er hatte Glück. Beinahe mehr, als er zu hoffen gewagt hätte.

***

Mario Demhardter lag in seiner eigenen Notdurft und zitterte vor Kälte und vor Angst. Er war eingeschlafen und wieder aufgewacht, weggedämmert und wieder zu sich gekommen, und in seinen kurzen, fieberartigen Träumen hatte er mehrfach geglaubt, frei und außer Gefahr zu sein. Umso schlimmer war dann das Erwachen gewesen: die Erkenntnis, dass er gefangen und gefesselt war, nackt und hilflos, ausgeliefert irgendwelchen Leuten, die ganz zweifellos völlig verrückt sein mussten.

Im Wachzustand jagten albtraumhafte Vorstellungen durch seinen Kopf. Dass man ihn umbringen würde, erschießen, erstechen oder erdrosseln. Noch schlimmer war der Gedanke, dass er hier verenden würde, weil niemand mehr käme. Dass er verhungern und verdursten müsste, weil er sich irgendwo befand, wo es weit und breit keine Menschenseele gab. Niemanden, der ihn hören, niemanden, der ihn finden konnte.

Trotzdem schrie er, schrie um sein Leben, schrie um Hilfe, doch seine Schreie verhallten ungehört.

In sein verzweifeltes Schreien hinein drängte sich ein Gedanke. Ein Gedanke, der von weit her kam und der ihm nahelegte, dass er eine Schuld zu begleichen hatte, die er nie so schwerwiegend empfunden hatte.

Die hat es doch gewollt, dachte er. Die hat es doch selbst gewollt. Ich habe ihr doch nichts getan, gar nichts …

Noch konnte er sich nicht eingestehen, dass er sich selbst belog.

***

Brunner warf Plastikmünze um Plastikmünze in einen der Automaten. Er drückte die Start-Taste und fokussierte die Felder mit den bunten Früchten. Doch richtig bei der Sache war er nicht. Es war ihm eigentlich egal, ob eine Kirsche, eine Zitrone, ein Melonenschnitz nebeneinander zum Stehen kamen oder zwei Zitronen und eine Kirsche oder zwei Melonen und eine Zitrone. Mit seinen Gedanken war er in dem alten Bunker zwischen Jenbach und Stans, in dem er sich vor Jahren selbst versteckt gehalten hatte und wo jetzt dieser junge Scheißkerl gefangen war.

Er konnte ihn einfach in dem Betongemäuer verrecken lassen, nie mehr dorthin zurückkehren. Es wäre die gerechte Strafe für einen, der seiner Tochter Gewalt angetan hatte. Doch es ging um mehr. Er brauchte den Namen des Zweiten, den Namen des verdammten Schweinehundes, der Lonni vergewaltigt und ihr Leben ruiniert hatte.

Darfst leben, Mario Demhardter. Darfst noch leben, du Drecksau, dachte er.

Zitrone. Zitrone. Zitrone.

Drei Zitronen nebeneinander. Volltreffer.

Er hatte eine Plastikmünze im Wert von fünfzig Cent eingeworfen, drei Zitronen waren erschienen! Glückstag.

Er holte sich zwei der Becher, die überall bereitstanden, hielt einen davon an den Auswurfschlitz und drückte die WIN-Taste. Die Münzen begannen zu rasseln.

Außer ihm war noch ein älterer Mann an den Automaten zugange, außerdem eine Frau von schwer schätzbarem Alter. Er ordnete sie als verlebte Enddreißigerin ein, als gut erhaltene Fünfzigerin – oder irgendwo dazwischen. Der Alte und die Frau sahen zu ihm herüber. In den Augen des Mannes glaubte er unverhohlenen Neid zu erkennen. Die Frau hingegen lächelte, lächelte ihn an.

Noch ehe sein zweiter Becher voll war, verließ sie ihren Automaten, der einfach weiterlief, und kam zu ihm herüber.

„Glückwunsch", sagte sie.

Brunner sah sie an und nickte.

Nach einer kleinen Weile fügte sie hinzu: „Sie könnten mich eigentlich auf ein Glas Wein einladen." Sie lächelte noch mehr.

Sie hatte rotbraunes Haar, ihr Gesicht war ein wenig zu stark geschminkt und sie hatte sehr lebhafte Augen, die anziehend wirkten. Mitte vierzig, dachte Brunner.

„Sie sind wohl ein wirklicher Glückspilz."

Es gäbe Schlimmeres, dachte Brunner, als den Abend mit ihr zu verbringen. Doch er wusste auch, dass er die Frau jetzt nicht brauchen konnte.

„Warum nicht", sagte er. Und er gab damit die Antwort auf ihre Selbsteinladung und auf die Frage nach seinem Glück.

Am Schalter tauschte er die unzähligen Coins in bares Geld um – es handelte sich um über sechshundert Euro –, dann führte er die Frau zur Bar, bestellte für sich ein Pils und für sie ein Glas Bordeaux, zahlte auch gleich, entschuldigte sich, weil er zur Toilette müsse, ging davon und kam nicht wieder.

Glück im Spiel, Pech in der Liebe, dachte er, als er mit großen Schritten das Casino verließ und um die nächste Ecke verschwand. Das kalte Licht der Straßenlaternen erzeugte eine blaue Stimmung zwischen den Häusern. Die Berge, von einem Dreiviertelmond angeleuchtet, standen in Grautönen über dem Ort.

Er lief ein paar Schritte, bis er zwischen den Hausdächern hindurch zu jenem Bergzug hinaufblicken konnte, wo seine Hütte lag: hinter der Brunnsteinspitze und der Rotwandlspitze, in einem Geländesattel, der jetzt nicht zu sehen war. Er überlegte sich, hinaufzusteigen und in der Stille und Abgeschiedenheit der Berge die nächsten Schritte zu planen. Er sah an sich hinunter. Seine Schuhe, sportliche Trekkingschuhe mit guter Profilsohle, wären absolut in Ordnung für den Aufstieg. Den Schlüssel zur Hütte hatte er an seinem Schlüsselbund in der Hosentasche. Und da ja der Mond am Himmel stand, würde der oft schmale Steig auch bei Nacht gut zu sehen sein.

Soll ich, dachte er, oder soll ich nicht?

Er traf eine Entscheidung: Dieser Demhardter sollte ruhig in seiner Scheiße und seinem Gestank liegen.

Das Schwein soll warten und um sein Leben fürchten, dachte er.

Er wird mir alles sagen, was ich wissen muss.

Lächelnd machte er sich auf den weiten Weg.

EINS

Tobs Thanner stand am Einstieg zu einer langen Tour: achthundert Meter Wandhöhe, an den Schlüsselstellen fünfter bis sechster Schwierigkeitsgrad. Er war allein. Im Kletterrucksack hatte er nichts weiter als ein Seil (nur für den Fall, dass er umkehren musste), eine Trinkflasche, vier Müsliriegel und das abgeschaltete Handy.

Er hatte sich den Klettergurt angelegt und zwei Schlingen und zwei Karabiner daran befestigt. Wahrscheinlich würde er das nicht brauchen, aber die Erfahrung im Solo-Klettern hatte ihn gelehrt, dass es von Vorteil war, sich zum Ausruhen an einem Haken in der Wand selbst sichern zu können. Den Helm hatte er schon auf dem Kopf. Mit dem Rücken an den Fels gelehnt saß er da und sah hinab ins Kaisertal.

Er saß da und schaute und ließ seine Gedanken dahintreiben. Ein Ritual. Immer, wenn er sich an einen alpinen Alleingang machte, schaffte er es dadurch, zu innerer Ruhe und zu so etwas wie Gelassenheit zu gelangen. An diesem Tag aber fiel es ihm schwer, die unvermeidliche Aufregung vor der Solo-Tour in den Griff zu bekommen, seine Nerven zu beruhigen, seinen Atem in ein Gleichmaß zu bringen. So vieles ging ihm durch den Kopf, und es waren Gedanken, die beileibe nicht nur mit der jähen Felswand über ihm zu tun hatten.

Er dachte an den Hauptgrund dafür, dass er sich am Fuß der sogenannten Plattendirettissima befand: den tödlichen Absturz eines guten Bekannten vor einigen Monaten. Ein tragischer Bergunfall? Sehr wahrscheinlich. Und doch waren Zweifel aufgekommen und er war zu Rate gezogen worden. Wochenlang hatte er sich dagegen gewehrt, dem anderen Kletterer der Seilschaft, den er ebenfalls kannte und der unverletzt überlebt hatte, eine Tötungsabsicht zu unterstellen.

Er dachte auch an die Wanderung, die ihn gestern von der Kaindlhütte nach Hinterbärenbad geführt hatte. Ein völlig einsamer Steig, den er nie zuvor begangen hatte.

Mischwald, durchzogen von baumlosen Schrofenrinnen, wo er die Ausblicke auf die umstehenden Berge genießen konnte. Ringsum Laub, das sich gelb und rötlich zu verfärben begonnen hatte und das unwidersprechlicher Beleg dafür war, dass sich diese Klettersaison dem Ende zuneigte. Zumindest in den höheren Lagen würde vielleicht schon in ein paar Wochen der Winter mit einem ersten ergiebigen Schneefall Einzug halten – und dann die berühmten Kletterwände hier im Kaisergebirge für lange Monate in eine Art Dornröschenschlaf versetzen, unzugänglich, unerreichbar. Und das empfand er als schade, sehr schade. Umso mehr wollte er diesen Tag genießen, diesen und auch den nächsten, die Luft einsaugen, die Stille und die Einsamkeit nehmen wie ein wohltuendes Bad und das besondere Licht des Herbstes in seinem Gedächtnis speichern, damit er noch lange, vor allem an grauen, tristen Novembertagen, davon zehren konnte.

Das Grau aber war bereits in ihm.

Schon bei der Wanderung von der Kaindlhütte nach Hinterbärenbad war es ihm nicht gelungen, das Gehen und die Natur wirklich zu genießen. Immer hatten sich die Erinnerungen an Peter Henning, den tödlich verunglückten Kletterer, in den Vordergrund gedrängt. Und, mehr noch, die Erinnerung an die Begegnung mit Peters Eltern, die er aufgesucht hatte und deren Leid und deren verzweifelte Wut für ihn so schwer erträglich gewesen waren.

***

Eine Reihenhaussiedlung in Münchens Stadtteil Obermenzing. Alles ordentlich, mit gepflegten Vorgärtchen, Schöner-Wohnen-Nippes auf den zu den Eingangstüren hinaufführenden Stufen, Orchideen an den Fenstern, von irgendwoher Rasenmähergeräusche und der Duft scharf angeschwitzter Zwiebeln. Diese beinahe aufdringliche Gediegenheit erinnerte ihn beim Eintreffen an den Anfang von Hermann Hesses Roman „Steppenwolf“, in dem ein Mann namens Harry Haller ein möbliertes Zimmer sucht und sichtlich erstaunt ist über die wohlgeordnete kleine Welt, die er da vorfindet und die ihm nicht allzu vertraut zu sein scheint.

Tobs hatte das Buch als Schullektüre gelesen, vor vielen Jahren, und es hatte ihn beeindruckt, beeindruckt bis in die heutige Zeit.

„Kommen Sie herein, Tobias", sagte der Mann, der ihm die Tür öffnete, kaum dass gerade mal fünf Sekunden vergangen waren, seit Thanner den Klingelknopf betätigt hatte. Herr Henning, Peter Hennings Vater, schien ungeduldig gewartet zu haben.

Das Haus war erfüllt vom Schmerz. Es herrschte eine bedrückende Stille ... ja, eine Totenstille. Nur eine Uhr tickte irgendwo und aus der Küche schien das scharrende Geräusch des Kühlschrank-Kompressors zu kommen. Keine Musik, kein Radio, kein Fernsehen, nichts.

Wo er hinsah, hingen oder standen Bilder von Peter. Sie waren derart präsent, dass sie alles andere im aufgeräumten Flur und dem sich daran anschließenden Wohnzimmer in den Hintergrund zu drängen schienen. Sogar die Frau, Peters Mutter, war beinahe unsichtbar. Oder durchsichtig. Sie saß auf der Couch, vor sich zwei Päckchen Papiertücher, ein zerknülltes hielt sie in den Händen, und sie knetete es unablässig.

„Meine Frau", sagte der alte Henning. „Ich weiß nicht, ob Sie sie kennen."

Tobs kannte sie nicht. Er kannte ja auch Peters Vater nicht. Aber dass der ihn beim Vornamen genannt hatte, zeigte ihm, dass Peter seinen Eltern von ihm und wahrscheinlich von den gemeinsamen Bergerlebnissen berichtet hatte. Was er auch sogleich bestätigt bekam.

„Peter hat oft von Ihnen erzählt."

„Oft nicht", sagte die Frau, und es klang, als ob sie einen starken Schnupfen hätte. „Er war ja nicht oft daheim, nicht oft bei uns."

„Aber wenn er da war", korrigierte ihr Mann sie energisch, „dann hat er oft von Ihnen erzählt." Und nach einer kurzen

Pause, nach zermürbenden Momenten des Schweigens fügte er hinzu: „Auch ein Grund, warum wir uns an Sie gewandt haben."

„Sie haben in Ihrem Brief starke Anschuldigungen ausgesprochen", sagte Tobs. Er holte ein Kuvert aus der Jackentasche und nahm besagten Brief heraus. „Sie schreiben, dass Sie nicht an einen Unfall glauben, sondern dass Sie Peters Seilpartner verdächtigen, Ihren Sohn umgebracht zu haben. Wörtlich schreiben Sie …"

Frau Henning schniefte laut. Ihre Stimme klang noch verschnupfter als zuvor. „Bitte", sagte sie, „bitte ersparen Sie uns das. Wir wissen, was wir Ihnen geschrieben haben."

Ihr Mann nickte.

„Setzen Sie sich doch", sagte er. „Setzen Sie sich doch erst einmal hin."

Tobs setzte sich in einen der Sessel, allerdings rückte er dabei ganz nach vorn, so als wäre er auf dem Sprung. Und das war er in der Tat auch: Er wollte weg von hier, so schnell es ging wieder weg.

„Sie haben diesen Verdacht doch gewiss auch der Polizei mitgeteilt", sagte er. „Ich kann mir nicht vorstellen …"

„Die Polizei!" Henning sagte das nicht, er schrie es beinahe aus sich heraus. Wut und Verzweiflung lagen dabei in seiner Stimme. „Die Polizei unternimmt nichts. Sie glaubt der Version von diesem … von diesem Dreckskerl. Sieht keinen Anlass, seinen Bericht anzuzweifeln. Wir haben x Anläufe unternommen. Schon bevor wir uns an Sie gewandt haben. Und danach auch noch."

Tobs fühlte sich wie ein Fuchs in der Falle. Er hatte Peter Henning gekannt, gut gekannt, und er kannte Phil Reichhardt. Mit beiden war er geklettert, mit beiden hatte er freudvolle Stunden erlebt. Peter war beinahe so etwas wie ein Freund geworden. Phil war vor allem ein guter Seilpartner, darüber hinaus waren sie sich aber nicht allzu nahe gekommen. Jetzt hockte er mit seinem halben Hinterteil auf dem Sessel und wäre am liebsten einfach aus dem Haus gerannt. Natürlich, auch ihm war es wichtig zu erfahren, wie sich die Tragödie an der Kleinen Halt wirklich zugetragen hatte. Natürlich war er bereit, die Wahrheit zu überprüfen – und für ihn gab es nicht den geringsten Zweifel daran, dass in Wahrheit ein tragischer Unfall passiert war –, um mit dieser Bestätigung den Eltern von Peter zu einem wie auch immer gearteten Frieden zu verhelfen. Er war nicht in der Lage, sich einen Mord vorzustellen, eine derart grausame Tat inmitten der so grandiosen Berglandschaft – und Phil Reichhardt als Mörder.

Warum? Warum hätte Phil so etwas tun sollen?

Die Frage schien ihm auf die Stirn geschrieben, denn er brauchte sie nicht auszusprechen. Henning kam ihm mit der Antwort zuvor.

„Wir saugen uns diese Vermutung nicht aus den Fingern. Das dürfen Sie mir glauben", sagte Henning.

Seine Frau schniefte und knetete das Taschentuch in ihren Fingern.

„Es geht um diese Frau", sagte Henning. „Julia. Wir haben sie immer akzeptiert." Er sah zu seiner Gattin, der Tränen über die Wangen liefen. „Wir haben sie akzeptiert, weil unser Sohn mit ihr glücklich war. Aber …"

Er wischte sich selbst über die Augen.

„Aber meine Frau und ich … wir haben sie nie gemocht … nie. Wir waren uns immer sicher, dass sie nicht die Richtige für ihn war. Schlimmer noch: dass sie nicht nur nicht die Richtige war, sondern dass sie ihn unglücklich machen würde. Ja, das war unsere Meinung."

„Gesagt haben wir ihm das aber nie", flüsterte Hennings Frau mehr, als dass sie es deutlich aussprach. Doch Tobs verstand. Die Alten waren eifersüchtig gewesen auf Peters Freundin, und jetzt schoben sie ihr also auch noch die Verantwortung zu – für einen tragischen Bergunfall. Oder für einen Mord.

Die Tränen, die Peters Mutter übers Gesicht liefen, rührten ihn zutiefst. Das Leid stand im Haus wie restlos verbrauchte Luft. Allein das war schon unerträglich. Doch mehr noch als dieses Elend erschütterte ihn dieser Hass auf Peters Freundin.

Das Leid der Hennings war ihm nur zu verständlich. Auch dass sie so verzweifelt waren, konnte er gut nachvollziehen. Doch dieser Hass … dieser jeder Grundlage entbehrende Hass stärkte noch den Fluchtreflex in ihm.

Ich will weg, dachte er. Nur weg. Nichts mit dieser ganzen verfluchten Geschichte zu tun haben.

„Ich möchte jetzt lieber gehen", sagte Tobs. Er stand auf, wollte etwas unbeholfen einen ersten Schritt tun, doch Henning drückte ihn an den Schultern sanft, aber entschieden in den Sessel zurück.

„Sie müssen sich anhören, was wir Ihnen zu berichten haben", sagte er. „Ich bitte Sie, Tobias: Hören Sie uns an."

***

Daran dachte er am Einstieg der Plattendirettissima. Es waren die falschen Gedanken vor einer solchen Tour. Das war ihm völlig klar.

Ich sollte wie ein islamistischer Scheiß-Terrorist an zweiundsiebzig Jungfrauen im Paradies denken, dachte er. Nicht an die alten Hennings. Nicht an das, was sie mir erzählt haben und was sich in mich reingebohrt hat wie ein Splitter, der jetzt zu eitern beginnt. Einfach an irgendetwas Schönes.

Tobs stand auf, schüttelte seine Beine, machte Dehnübungen mit den Armen, presste die Finger beider Hände gegeneinander, bis die Gelenke knackten, und zog den Helmgurt zu. Er kannte die Route, wusste, dass sie leicht begann.

Das meiste ist leicht, dachte er.

Es tat ihm gut, an die vielen leichten Seillängen zu denken, an Genusskletterereien im dritten und vierten Schwierigkeitsgrad. Doch das Wissen um die schwierigen Passagen, Seillängen im fünften und sechsten Grad, schob sich dazwischen, verfinsterte seinen Himmel wie plötzlich aufziehende Wolken.

Drei überhängende Dachriegel waren zu überwinden, mal in brüchigem und kleinsplittrigem Fels, mal in einem Schulterriss. Insbesondere in jenem Abschnitt, wo das Gestein nicht zuverlässig war, würde er gute Nerven brauchen.

Hab ich das?, fragte er sich. Habe ich heute gute Nerven?

Tobs kletterte los.

Es ist leicht, dachte er. Wenn ich das Nervenflattern kriege, kann ich immer noch umkehren. Und ich könnte morgen …

Gendi Koch fiel ihm ein. Er hatte ihn in Hinterbärenbad getroffen. Eigentlich hieß er Richard Koch, aber die Kletterszene kannte ihn nur als Gendi. Es gab verschiedene Vermutungen, was seinen Spitznamen betraf. Er selbst äußerte sich nicht dazu. So konnte sich diese Version durchsetzen: dass der Name Gendi von Gandhi kommt, dem indischen Sozialrevolutionär, englisch ausgesprochen. Es konnte etwas dran sein. Schließlich hatte Gendi etwas von einem Asketen. Man konnte ihn meditieren sehen, er aß, so hieß es, ausschließlich vegetarisch und lebte spartanisch. Gendi war ein exzellenter Kletterer, dünn, sehnig, kraftvoll, und seine Bewegungen am Fels glichen weit mehr einem Tanz oder einem Schweben als einem vom Adrenalin befeuerten Klettern.

„Was hast du vor?“, hatte Tobs ihn gefragt. „Ich möchte zur Kleinen Halt. Wir könnten zusammen …“

Gendi hatte den Kopf geschüttelt. „Geht nicht. Übermorgen ginge es. Aber morgen bekomme ich einen Gast, dem ich eine Tour aufs Totenkirchl versprochen habe.“

Tobs kletterte ruhig und in gleichmäßigem Tempo. Der Fels fühlte sich angenehm kühl an. Das Klettern würde seine düsteren Gedanken verscheuchen, hoffte er. Seine Sinne ganz auf Tritte und Griffe ausrichten, auf die paar Meter grauen Fels in seinem Gesichtsfeld. Pure Konzentration, alles andere abstreifen, verdrängen. Doch verdrängen, was heißt das schon? Zwischenlagern? Eine Bombe verstecken, die gnadenlos weitertickt?

Der Himmel war fast makellos blau, nur ein paar Kondensstreifen von Flugzeugen zogen weiße Bahnen ins Azur. Tief unter ihm leuchtete der Laubwald gelb und rostrot. Es war schön. Einfach nur schön.

Kein Tag, um zu sterben.

ZWEI

„Ich ruf ihn nicht an", sagte Theresa Reiter, die alle nur Tesi nannten. Sie sagte es zu sich selbst, aber sie sagte es halblaut, sodass sie es hören konnte. Sie musste es so sagen – hätte sie es nur gedacht, wäre sie schwach geworden.

Sie liebte Mario.

Ich liebe ihn sehr, dachte sie.

Aber sie stritten oft.

Das kann so nicht weitergehen, dachte sie. Ich möchte so sehr, dass wir zusammenbleiben, lange, lange, vielleicht für immer. Aber dann müssen wir was tun, damit diese Streiterei aufhört. Wegen Kleinigkeiten fangen wir an uns zu fetzen.

„Ich ruf ihn an", sagte sie, ließ es aber sein, vorerst zumindest, noch war ihr Groll groß genug, dass sie ihn darben lassen wollte. Und überhaupt: Warum rief er denn nicht an?

Sie hatte das Telefon neben ihr Bett gelegt und war weinend eingeschlafen. Als sie am Morgen vom Wecker aufgescheucht worden war, hatte sie es zunächst für das Läuten des Telefons gehalten. Als sie die Realität voll erfasst hatte, wurde ihr ganz mies.

Warum meldet er sich nicht?, dachte sie. Bitte, Mario, melde dich. Warum lässt du mich so leiden?

Sie machte sich einen starken Kaffee, rauchte nervös drei Zigaretten dazu und zitterte von Minute zu Minute mehr.

Sie nahm das Telefon, legte es wieder weg. Dann wurde es ihr zu viel. Sie drückte die Kurzwahltaste für Marios Mobiltelefon – „Der Teilnehmer ist im Augenblick leider nicht erreichbar …"

Sie wählte seine Festnetznummer und ließ es mindestens fünfzehn Mal läuten. Nichts.

Sie probierte es neuerlich am Handy – „Der Teilnehmer ist im Augenblick …"

Wo bist du, Mario?

Verdammt noch mal, wo bist du?

Sie nestelte sich eine weitere Zigarette aus der Packung. Die Feuerzeugflamme vor ihrem Gesicht flackerte. Dann nahm sie das Telefon wieder zur Hand und rief in ihrer Firma an, um sich krank zu melden. Durchfall, Erbrechen. „Ja, wohl so eine Magen-Darm-Infektion. Scheint umzugehen in der Region."

Der Streit am Vorabend war nicht schlimmer gewesen als andere zuvor. Nur dass Mario sich sonst immer nach ein paar Stunden gemeldet hatte. Oder sie sich bei ihm.

Tesi hatte furchtbare Angst, dass er nicht mehr zurückkommen würde. Und damit traf sie ziemlich genau ins Schwarze.

Den ganzen Vormittag über telefonierte sie: mit ihrer besten Freundin, die sie mehrfach im Büro störte; mit der Kfz-Werkstatt, in der Mario arbeitete, wo er an diesem Tag jedoch unentschuldigt fehlte; mit Marios Mutter, der sie allerdings ihre Sorgen nicht eingestand, sondern bei der sie nur herauszuhören versuchte, ob sie etwas über den Verbleib ihres Sohnes wusste. Mehrfach wählte sie auch wieder Marios Nummern an, doch weiterhin ohne Erfolg.

Und während sie telefonierte, schickte sie vom PC aus Mails und versuchte in Facebook Kontakt mit ihm aufzunehmen. Doch Mario war weg.

Einige Stunden und viele Zigaretten später – üblicherweise rauchte sie nicht mehr als drei bis fünf „American Spirit" von der leichteren Sorte am Tag; sie konnte sich nicht erinnern, jemals so viel Qualm in sich hineingezogen zu haben – hielt sie es nicht mehr aus. Alle möglichen Horrorvisionen hatten sich mittlerweile in ihrem Kopf eingenistet.

Sie rief bei der Polizei Kiefersfelden an.

„Wollen Sie eine Vermisstenmeldung aufgeben?", fragte sie ein Beamter.

„Ja … nein … ich weiß nicht", sagte sie. „Eigentlich nicht. Ich möchte nur wissen, ob es einen Unfall oder so etwas gegeben hat, in den Mario Demhardter … er ist mein Freund … also in den Mario Demhardter irgendwie verwickelt war."

„Für eine Vermisstenmeldung ist es noch zu früh. Da müssen vierundzwanzig Stunden seit dem Verschwinden der Person vorüber sein, dass diese relevant wird“, hörte sie den Beamten sagen. Sie war sich sofort sicher, einen paragraphenreitenden Schmalspurpolizisten in der Leitung zu haben. Am liebsten hätte sie das Gespräch beendet. Doch was wäre ihr dann noch geblieben?

„Hören Sie“, sagte sie und unterdrückte die Wut in ihrer Stimme. „Hören Sie bitte. Ich mache keine Vermisstenanzeige. Ich muss nur herausfinden, ob ihm irgendetwas zugestoßen sein könnte. Ein Autounfall, eine gesundheitliche Sache …“

„Gesundheitliche Sache? Was meinen Sie damit?“

„Er könnte irgendeinen Anfall oder irgend so etwas erlitten haben. Herz, Kreislauf, was weiß ich. Ich bin keine Ärztin.“

Immerhin versprach der Beamte, der Sache nachzugehen und sie zurückzurufen.

Dann war sie wieder allein. Ohne Mario, allein mit sich, mit der Stille in der Wohnung. Sie schaltete das Radio an. Doch wie hätte sie das ertragen sollen?

Mario, dachte sie, wo bist du?

Ihre Befürchtung, dass ihm etwas zugestoßen sein musste, wurde immer stärker und gewisser. Sie hatte aufgehört zu glauben, er melde sich nicht und sei unerreichbar, weil er ihr noch immer böse war. In ihrem tiefsten Inneren spürte sie, dass etwas Schlimmes geschehen sein musste.

Dass Mario nicht einfach abgetaucht war, sondern dass er krank, verletzt, schwer verletzt, vielleicht sogar tot war. Ihr Portemonnaie lag auf dem Tisch in ihrer kleinen Küche. Sie nahm das Foto von Mario heraus, das sie immer bei sich trug. Ein Passbild, mehr nicht. Aber dafür auch schon wieder erstaunlich gut. Sie sah sich sein Gesicht an, die schmale Nase, die Lippen, die etwas voller hätten sein dürfen, sein Kinn, seine Augen. Ja, die Augen: Marios Blick hatte etwas Lausbubenhaftes, da mochte er noch so ernst schauen, man sah den Schalk in seinen Augen. Die Augen waren es gewesen, die

Augen vor allem, die sie verführt und in seinen Bann gezogen hatten. Und später dann sein Wesen – lieb, hilfsbereit, fürsorglich. Allerdings, das musste sie selbst in diesem Moment einräumen, allerdings konnte er auch aufbrausend sein, wenn ihm etwas gegen den Strich ging. Und verschlossen, ja, verschlossen war er bisweilen auch. So, als würde er nach innen schauen, in sich hinein, und würde nichts mehr wahrnehmen von ihr und der ganzen Welt rings um ihn herum. Mario konnte dann neben ihr sitzen und doch so weit weg sein, eingetaucht in ein graues Loch in der Vergangenheit.

Ich habe nie herausfinden können, wo seine Gedanken hindriften, dachte sie. Nie.

Tesi hielt sich das kleine Bild ganz dicht vor die Augen. So nah, dass keine Handbreit Luft mehr dazwischen war. Sie fixierte seinen Blick wie eine Hypnotiseurin. Ein Versuch, auf irrationaler Ebene mit Mario in Kontakt zu treten, zu erspüren, wie es ihm ging, wo er war, was geschehen sein musste. Ganz und gar unsinnig, das war ihr klar. Und dennoch starrte sie das Bild so lange und mit solcher Intensität an, bis ihr schwarz vor den Augen wurde und sie sich im Küchenstuhl nach hinten sacken ließ.

Sie atmete schwer. Es dauerte, bis sie sich erholt und gefasst hatte. Dann setzte sie sich wieder auf, stemmte die Ellbogen auf die Tischplatte, wo jetzt das Bild lag, betrachtete ihren verschollenen Freund aus der Distanz

„Mario", sagte sie, „ich weiß, dir ist etwas passiert. Ich weiß nicht was, doch ich spüre, dass es etwas wirklich Schlimmes ist. Aber ich spüre auch, dass du lebst. Ja, Mario, ich spüre: Du lebst. Und das gibt mir Kraft und Hoffnung."

Er lebt, dachte sie. Mario lebt. Sie werden ihn finden. Oder ich finde ihn.

„Und dann", sagte sie und sprach dabei mit der kahlen Küchenzeile, „dann werden wir uns nicht mehr streiten. Versprochen!"

***

Mario Demhardter hingegen hatte erhebliche Zweifel, dass man ihn je finden würde. Wie lange er unter Schmerzen, die Wange dabei ständig auf dem rauen Boden, zu den Näpfen gerobbt war, hätte er nicht sagen können. Stunden gewiss. Wahrscheinlich die halbe Nacht. War es überhaupt Nacht gewesen? Oder doch Tag? Zumindest kam es ihm so vor, als wäre sein Gefängnis zuletzt noch dunkler gewesen als ohnehin schon.

Niemand war mehr gekommen. Niemand hatte an der Tür gerüttelt, die diesen Verschlag, diesen Bunker oder was immer das auch war, worin er sich befand, von der Außenwelt trennte. Kein Geräusch war zu ihm hereingedrungen. Alles, was er hörte, war sein Schreien, sein Lamentieren, sein Herzklopfen, sein Schlürfen und sein Kauen.

Er kaute kalte Dosenravioli und er schlürfte das Wasser aus einem Behältnis, das wahrscheinlich zuvor ein Hundenapf gewesen war. Obwohl es ihm vor dem Essen und vor dem Hundenapf ekelte, aß er und trank er. Und mit der Nahrungsaufnahme kehrte auch wieder ein wenig Kraft in ihn zurück. Und mit der Kraft ein Fünkchen Zuversicht, dass noch nicht alles zu Ende war, dass er hier herauskommen würde, dass er leben würde, dass er wieder bei Tesi wäre, ganz ohne Streit.

Wir werden nie mehr streiten, dachte er. Wenn ich hier rauskomme, ich schwöre es, dann werden wir nie wieder streiten …

***

Am frühen Nachmittag meldete sich der Kiefersfeldener Polizeibeamte bei Tesi Reiter. Zumindest hatte er keine schlechte Nachricht: nirgendwo in der Umgebung ein tödlicher Unfall oder ein Unfall mit Schwerverletzten, in den ihr Freund verwickelt gewesen wäre.

„Ich habe mich auch in den Krankenhäusern erkundigt. Nichts."

Leider hatte er auch keine gute Nachricht. Von Mario fehlte weiterhin jede Spur.

Tesi bedankte sich und der Beamte, der vielleicht doch nicht so übel war, wie sie es zunächst angenommen hatte, versuchte ihr ein wenig Trost zuzusprechen.

„Machen Sie sich nicht zu viele Sorgen. Bestimmt kommt er wieder. Hat einfach einen draufgemacht oder so was. Ist in einer Kneipe versumpft und hat bei irgendeinem Kumpel übernachtet. Glauben Sie mir, so was kommt dauernd vor."

Tesi bedankte sich noch einmal. Obwohl sie keinerlei Trost verspürte. Denn so, wie der Polizist es vermutete, war Mario nicht.

Sie kannte ihn schließlich am besten.

DREI

Tobs Thanner war über die leichten Einstiegsseillängen emporgeturnt, er hatte die erste schwierige Passage, einen senkrechten Riss und anschließend einen abdrängenden Wulst aus nicht gerade zuverlässigem Fels, überwunden, war sodann in wieder leichterem Terrain bis unter den ersten, markanten Dachriegel gestiegen – und hatte sich erdrückt gefühlt von den Dimensionen der Wand, die wie ein zu Stein erstarrtes und senkrecht aufgestelltes Meer über ihm stand.

Dieses Gefühl war nicht schlagartig da gewesen; es war eher das Resultat des Zweifelns und Zagens, das Tobs schon am Einstieg verspürt und das ihn insbesondere in den leichteren Seillängen, dort wo er nicht im selben Maß konzentriert sein musste wie in den Schlüsselstellen, geplagt hatte.

Ich kehre um, dachte er. Das ist nicht der richtige Tag für so was.

Dort, wo ihm das Klettern leicht gefallen und es eigentlich zügig vonstatten gegangen war, hatten ihn ständig Bilder gequält: Er hatte Peter Hennings Gesicht vor Augen gehabt, sein Lächeln, seine Freude, seine Begeisterung. Er hatte die Gesichter von Peters Eltern gesehen, verkniffen, verhärtet, voller Pein. Er hatte das Gesicht von Phil gesehen, dem Kletterer, dem der Tod Peter Hennings immer mehr anzuhaften begann. Ein wirklich starker Allrounder, Sportkletterer und alpin. Sie hatten gemeinsam Touren unternommen und es war immer ein gutes Gefühl gewesen, Phil am anderen Ende des Seiles zu wissen. Er war souverän, ruhig, gelassen, immer zuverlässig. Ein gern gesehener Kletterpartner, auch wenn ihn und Phil ansonsten wenig verband.

Ihm geht es nicht so sehr ums Draußensein, hatte Tobs gedacht. Nicht so sehr um das Erlebnis der Natur und des Bergsteigens. Es geht ihm, glaube ich, vor allem darum, sich selbst zu erleben – seine Kraft, seinen Mut. Und sich dabei verdammt gut zu fühlen …

Es waren nicht die einzigen, wenn auch die verstörendsten Gedanken, die ihn bedrängten. Enervierend waren auch die Gewissensbisse, die ihn zu plagen begonnen hatten. Gut zweihundertfünfzig Meter oberhalb des Wandfußes sagte ihm eine unliebsame innere Stimme, dass er allerlei Versäumnisse gutzumachen hätte. Seit die alten Hennings in dieser Sache ersten Kontakt zu ihm aufgenommen hatten – es war brieflich geschehen; ein langes Schreiben samt einigen Zeitungsausschnitten, das ihn erreicht hatte, als er nach seinem ziemlich desaströs verlaufenen ersten Detektivauftrag den Job gerade an den Nagel hängen wollte –, seit diesem Tag hatte er den Verdächtigungen nachspüren wollen. Das zumindest glaubte er dem Kletterpartner schuldig zu sein. Doch warum hatte er Peters Lebensgefährtin noch nicht aufgesucht? Warum war er nur bei den verbitterten Eltern gewesen und hatte danach geglaubt, die Sache verdrängen zu können?

Ich hab das nicht auf sich beruhen lassen wollen, dachte er trotzig. Sonst wär ich doch nicht hier!

Und dann meldete sich auch noch Melanie Loschelder. Nicht am Handy (das ja ohnehin abgeschaltet war), nur in seinem Kopf und in seiner Seele. Als er in seinem ziemlich schiefgelaufenen ersten Fall in der Bredouille gesessen war, hatte sie ihn gesucht und gefunden.

Er dachte an die Nächte im Zelt mit ihr, damals, als er geglaubt hatte, Mel sei die richtige Frau für das Leben, das er lebte: unternehmungs- und abenteuerlustig, eine phantastische Kletterin, austrainiert, ohne sich jedoch die Weiblichkeit oder die Mädchenhaftigkeit wegtrainiert zu haben.

Tobs verlor die Konzentration auf den Fels, auf die Wand, auf die Tour.

Es hat keinen Sinn, dachte er. Ich höre auf.

Er fixierte sich am gebohrten Standhaken und sah hinauf zu dem sonderbar geschichteten Fels des Überhanges. Er sah die Schwachstelle, an der dieses Bollwerk vergleichsweise leicht – fünfter Grad – zu überwinden gewesen wäre. Doch er ließ es sein. Ich bin ja auch blöd, dachte er. Warum wollte ich unbedingt alleine gehen? Ich hätte warten können, bis Ricardo wieder Zeit hat. Oder morgen mit Gendi eine Seilschaft bilden.

Ricardo Casula war sein älterer Kletterfreund, mit dem ihn mehr verband als nur das Seil.

Aber der ist halt ganz normal berufstätig, dachte Tobs. Kein verkappter Privatdetektiv wie ich. Hat nicht immer Zeit …

Er holte das Seil aus dem Rucksack und bereitete alles für einen geordneten Rückzug aus der wilden Felswand vor.

Sein Plan war, abzuseilen, abzuklettern, abzusteigen. In Hinterbärenbad etwas zu essen und dann den langen Weg durchs Kaisertal anzutreten, hinaus nach Sparchen bei Kufstein. Wobei dieser Weg, breit und nicht steil, geradezu ideal sein würde, um all die Gedanken, die sich aufgedrängt hatten, abzuwägen und vielleicht zu klären. Und dann klarer zu sehen, was er als Nächstes tun sollte.

In einem war er sich jetzt schon sicher: Er war es Peter Henning schuldig, die Sache nicht einfach ad acta zu legen.

Wahrscheinlich ist es das Beste, dachte er, während er schon das Abseilgerät ins Seil einklinkte, bald mit Phil zu sprechen. Das hätte ich gleich als Erstes machen sollen.

Locker und leicht sprang er am Seil entlang über die mal steilen, mal geneigten Felsstufen hinunter. Er fühlte sich besser jetzt. Die Entscheidung war die richtige gewesen. Das Tal zog ihn magisch an.

Auf der Terrasse vor dem Anton-Karg-Haus, wie die Alpenvereinshütte in Hinterbärenbad hochoffiziell hieß, war nicht allzu viel los. Schließlich war Werktag und keine Ferienzeit, der Ansturm hielt sich daher in Grenzen.

Tobs beobachtete ein paar junge Burschen, die mit prallen Kletterrucksäcken vorbeiwanderten, wahrscheinlich mit dem Stripsenjochhaus als Ziel. Er schaute einer jungen Familie zu, Eltern, die dem in der Kraxe hergetragenen Sprössling in der Wiese neben den Tischen und Stühlen ein wenig von der wundersamen Natur nahezubringen versuchten. Er lauschte älteren Gästen an einem der Nebentische Gesprächsfetzen ab.

Von früheren alpinen Taten war die Rede, von hanebüchenen Touren, bedrohlichen Wetterstürzen und gefahrvollen Abstiegen. Alles klang plausibel und doch schwang immer auch eine Portion Bergsteigerlatein mit.

Tobs lächelte still in sich hinein. Aber er lachte die Alten nicht aus. Das Übertreiben gehörte auch bei den Jungen schon zum Stil, wenn sie von ihren Unternehmungen erzählten. Da wurde ausgeschmückt und dramatisch überhöht, und er selbst nahm sich davon nicht aus.

Vielleicht ist ja das Erleben des Bergsteigens in dieser gewaltigen Natur auch eine Erfahrung, die man nicht leicht nüchtern wiedergeben kann.

Er bestellte sich noch ein alkoholfreies Weißbier und überlegte, ob er heute hinauswandern sollte aus dem Kaisergebirge – oder ob er auf Gendi warten würde, um vielleicht morgen die Plattendirettissima mit ihm zu versuchen.

***

Brunner schwitzte fürchterlich. Er konnte sich nicht erinnern, dass ihn der Aufstieg zu seiner Hütte jemals so angestrengt hatte. Er vermutete, dass die ganze Angelegenheit ihn innerlich doch mehr mitgenommen hatte, als er es sich bislang eingestand.

Aber dass ich derart schwitze?

Er war schon an der Brunnsteinhütte vorbei, hatte das Gelände oberhalb der Baumgrenze erreicht, das Mondlicht ließ die Konturen der Latschenwurzeln und Steine auf seinem Weg bestens erkennen – und doch kam Brunner immer langsamer voran. Wieder und wieder musste er sich irgendwo hinsetzen, seinen rasenden Puls beruhigen, schwer atmend Sauerstoff in seinen Körper pressen. Der Schweiß rann ihm von der Stirn.

In einer halben Stunde würde er bei seiner Hütte sein, die sich verrammelt und verriegelt oberhalb der Scharte ins Gelände duckte. Doch er spürte, dass es eine verdammt lange halbe Stunde werden würde.

Er fühlte sich krank. Schwach. Und er überlegte, umzukehren, wieder ins Tal abzusteigen. Doch dorthin, das war ihm klar, war es noch viel weiter.

Er wischte sich mit dem Hemdzipfel den Schweiß von der Stirn und aus den millimeterkurzen Haaren. Mühsam rappelte er sich auf und stieg weiter. Und er fragte sich, was das nur sein konnte, was ihn da heimsuchte.

Wenn ich Pech habe, verrecke ich hier, dachte er.

Der Gedanke machte ihm keine besondere Angst. Einzig, dass er seinen Plan dann nicht zu Ende führen könnte, stimmte ihn verdrießlich.

Wenn ich verrecke, verreckt dieser Demhardter auch. Weil dort, wo ich ihn habe, wird ihn keiner finden. In ein paar Monaten vielleicht. Aber bis dahin ist er nur mehr ein verfaulendes und verwesendes Stück Fleisch.

Der Gedanke an Demhardters qualvolles Sterben schien ihn ein ganz klein wenig zu stärken. Die nächsten Serpentinen des Weges schaffte er, ohne rasten zu müssen. Für kurze Zeit glaubte er sogar, dass sein Zustand sich besserte, dass alles nur eine vorübergehende Unpässlichkeit gewesen war. Doch als er dann endlich seine Hütte erreichte, gelegen in 2100 Meter hoher Einsamkeit, konnte er sich kaum mehr auf den Beinen halten. Er zitterte am ganzen Körper, der Schweiß auf seiner Haut war kalt, die Stirn und die Wangen aber waren heiß. Er fühlte sich schwindlig.

Wenn er kurz in den Himmel sah, hatte er das Gefühl, die Sterne würden auf einer schwarzen Bahn dahinrasen. Es bereitete ihm sogar Mühe, den Schlüsselbund aus der Tasche zu nesteln und die beiden schweren Schlösser an der Tür zu öffnen. Mehrere Versuche scheitern.

Schließlich gelingt es.

Gleich neben dem Türpfosten, rechts, am Boden die Taschenlampe.

Das Hinunterbücken ist zu schaffen, doch dann kommt er kaum mehr hoch, droht einfach hinzufallen.

Nicht aufgeben, denkt er. Gib nicht auf.

Das Licht der Taschenlampe huscht durch den kleinen Raum.

Ich muss was trinken, denkt er. Trinken muss ich.

Es gelingt ihm, die Tür hinter sich zuzuziehen. Dann sinkt er auf der Eckbank zusammen. Die Taschenlampe rollt über die alte, knorrige Tischplatte, doch sie fällt nicht zu Boden, das Licht geht nicht aus.

Brunner öffnet seinen Hosengürtel und den Hosenknopf, hoffend, dadurch besser Luft bekommen zu können. Er friert erbärmlich. Und er schwitzt noch immer.

Er hat keine Ahnung, was mit ihm los ist.

Doch er spürt, dass sein Leben hier auf dem Berg zu Ende geht.

***

„Komm mit raus“, sagte Gendi nach dem guten Essen in der Gaststube. „Bisschen was rauchen.“

„Ich denke, du rauchst nicht“, gab Tobs zurück. „Ist mir da irgendetwas entgangen?“

Er bekam keine Antwort. Nur ein kleines Lächeln.

Für die Jahreszeit war es noch relativ mild. Am müden Abendhimmel waren die ersten Sterne zu sehen, jede einzelne Bergspitze war als Silhouette zu erkennen.

Eine besondere Stunde. Irgendwie feierlich. Ja, das war der richtige Ausdruck: Am Ende dieses Tales, fern des Lärms, der Unruhe, des Lichtsmogs, wirkte diese Stimmung feierlich. Und Tobs Thanner fühlte sich beschenkt durch dieses Erlebnis, das ihm freilich nicht zum ersten Mal zuteil wurde, das ihn aber immer wieder aufs Neue tief beeindruckte.

Gendi nahm eine selbstgedrehte Zigarette aus der Tasche seiner Fleece-Jacke und zündete sie an. Tief sog er den Rauch ein. Als er ihn langsam, ganz langsam wieder aus seiner Lunge entweichen ließ, roch Tobs das süße Aroma des Marihuanas.

Er ließ sich nicht zweimal bitten, als er den schmalen Joint hingehalten bekam. Tief atmete er ein, sog am Ende dieses sonderbaren Tages das Wohlbefinden in sich hinein, reichte dann den Joint zurück, lächelnd.

„Und ich dachte immer, du wärst ein Asket", sagte er.

Es dauerte eine Weile, bis Gendi den Rauch aus seinem Mund entließ und etwas sagen konnte.

„Bin ich doch", sagte er. „Ich esse kein Fleisch, ich brauch keinen besonderen Luxus, ich trinke keinen Alkohol ... Was willst du?"

Tobs bekam den Joint ein weiteres Mal. Er hielt ihn sich vors Gesicht und betrachtete die fragile Glutspitze.

„Ich kenn dich nur kletternd und meditierend", sagte Tobs. „Und alle sagen, du seist der Gandhi unter den Kletterern. Irgendwoher muss dein Name ja auch kommen."

Gendi sagte erst einmal nichts. Er rauchte den Joint langsam genießend zu Ende. Schaute in den Himmel, sah hinauf zur Kleinen Halt, schien etwas zu überlegen, denn er nickte ein paar Mal mit dem Kopf, als würde er sich selbst zustimmen wollen, und sagte dann erst: „Wir könnten morgen zusammen raufgehen. Was meinst du?"

Er drückte das Wenige, was vom Joint noch geblieben war, auf einem Stein aus und zerrieb die Überreste zwischen den Fingern. Das aus einem dünnen Stück Pappe gerollte Mundstück warf er nicht weg, sondern steckte es in die Jackentasche.

„Wenn du Lust hast, stehen wir um drei Uhr auf, dann sind wir um acht am Gipfel und zu einem ausgiebigen Frühstück wieder in Hinterbärenbad."

Was spricht dagegen?, dachte Tobs. Eigentlich nichts, wenn man davon absieht, dass drei Uhr am Morgen nicht gerade meine Aufstehzeit ist ...

„Ich mag das", sagte Gendi. „Gegen den Strom. Du verstehst, was ich meine. Den Weg zum Einstieg finden wir auch im Dunkeln und mit den Stirnlampen. Bis wir am Fels sind, ist es hell genug zum Klettern. Wir gehen in den leichten und mittelschweren Passagen seilfrei, dann sind wir schnell. Nur die paar knackigeren Stellen sichern wir. Und du wirst sehen:

Wenn unten in der Hütte die Bergwanderer erst zum Frühstück kommen, sitzen wir schon auf dem Gipfel der Halt. Und ringsherum wird niemand sein. Das wäre doch herrlich, oder?"

Tobs nickte, dachte zwar noch ein paar Sekunden nach, sagte dann aber „Ja" und fand die Idee ja auch wirklich gut.

„Dann lass uns aber schnell in die Kojen verschwinden", sagte er. „Drei Uhr ist verdammt früh."

„Gleich", gab Gendi zurück. „Ein paar Minuten will ich noch in den Himmel schauen, die Nacht fühlen und das große Glück spüren, das ich habe und das so viele andere nicht haben."

Sie sahen in den Himmel, an dem immer mehr Sterne aufblitzten, sie standen fröstelnd auf der Veranda des altehrwürdigen Hauses, sogen die Luft ein, die beinahe so berauschend wirkte wie der Rauch, den sie gerade noch genossen hatten, und Tobs dachte, dass er heute die richtige Entscheidung getroffen hatte: umzukehren.

Ich habe wirklich Glück, dass Gendi da ist und dass er Zeit und Lust hat, morgen mit mir die Plattendirettissima zu klettern, dachte er.

Als hätte Gendi seine Gedanken lesen können, fragte er: „Was versprichst du dir davon, die Route zu klettern, auf der dein Freund oder dein Bekannter oder was auch immer abgestürzt ist? Es ist eine ganze Weile seit dem Unfall vergangen. Wir werden nicht mal mehr Blutspuren finden. Und das ist auch gut so …"

Tobs nickte. Auch er erwartete keine Erkenntnisse durch die Begehung dieser langen Kletterroute, aber es war ihm ein Anliegen, den Geschehnissen, wie auch immer sie sich zugetragen hatten, näherzukommen.

„Ich weiß es nicht", sagte er dann auch nur. „Ich weiß es nicht. Aber es ist mir ganz einfach ein Bedürfnis. Es ist mir wichtig."

***

Um zu trinken, musste er aufstehen. Und nicht nur das: Er musste ins Freie, musste zum Regenfass. Denn in der winterfest gemachten Hütte gab es nicht eine Flasche mit Flüssigkeit – selbst Hochprozentiges wäre in den langen kalten Monaten hier heroben eingefroren. Alles war leer getrunken oder mit ins Tal genommen worden.

Brunner stützte sich am Tisch auf. Sein Atem ging schwer, sein Herz schien zu rasen und die Beine, die er im Moment nicht einmal belastete, fühlten sich wie Pudding an. Er hatte eine Viertelstunde, vielleicht etwas länger, auf der Bank gelegen. In dieser Zeit hatte sich sein Zustand nicht weiter verschlechtert.

Viel schlechter geht es ja auch gar nicht mehr, hatte er gedacht.

Und doch wusste er, dass es noch schlechter ging. Er musste etwas trinken, er musste sich Decken holen, ansonsten, daran hatte er keinen Zweifel, würde er hier eingehen wie ein kranker Köter.

Die Anstrengung, aufzustehen, die wenigen Schritte zur Kochstelle zu machen, im Licht der Taschenlampe Kerzen anzuzünden, dann rauszugehen, Wasser aus dem Fass zu schöpfen und es auf dem Gaskocher zu erhitzen, um sich einen Pott Tee zuzubereiten, war geradezu übermenschlich. Aber Brunner schaffte es.

Das Schwierigste war, die rauen Decken aus dem Fach zu holen, wo sie sorgfältig zusammengelegt deponiert waren. Dazu musste Brunner mit seinen Puddingbeinen auf die Bank steigen und sich hinaufstrecken, um das Lager zu erreichen. Er war so wacklig und schwach, dass er jeden Moment stürzen und sich den Schädel einschlagen oder das Genick brechen konnte.

Eine ferne Erinnerung schob sich in sein Gedächtnis, und wenn es ihm nicht so saumäßig schlecht gegangen wäre, hätte er vielleicht darüber schmunzeln können: Als er ein junger Kerl war, der nichts als Mist im Kopf gehabt hatte und ständig in Schwierigkeiten geraten war, hatte man ihm nachgesagt, dass er sieben Leben habe. Er war in den letzten Jahren davon ausgegangen, sein gesamtes Kontingent verbraucht zu haben – das letzte Leben während seiner Jahre im Knast, wo er wegen Totschlags eingesessen war und wo das Dasein auch immer darauf hinauslief, im entscheidenden Moment der Stärkere, der Gerissenere, der Mächtigere zu sein. Brunner war beinahe erstaunt, dass er noch ein Leben hatte …

Das letzte, dachte er. Das allerletzte. Und von dem nicht mehr viel.

Von Schüttelfrost gepeinigt, schlürfte er seinen Tee. Das tat ihm gut, das spürte er, und dennoch hätte er sich lieber nur niedergelegt und in die Decken eingewickelt.

Er zwang sich, zwei Tassen Tee zu trinken. Dann erst kauerte er sich auf die Bank, zitternd, zähneklappernd, einen erlösenden Schlaf erwartend, ersehnend.

Wenn ich mein Handy hätte, dachte er, könnte ich einen Notruf absetzen. Die Nacht ist klar. Da könnten sie mich mit einem Heli abholen und nach Garmisch oder nach Innsbruck in die Klinik fliegen. Hab's aber nicht bei mir, dachte er. Aus guten Gründen zu Hause gelassen …

Er klemmte die Hände in seinen heißen Schritt, um ihnen endlich das Zittern zu nehmen. Immer wieder fragte er sich, was ihn da heimsuchte, welche Krankheit ihn so schlagartig befallen hatte. Die beim mühsamen Aufstieg noch verdrängte Angst, es könnte mit dem Herzen zu tun haben oder sich um so etwas Ähnliches wie einen Schlaganfall handeln, drängte sich nun nach vorne. Was sollte es auch sonst sein? Was wäre so stark, um ihn derart aus den Latschen zu hauen? Es war etwas Ernstes, Bedrohliches, und die Chance, die nächsten Stunden nicht zu überleben, schien groß.

Wenn ich einschlafe, dachte Brunner, ist es vielleicht das letzte Mal. Vielleicht, dachte er, wache ich nie wieder auf. Hier oben sucht und findet mich keiner. Hier oben bin ich allein, ganz allein.

Hier oben …

Allein bin ich …

Niemand …
Ganz alleine …
Ob das der Tod ist?
Ob das … hier oben …
Niemand …
Niemand …
Allein …

***

Am frühen Morgen, als Tobs von seinem Handy geweckt wurde, fand er Gendi im langen Flur vor. Er saß, im Schein einer kalten Notlicht-Glühbirne, in Meditation versunken: in vollendetem Lotussitz, den Rücken gerade, das Kinn leicht zur Brust hin gesenkt, beinahe lautlos atmend und dabei einem stillen und aufmerksamen Beobachter den Eindruck vermittelnd, dass all das nicht nur Entspannung war, sondern vor allem unglaublich komprimierte Energie und Kraft.

Als wenn er schweben würde, dachte Tobs. Und er wunderte sich, dass diese absolute Ruhe und Bewegungslosigkeit derart viel Power ausstrahlte. Bestimmt ist es diese Meditiererei, dachte er, die ihn ein kleines bisschen besser klettern lässt als die meisten andern. Täte mir vielleicht …

Weiter kam er nicht mit seinen Gedanken, denn wie aus dem stummen Nichts erklang die Stimme Gendis: „Ich bin gleich so weit."

VIER

Träume sind wie Drogen: Sie können einen auf einem fliegenden Teppich mitnehmen auf eine Reise oder einen direkt hineinversetzen in ein Märchenland für Kinder oder Erwachsene, je nachdem. Sie können einen Farben und Lichter erblicken lassen, wie man sie nie gesehen hat, sie können spannend sein, voyeuristisch, erotisch, einfach zauberhaft. Fieberträume aber sind grausam.

Brunner war in endlosen Traumschleifen gefangen, er war in einem Labyrinth des Unbewussten, verzerrt in einem furchterzeugenden Spiegelkabinett. Bilder, Erinnerungen, Ahnungen folgten in aberwitziger Abfolge aufeinander, und kaum waren sie an ihm vorübergezogen, schienen sie sich hinten wieder anzustellen, um ihn erneut und immer wieder zu drangsalieren.

Eine drängende Übelkeit weckte ihn auf. Im ersten Moment war er sogar dankbar, dadurch von den Albträumen erlöst zu werden. Dann aber merkte er, dass ihm kaum mehr Zeit blieb, um sich aufzurichten und ins Freie zu gelangen. Er torkelte zur Tür, riss sie auf, ließ sich auf die Knie sinken und erbrach so lange, bis er sich vor Krämpfen auf dem Boden neben den Pfützen seines Mageninhaltes zusammenkrümmte. Den Geschmack der Gallenflüssigkeit in Mund und Hals, sah er die Sonne über den Karwendelbergen.

Es war Tag. Er hatte die Nacht überlebt.

***

Tobs und Gendi durchstiegen die Plattendirettissima in gerade einmal zweidreiviertel Stunden. Die meisten Passagen kletterten sie seilfrei. Und auch die schwierigen Stellen, die sie nun gesichert bewältigten, kamen Tobs heute leicht vor und er fragte sich mehr als einmal, wie er am Vortag hatte zögern können. Die Kletterschwierigkeiten, die hier vorlagen, waren für ihn doch eigentlich nichts. Und was den mentalen Aspekt anging, so hatte er schon ganz andere Wände gemeistert, allein und völlig ungesichert.

Es hatte alles mit Peter Hennings Tod zu tun.

Und Tobs erkannte, dass sein selbst gewählter Beruf des Privatdetektivs ihm das Klettern nicht leichter machen würde. Ursprünglich hatte er gehofft, mit dieser selbstständigen Tätigkeit genug Geld zu verdienen und sich nicht der täglichen Maloche in einem festangestellten Arbeitsverhältnis aussetzen zu müssen, was ihm einfach unerträglich erschienen war. Und er hatte geglaubt, sich mit dieser an einzelne Aufträge gebundenen Berufstätigkeit hinreichend Freizeiten schaffen zu können, um sich dem Unterwegssein, den Abenteuern, dem Klettern zu widmen.

Die Realität sah ganz anders aus.

Am Ende der Hauptschwierigkeiten schossen sie das Seil auf und verstauten es in Tobs' Kletterrucksack. Der Rest der Tour war der reinste Spaziergang, ein geradezu genussvolles Hochsteigen auf einer endlos erscheinenden Leiter, die geradewegs in das Himmelsblau zu führen schien. Und Genuss wäre es auch gewesen, hätte sich nicht ausgerechnet hier der tödliche Absturz Hennings ereignet.

Klar, wenn man hier Fehler machte, konnte man über die ganze Wand hinunterstürzen. Aber hier einen Fehler zu machen, passte einfach nicht zu Peter Henning.

Peter war viel zu unerfahren, überlegte Tobs, als dass er nach einer für ihn gewiss ziemlich schwierigen Tour im leichteren Gelände unvorsichtig geworden wäre. So etwas passierte den Spitzenleuten, leider. Er wusste von gleich zwei solchen Tragödien, und eine davon hatte ihn besonders bewegt (und vielleicht auch geprägt): Da hatte ein absoluter Topmann in den Berchtesgadener Alpen eine lange und kühne Tour gemacht – es war am Häuselhorn, wenn er sich recht erinnerte, eine früher technisch begangene, mit einigen Überhängen versehene Route. Der Mann war überwiegend seilfrei geklettert, hatte sich lediglich an den diffizilsten Stellen mit einer ausgeklügelten Technik selbst gesichert und es war ihm gelungen, die vierhundert Wandmeter rotpunkt zu schaffen, frei, ohne sich auch an nur einem einzigen Haken hochziehen zu müssen. Die Berg- und Kletterzeitschriften hatten in ihren Nachrufen die herausragende sportliche Leistung in höchsten Tönen gewürdigt. Doch diese Würdigungen waren verblasst neben dem Entsetzen und der starren Verwunderung über den Absturz: Beim Abstieg im leichten Schrofengelände hatte der Kletterer den Halt verloren, war gestürzt und hatte sich, nur ein paar Meter tiefer, den Schädel und das Genick gebrochen.

Sei dir nie sicher, hatte sich Tobs schon damals gedacht. Und diese Erkenntnis hatte er sich bewahrt, hatte sie sich bis tief ins Unbewusste hinein eingeprägt und er hoffte darauf, sie in den entscheidenden Momenten jederzeit abrufbar zu haben.

Immer wieder betrachtete Tobs prüfend das felsige Gelände: weißes und hellgraues Kalkgestein, so weit das Auge nur reichte. Gut geschichtet, griffig, unschwierig und doch zur Vorsicht gemahnend.

Nein, dass Peter Henning hier leichtsinnig geworden sein sollte, das war einfach nicht vorstellbar. Für Peter, dessen war sich Tobs ganz sicher, hatte allein schon die Tiefe, die er unter sich empfunden haben musste, eine Herausforderung dargestellt. Es hätte mit dem Teufel zugehen müssen, dass dieser noch nicht allzu erfahrene und sehr vorsichtige Kletterer hier aufgrund einer Nachlässigkeit oder Unachtsamkeit zu Tode gekommen wäre.

Ist etwas dran an den Verdächtigungen seiner Eltern?, fragte sich Tobs. Ist irgendetwas dran, auch wenn es noch so unglaublich erscheint?

Er spürte die Zweifel in sich – und zugleich die Zweifel an seinen Zweifeln. In diesen Minuten wusste er nicht, was er denken, wem er glauben konnte. Einen Augenblick lang wäre es ihm am liebsten gewesen, er hätte nie von dieser Sache erfahren – nie von dem Unglück, nie von der Verzweiflung der Eltern des Abgestürzten, nie von dem Umstand, dass einer wie Henning hier nicht abgestürzt wäre.

Einen weiteren Augenblick lang wollte er sich am liebsten von allem zurückziehen. Nur noch hinaufsteigen zum Gipfel, absteigen zur Hütte, durchs Kaisertal hinauswandern nach Kufstein, nach Hause fahren und einfach alles vergessen, was mit der Plattendirettissima und Peter Henning zu tun hatte. Doch diese aufblitzenden Überlegungen schüttelte er ab und ließ sie nicht mehr an sich heran.

Ich kann mich nicht einfach in meine Vorhaut zurückziehen, dachte er. Egal, was wahr ist und was nur an den Haaren herbeigezogen erscheint, ich kehre jetzt nicht mehr um.

Verdammt noch mal, dachte er, das ist mein zweiter Fall. Und ich werde nicht wieder flüchten. Ich werde der Sache auf den Grund gehen. Ja, das werde ich.

***

Das Erstaunliche war, dass sich Brunner im Laufe des Vormittags allmählich ein wenig erholte. Das Fieber ging zurück; zumindest war seine Haut nicht mehr so heiß und der Schüttelfrost hörte gänzlich auf. Allerdings fühlte er sich schwach und elend; schwächer und elender noch, seit er am Morgen alles erbrochen hatte, was in ihm war. Doch war die Schwäche das eine, das Weichen der Angst das andere. Denn obwohl er sich immer noch die paar Schritte zwischen Bank und Kochstelle, zwischen Kochstelle und Wasserfass mühsam schleppen und sich dabei festhalten musste, damit er nicht umkippte, schwand doch die Sorge, dass sein Leben – das siebte seiner sieben – hier zu Ende ginge.

Er stolperte zurück in die Hütte und verriegelte die Tür. Die Fensterläden waren ohnehin geschlossen. Er wollte nicht, dass ihn jemand sah, ihn hier antraf. Bald nämlich würden die ersten Wanderer und Bergsteiger auftauchen, die einen auf dem Weg über die Brunnsteinhütte, die anderen später, wenn sie den Mittenwalder Höhenweg überschritten hatten.

Niemanden sehen, niemanden hören, niemandem etwas sagen müssen, dachte er jetzt, da er sich etwas besser fühlte.

Ob er einen Tee in sich behalten würde? Er wollte es wenigstens probieren, wissend, dass nichts so katastrophale Auswirkungen auf seinen Zustand hätte wie ein weiterer Mangel an Flüssigkeit.

Er setzte Wasser auf, hielt sich dabei krampfhaft am Holzbalken der niedrigen Hüttendecke fest und wartete dann, bis die drei Teebeutel lange genug gezogen hatten, um ein starkes Gebräu entstehen zu lassen. Er gab Honig dazu und trank in winzigen Schlucken, dabei die Reaktionen seines Magens belauernd und zugleich darauf achtend, sich nicht die Lippen zu verbrennen.

Wenn ich das jetzt vertrage, dachte er, dann geht es aufwärts. Das spür ich. Das rede ich mir nicht ein, ich spür das.

Er spürte aber auch, dass es, wenn überhaupt, sehr, sehr langsam aufwärts gehen würde. Immerhin hörte er auf, sich zu fragen, welche akute Erkrankung ihn so niedergeschmettert hatte. Seine ausgeprägte Charaktereigenschaft, etwas, das er nicht an sich heranlassen wollte, zu verdrängen, ja, geradezu an entlegener Stelle seines Ichs einzubetonieren, war ihm dabei sehr hilfreich.

Ich lebe, dachte er. Habe die Nacht überlebt und werde weiterleben.

Er lebte, aber es ging ihm so schlecht, dass er nicht wusste, wie er zurück ins Tal kommen und seine Geschichte zu Ende bringen sollte.

Wieder auf der harten Holzbank liegend, die Decken nunmehr nur lose übergeworfen, dachte er an Demhardter, dem es auf andere Art genauso beschissen ging wie ihm selbst, und der jetzt nicht nur geographisch weit entfernt war, sondern überhaupt unerreichbar für Brunner.

So weit ist es eigentlich gar nicht, dachte er. Luftlinie vielleicht zwanzig Kilometer ... Oder doch mehr? Dreißig? Vierzig höchstens.

Doch die Luftlinie war etwas Imaginäres. Brunners Weg zum alten Bunker, wo er Demhardter eingesperrt hatte, führte über Seefeld, Zirl, Innsbruck, Schwaz bis fast nach Jenbach –

und das war weit. Für ihn zumindest, der es nicht einmal bis Scharnitz schaffen würde.

Wenn ich nicht bald wieder auf die Beine komme, krepiert mir das Schwein vor Hunger, Durst und Angst.

Ein Hauch von Mitleid? Wie das erste milde Lüftchen, wenn hier auf der Höhe der Föhn sich ankündigte?

Brunner wischte dieses Gefühl, das ein diffuses war, weg. Mitleid mit Mario Demhardter würde er nicht haben, nie, niemals. Wenn schon, dann Mitleid mit sich selbst. Weil er so, wie die Sache derzeit stand, den Namen des anderen Täters nicht erfahren würde.

Noch nicht, dachte er. Noch nicht. Aber finden tu ich dich so oder so. Ob nun Demhardter erzählt, wer du bist, oder ob ich es anders in Erfahrung bringen muss.

Trotz des starken Schwarztees überrollte ihn die Müdigkeit wie eine Walze. Er konnte die Augen kaum mehr offen halten. Die Decken zog er bis unters Kinn. Was auch geschah, er wollte nur mehr schlafen.

Das Letzte, was er dachte, war:

Ich werde dir Gerechtigkeit verschaffen, Lonni.

Gerechtigkeit, mein kleines Mädchen.

Gerechtigkeit.

***

„Du solltest mit Phil reden", sagte Gendi, als er und Tobs ganz allein am Gipfel saßen und die dramatischen Einblicke in das Felsengewirr des Kaisergebirges auf sich wirken ließen.

Tobs nickte.

Er wusste ja selbst, dass dies sein nächster Schritt sein musste: mit Phil sprechen. Dann die Lebensgefährtin von Peter Henning aufsuchen. Momentaufnahmen sammeln. Und schließlich aus den verschiedenen Statements ein Gesamtbild zusammenstellen.

„Es geht eine Scheißenergie von dieser Sache aus", hörte Tobs Gendis Stimme. „Und du bis mittendrin."

Wieder nickte Tobs.

„Du musst zusehen, dass dich das nicht auffrisst."

Als sie sich wenig später an den Abstieg machten – zunächst auf einem mit roten Farbpunkten markierten Steig, der auch einige sehr leichte Kletterpassagen aufwies –, sagte Gendi etwas, das mit dem sonstigen Hauptthema dieses Klettertages nichts zu tun hatte, zumindest im Moment nicht:

„Du fährst doch zurück nach München, stimmt's? Hättest du einen Platz für mich, wo ich ein paar Tage bleiben könnte?"

Die Frage kam so überraschend, dass Tobs nicht gleich antworten konnte. Es trat so etwas wie eine Stille ein, gestört nur von den Geräuschen ihrer Schritte auf Stein und Geröll, vom Rhythmus ihres Atems und vom krächzenden Schrei einer Dohle, die in einigem Abstand vorüberflog und die beiden Kletterer zu inspizieren schien.

„Keine Sorge", sagte Gendi. „Nur paar Tage. Ich möchte dann weiter ins Elbsandstein. Müsste aber erst noch auf einen Kumpel warten, der aus dem wilden Westen zurückkommt."

„Amerika?", fragte Tobs.

Jetzt nickte Gendi. „Yosemite", sagte er. „Beneidenswert, oder?"

„Ja", sagte Tobs. „Da wäre ich jetzt auch lieber."

Und dann fügte er hinzu: „Natürlich kannst du bei mir biwakieren. Das Haus steht eh leer. Und es ist oft gar nicht lustig, da ganz allein zu sein."

Im selben Moment fiel ihm auf, dass er Gendi nichts davon erzählt hatte, dass er seit dem Tod seiner Mutter ganz allein in dem Reihenhaus im Münchner Osten lebte.

Gendi sagte nichts, Gendi fragte nichts. Also war es auch egal. Sie würden beim Weg aus dem Gebirge oder auch an den kommenden Tagen ohnehin noch genug Zeit haben, sich etwas aus ihrer beider Leben zu erzählen.

„Let's go!" Gendi grinste, und sie setzten den Abstieg fort.

Mittags um zwölf saßen sie vor Hinterbärenbad in der Sonne und ließen sich ein Bier schmecken.

Genau so hatten sie es sich ja auch vorgestellt.

Das Beste dabei war, dass es Tobs gelang, alle düsteren Gedanken zu verbannen und nur den Augenblick zu genießen.

Wenn es gut läuft, dachte er, ist das Leben einfach nur schön.

FÜNF

Licht! Licht konnte alles bedeuten, Schlimmes und Gutes, im besten Fall das Leben!

Demhardter schreckte auf vom Licht, das in sein Gefängnis fiel. Er musste geschlafen haben, zumindest weggedämmert sein aus seinen Verzweiflungsplagen und Angstzuständen. Das Licht hatte ihn in die Wirklichkeit zurückgeholt. Es war nicht so grell wie beim letzten Mal, es war matt, müde, grau. Vielleicht war das Wetter draußen schlecht. Oder es war früh am Morgen oder in der Dämmerung des Abends. Woher hätte er das wissen können?

Keinen Laut wollte er von sich geben. Nichts sagen, nichts fragen, nur angstvoll (und hoffnungsvoll, ja, natürlich auch hoffnungsvoll!) abwarten. Doch er konnte es nicht vermeiden, dass sich ein jämmerliches Krächzen und Schluchzen aus seinem Hals löste, ein Eingeständnis seiner völligen Hilflosigkeit und Unterwerfung.

Wer auch immer ihn hier gefangen hielt und jetzt die Tür wieder geöffnet hatte, sollte Erbarmen mit ihm haben. Alles würde er tun, alles geben, um hier raus zu kommen.

Er wandte sich in die Richtung, aus der der Lichtschein kam, was dieses Mal nicht so schwer fiel. Er hatte sich, nachdem er die Näpfe mit Wasser und Essen leergeschleckt hatte, nicht sehr weit von ihnen entfernt, höchstens zwei Meter zur Seite gedreht. Zunächst hatte er ganz dicht an die Tür herankriechen wollen, um sofort da zu sein, wenn sie sich auftat. Wenigstens einen Blick nach draußen hatte er erhaschen wollen. Doch dann hatte ihm die Intuition gesagt, dass es gefährlich wäre, unmittelbar am Eingang, oder was auch immer das für eine Öffnung war, zu liegen und dort seine Peiniger zu erwarten. Das war der Grund, warum er sich etwas tiefer in sein fenster- und lichtloses Gefängnis zurückgezogen hatte, den Kopf allerdings nicht weggedreht, sondern so, dass er schnell erfassen konnte, was beim nächsten Öffnen geschah.

Auch wenn das Licht nicht besonders hell war, konnte Demhardter zunächst nichts sehen. Zu lange hatte er in der völligen Dunkelheit gelegen; das nun einfallende Licht war ein Schock für seine Augen. Aber hören konnte er: Schritte auf Gras, feuchtem Gras, und auf Kies. Vielleicht war es auch einfach eine von Steinen durchsetzte Wiese.

Es waren nicht viele Schritte, nur ein paar, aber derer war er sich gewiss. Ihm fiel ein, auch beim letzten Mal Schritte gehört zu haben, Schritte einer einzelnen Person, und es waren seinem Gefühl nach die Schritte eines Mannes gewesen.

Nun waren es wieder die Schritte einer Person. Die Person war nicht zu sehen, obwohl sich seine Augen allmählich an das Tageslicht gewöhnten. Doch etwas war anders: Die Schritte wirkten leichter. Die Schritte einer Frau oder eines Kindes.

Demhardter rief: „Hallo?"

Es kam krächzend und schwach, immerhin jedoch laut genug, dass es jemand, der draußen neben der Tür stand, hören musste.

„Hallo!", rief er wieder. Und dann mit der ganzen Kraft, die er seinem gnadenlos gefesselten Körper abringen konnte: „Können Sie mir helfen!? Bitte! Helfen Sie mir."

Er horchte. Keine Schritte. Stille. Vielleicht, und da war er nicht ganz sicher, in der Ferne die Motorengeräusche schnell fahrender Autos. Sonst aber nichts. Keine Schritte.

Doch!

Es war ihm, als würde jemand flüstern!

Sehr leise, wisperig, wie leichter Wind in dürrem Herbstlaub.

Und dann wieder Stille.

„Hallo!", rief er wieder. Laut jetzt, kraftvoll, ohne jedoch eine Antwort zu bekommen.

„Da ist doch wer! Bitte, helfen Sie mir! Holen Sie mich hier raus. Bitte!"

Schritte, zwei, drei, vier. Näher kommend. Dann nichts mehr. Schritte, die sich entfernten. Und Flüstern. Ganz leises, kaum mehr wahrnehmbares Flüstern.

Zwei Personen, dachte Demhardter. Zwei Personen, die da draußen stehen. Die mich in der Gewalt haben. Und die nun beraten, was sie mit mir tun wollen.

„Bitte!“, rief er wieder. „Lassen Sie mich hier raus! Bitte!!!“

Eine Antwort bekam er nicht. Nur Stille. Und von weit, weit her das Geläut von Kirchenglocken. Er erfasste es zu spät, als dass er die Glockenschläge hätte zählen können. Doch er realisierte, dass es sich eher nicht um eine große Stadtkirche handelte, sondern um die Glocken einer Dorfkirche.

Draußen waren Menschen. Mindestens zwei, wenn er davon ausgehen konnte, dass es sich nicht um ein geflüstertes Selbstgespräch handelte. Zwei Menschen, die ihm helfen konnten. Aber die ihm genauso gut den Rest geben konnten.

Wieder lief ihm der Urin über die Schenkel.

Mario Demhardter hatte Angst. Eine Angst, wie er sie nie gekannt hatte, bevor er in diesem Verließ gelandet war. Eine Angst, die sich anfühlte, als hätte er eine Schlange im Bauch, eine große Schlange, die erwacht war und nun begann, ihn von innen her aufzufressen: durch die Magenwände an die Milz und an die Leber heran und dann hinauf zu den Lungenspitzen und durch einen Lungenflügel tief hinein in sein verzweifelt pumpendes Herz.

Wieder Schritte. Diesmal lauter, kräftiger, entschlossener. Und dann wurde das Licht von einem Moment auf den anderen gedämpft. Wie heruntergedimmt. Eine Gestalt trat gebückt durch die offensichtlich niedrige, ungefähr quadratische Tür und richtete sich vor ihm auf. Vor dem hellen Hintergrund war die Gestalt schwarz und für ihn, der er nackt auf dem kalten Steinboden lag, war sie groß, riesengroß.

Die Person stand keine zwei Schritte von ihm entfernt. Sie trug Hosen, halbhohe Sportschuhe, eine weite Jacke oder einen Anorak. Alles war schwarz, auch das Gesicht war schwarz. Erst glaubte er, diese Schwärze im Gesicht rührte vom Gegenlicht her. Doch dann erkannte er, dass es sich um eine Art Motorradfahrermütze handeln musste, hinter der Haare und Gesichtszüge verborgen waren.

Die Gestalt stand vor ihm und sah einige, ihm endlos erscheinende Sekunden zu ihm herab. Stand nur so da, schweigend, bewegungslos. Dann bückte sie sich und verschwand durch die Tür. Demhardters Augen begannen im Licht, das durch das Türquadrat hereinblendete, zu tränen. Er erwartete, dass die Tür wieder zugeschlagen und verriegelt wurde. Vielleicht noch, dass diese Person (oder die andere, die sich draußen befinden musste?) etwas zu essen und zu trinken hereinstellte. Doch all das geschah nicht.

Die Tür blieb offen, das Licht stand weiter im Quadrat. Nur das Flüstern fand eine Fortsetzung, lauter als zuvor und, wie er nun überzeugt war, mit nur einer Stimme.

„Ist er's? ... Hm? ... Sag schon, ist er's?"

Genau das hörte er. Nur das und keine Antwort.

„Ist er's? ... Hm? ... Sag schon, ist er's?"

Demhardter blieb keine Zeit, darüber nachzudenken, ob er der war, den die Fragestellerin meinte. Ob sie wirklich ihn ganz konkret im Visier hatte oder ob alles nur ein schlimmes Missverständnis war. Denn im nächsten Augenblick kam die schwarze, vermummte Person wieder gebückt durch die Tür, machte zwei schnelle Schritte auf ihn zu und trat ihm, dem die Hände hinterm Rücken mit den Beinen zusammengebunden waren und der sich nicht im Geringsten wehren oder schützen konnte, mit voller Wucht ins Gesicht.

Er hörte seine Gesichtsknochen knacken und er verspürte einen stechenden Schmerz, der sich ihm wie ein dünnes Messer bis tief ins Gehirn bohrte.

Dieser fürchterliche Tritt raubte ihm beinahe die Sinne. Doch um die Gnade einer schmerzfreien Ohnmacht zu erlangen, musste er den zweiten Schlag hinnehmen. Und der war nicht weniger brutal als der erste. Er sah das Bein, den Schuh, und er sah die Bewegung. Er schrie – oder glaubte zumindest zu schreien – in dem Bruchteil der Sekunde, bevor ihn der Tritt im Unterleib traf. Er hörte seinen Schrei – oder glaubte, ihn zu hören –, dann schienen seine Hoden zu explodieren, der Schmerz raste seine gekrümmte Wirbelsäule entlang, er wusste, das war der Tod – und dann erlöste ihn der Verlust des Bewusstseins. Er versank in tiefer Schwärze, in schwereloser, traumloser Nacht.

***

Das Wetter bestätigte die Prognosen, mehr noch, es überbot jede Vorhersage.

Dass ein Tiefdruckgebiet von England herüberziehen und sich südostwärts wenden würde, Abkühlung und gebietsweise ergiebige Regenfälle mit sich bringend, war in den TV- und Funknachrichten, in den Internet-Wetterdiensten und, mit einem Tag Verzögerung, dann auch in den Tageszeitungen vermeldet worden.

Nach einem grauen Morgen, an dem die Sonne immerhin noch versuchte, den Tag für sich zu gewinnen, setzte am Vormittag Regen ein. Die von Westen herangezogenen Wolken füllten das Inntal aus, sie drangen in jeden Winkel des gebirgigen Geländes, schlichen sich in die Seitentäler, ins Ötztal, ins Wipptal, ins Zillertal, und nisteten sich dort zwischen hohen Bergen geradezu genüsslich ein. Als der größte Teil des österreichischen Bundeslandes Tirol dann unter einer schweren grauen Decke lag, öffnete der Himmel seine Schleusen, wie ein verfluchtes Sauwetter in abgedroschener Poesie oft umschrieben wird.

Tage mit heftigem und anhaltendem Regen sind für die Alpenregion so selbstverständlich wie für die Nordseeküstenregion ein beinahe unablässig wehender Wind verschiedenster Stärken. Aber dass der Regen sich so halten würde, bereit, scheinbar nie mehr aufzuhören, dass dazu eine zu dieser Zeit erstaunliche Abkühlung einsetzte, kam für die meisten Menschen doch sehr überraschend. Allenthalben war davon die Rede, dass es so etwas, solche Kälte und so viel Wasser, noch in keinem September gegeben habe, solange man denken könne.

Was natürlich nicht stimmte! Die Alten, die in den hintersten Bergtälern lebten, wussten das. Sie hätten keinen Wetterbericht gebraucht, um die Prognosen für Tage und Wochen stellen zu können. Statt auf hochsensible Hightech-Messgeräte verließen sie sich auf ihre Knochen und ihre kleineren oder größeren körperlichen Beschwerden.

Am ziehenden Schmerz in den Knie-, Ellbogen- und Handgelenken, am unangenehmen Kribbeln alter Narben, am Pochen in den Stümpfen amputierter Gliedmaßen konnten sie erkennen und ermessen, was das Wetter bringen würde. Für Menschen, die mit derlei Gaben ausgestattet waren, war es völlig klar, dass es sich bei der derzeitigen Konstellation von Hochs und Tiefs, von Luftdruck und Luftfeuchte, von Windrichtungen und Temperaturen um das Hereinbrechen eines Vorwinters handelte, wie es ohnehin alle paar Jahre geschah: Dann regnete es in den Tallagen tagelang Schusterbuben, während es weiter droben, so ab fünfzehnhundert Metern, schneite, als wenn man schon Dezember oder Januar hätte. Es wurde kalt und feucht und der noch vom Sommer verwöhnte und jetzt von der nasskalten Luft gequälte Mensch glaubte, dass dies schon der Anfang des schlimmsten Winters war. Gut, es war ein Anfang – und doch auch wieder nicht!

Auf solch einen frühen Wintereinbruch folgte in aller Regel Tauwetter. Der Schnee, der in den Höhenlagen gefallen war, schmolz wieder ab (von schattseitigen Hanglagen und tief eingeschnittenen Geländerunsen einmal abgesehen) und auf das Tauwetter folgte dann ein langer Herbst mit vielen sonnigen Tagen, für Wanderer und Bergsteiger sozusagen köstliche Desserts zum Ausklang des Jahres.

Zunächst freilich musste man die schlechten Tage überstehen: den abrupten Wettersturz, der den Leuten Kopfschmerzen bereitete, und die Nasskälte, die durch alle Kleiderschichten zu dringen vermochte – und die, wenn man nichts anhatte, die Haut verzehrte und sich dann über Knochen und Eingeweide hermachte.

***

Tobs konnte mit dem Regenwetter gut leben. Die Sehnsüchte nach dem Unterwegssein, nach dem Gebirge, dem Bergsteigen, dem Klettern, die jeder durchs Fenster einfallende Sonnenstrahl gleichsam mit sich geführt hätte, blieben gezähmt. Es war ihm egal, dass der neueste Wetterbericht nun schon von mehreren Regentagen sprach – er trainierte täglich eine Stunde an seiner eigenen Boulderwand (die er jetzt allerdings mit Gendi zu teilen hatte) und fand ansonsten Zeit, um seinen ganzen Kram und vor allem seine Gedanken in Ordnung zu bringen.

Gendi campierte im Wohnzimmer. Tobs fand es gut, nicht allein im Haus zu sein. Jemanden um sich herum zu wissen, machte ihn ruhiger, und es gelang ihm viel besser, sich zu konzentrieren.

Er setzte sich in sein Zimmer, fuhr den Computer hoch, suchte auf Youtube nach Stücken des neuen Black-Sabbath-Albums – irgendwo hatte er gehört, dass die Heavy-Metal-Giganten nach bald drei Jahrzehnten eine neue Scheibe gemacht haben sollen –, er stieß auf „God Is Dead?“ und fand den achtminütigen Song auf Anhieb ganz überzeugend: kein weichgespülter Mainstream-whole-family-Rock à la Bon Jovi, sondern düster, kryptisch und so rabenschwarz wie auf der uralten „Sabbath bloody Sabbath“.

Er wunderte sich über sich selbst: Ausgerechnet bei einer derart rauen, harten, treibenden und vor allem lauten Musik kam er am besten zur Ruhe. Dann gelang es ihm, die Gedanken auseinanderzupflücken und neu zu bündeln. Bei Hardrock oder Heavy Metal kam noch am ehesten so etwas wie Ordnung in sein Leben.

Tobs ließ die Tage im Kaisergebirge Revue passieren, die Erlebnisse, die Überlegungen, die Gespräche mit Gendi. Auf einem Schmierzettel notierte er sich, was er als Nächstes zu tun gedachte.

Julia treffen (Beileid; fragen, wie es ihr jetzt geht; hat Peter so etwas wie ein Tourenbuch geführt?).

Ricardo anrufen.

Kurzbrief an die alten Hennings. In Gedanken kritzelte er daneben: besser, als mit ihnen zu telefonieren.

Den vorerst letzten Punkt umkringelte er mit dem Kugelschreiber: Treffen mit Phil.

Er holte seine E-Mails ab und drückte auf die Replay-Taste auf Youtube, um „God Is Dead?“ noch mal und noch mal zu hören. Die meisten Mails konnte er ungelesen löschen, doch zwei waren dabei, die ihn interessierten: Eine enthielt die Ankündigung einer Ausstellung im Alpinen Museum, die andere war von Mel, bereits vor ein paar Tagen an ihn gesandt, doch er war ja nicht daheim gewesen, und die ständige Erreichbarkeit via Smartphone wollte er für sich nicht akzeptieren.

Die Nachricht von Mel bereitete ihm schon ein schlechtes Gewissen, bevor er noch die ersten Zeilen gelesen hatte.

Verdammt, verdammt, dachte er. Bei Mel hätte ich mich schon längst melden sollen.

Müssen!, schickte sein Gewissen nach. Müssen, du untreue und undankbare Seele.

Hallo, stand kühl in der Mail. *Hoffe, es geht dir wieder besser. Bin zurück in Düsseldorf. Mein Knie wird wahrscheinl. arthroskopiert werden müssen. Nichts Weltbewegendes, aber die Klettersaison ist damit definitiv gelaufen. Vielleicht sieht man sich ja wieder mal (bei besserer Gelegenheit als zuletzt). Best wishes. M.*

SECHS

Hallo Mel, schrieb er. *Die Zeit rast dahin. Jetzt sind schon wieder Wochen vergangen, seit ...*

... seit, dachte er. Seit was? Seit dieser Scheißgeschichte, die ihn eigentlich dazu bewogen hatte, den gerade erst gewählten Beruf des Privatermittlers unverzüglich wieder an den Nagel zu hängen.

Tobs Thanner versuchte, die Erinnerungen zu verdrängen, die Bilder zu verjagen, die Angst von damals nicht mehr hochkommen zu lassen.

Mein erster Fall, dachte er. Und gleich eine Tragödie. In jeder Hinsicht.

Die Eindrücke ließen sich nicht verscheuchen. Je stärker er es versuchte, desto aufdringlicher und penetranter verstellten sie ihm jeden Fluchtweg.

Sein damaliger Auftraggeber, ein gewisser Donath, fiel ihm ein. Dessen Frau hatte er zu beschatten, so lautete die finanziell gut dotierte Vorgabe. Weil sie Affären hatte. So lautete der Grund.

Und dann war es ein Abgrund.

Das Erwachen. Neben sich Donaths Frau, Elena. Und alles voller Blut. Bilder, die ihn am Tag quälten, die sich in seine Träume schlichen oder ihn aus dem Schlaf rissen. Und die nur verschwanden, wenn er pausenlos aktiv war, wenn er ging, lief, stieg, kletterte, an seiner Trainingswand Klimmzüge machte.

Am Computer sitzen und auf den Monitor starren, auf ein paar Worte, die nichts besagten – das war kein gutes Mittel gegen seine Probleme.

Er löschte die Zeilen, die an Mel gerichtet waren. Das ist doch kein Anfang, dachte er.

Mel.

Auch da Erinnerungen, mit denen er nicht klarkam.

Reisen, klettern, ein besonderes Freiheitsgefühl. Abends im Camp, die Nächte warm, Lagerfeuer unterm Sternenhimmel.

Mel hatte ihm gleich gefallen. Tolle Kletterin, tolle Frau, ein bisschen burschikos, genau sein Typ. Alles hatte gepasst. Er war auch ihr Typ.

Ich war verliebt. Und wie. Richtig verliebt.

Jetzt, in seiner unerwünschten und doch ausweglosen Erinnerung, roch er ihr Haar, ihre Haut, ihren Schweiß nach einer Tour, sogar das Deo, das sie verwendete.

Ich hab schon verdammtes Glück, hatte er sich damals gedacht. Es ging ihm ja nicht nur um Sex, nicht nur darum, ein flüchtiges Urlaubsabenteuer auszukosten. Tobs genoss die Wärme, die Mel ihn in diesen Tagen spüren ließ, fühlte sich beinahe wohl in der Geborgenheit, die ihm ihre Küsse, ihre Umarmungen, ihr Blick und ihre Stimme gaben. Es war schön. Was heißt schön – es war herrlich, und der eine Teil in ihm war sicher, das für immer so haben zu wollen. Der andere aber …

Er fragte sich, was ihn getrieben hatte, aus dieser so angenehmen Umarmung zu fliehen. Und warum er das auf so schäbige Weise getan hatte. Eigentlich hatte er sich nie etwas anderes gewünscht als eine solche Beziehung, die über die Gemeinsamkeiten in Freizeit und Bett hinausging. Und dann … in dem Moment, da er genau das gefunden zu haben schien … Wärme, Harmonie, Übereinstimmungen … Woher kam die Angst, sich zu binden?

Ich bin einfach davon, dachte Tobs. Die versprochenen Anrufe – nie getätigt.

Er erinnerte sich, dass er mit Ricardo, dem viel älteren Bergfreund, in die Pala gefahren war. Wir telefonieren, hatte er versprochen. Hatte dann aber nie angerufen. Und sein Handy hatte er vorsorglich abgeschaltet, wollte nicht erreichbar sein, nicht für sie, für Mel, die er irgendwie schon liebte und irgendwie doch fürchtete.

Hi Mel, tippte er in eine neue Mail. *Wo treibst du dich herum? Du warst so schnell weg, und ich habe dir nicht mal danken können …*

Der Anfang war besser, zufrieden war Tobs dennoch nicht.

Wie schwierig es doch ist, sich zu bedanken. Besonders in dieser Situation, die gleich in mehrerlei Hinsicht verfahren war.

Wie verfahren, hatte ihm sein Freund Ricardo beibringen müssen – nachdem Tobs seinen ersten Auftrag überstanden hatte. Denn er selbst hatte sich nicht erklären können, wie Mel in einer der schwersten Stunden seines Lebens plötzlich auftauchen konnte. Er war zitternd vor dem Ferienhaus der Donaths gesessen, hatte gerade noch um sein Leben gebangt und war Zeuge einer schrecklichen Tat geworden.

„Sie ist spontan nach München gekommen", hatte Ricardo ihm erzählt. „Ich habe sie in der Thalkirchner Kletterhalle aufgegabelt. Sie war dann ein paar Tage bei mir und hat mir ihr Herz ausgeschüttet. Eine tolle Frau ... Ich an deiner Stelle ... Aber ich bin ja nicht an deiner Stelle, leider."

Mel hatte ihn nach Hause begleitet. In das Haus, das er seit dem Tod seiner Mutter ganz alleine bewohnte. Sie hatte sich um ihn gekümmert, war dagewesen, als er jemanden gebraucht hatte.

Ja, dachte Tobs, jetzt weiß ich es wieder: Ich habe mich in die Badewanne gelegt, das Wasser so heiß wie nur irgend möglich. Wie ich das immer mache, wenn ich so richtig fertig bin. Und da bin ich eingeschlafen. Als ich aufgewacht bin, war Mel fort. Richtig fort. Es war nichts mehr da von ihren Sachen. Einen Zettel hat sie mir dagelassen, keinen Brief. Nur drei Worte: Schade. Deine Mel.

Er merkte, dass seine Gedanken so selbstmitleidsvoll wurden wie die eines verlassenen Ehemannes. Dabei war ich es doch ..., dachte er. Und er verwünschte diese Situation. Beinahe hätte er auch die eben erst angefangene Mail an sie wieder gelöscht, er überlegte es sich dann aber anders und speicherte sie unter „Entwürfe" ab.

Später vielleicht, dachte er. Oder morgen.

Stattdessen schickte er eine Facebook-Nachricht an Ricardo und schlug ihm ein Treffen vor.

Kletterhalle?, kam als fragende Antwort.

Was ist sonst los?, schrieb Tobs zurück.

Ausstellung im Alpinen Museum. Sonderschau Gaston Rébuffat. Und heute ist bis 7 offen.

Tobs wusste, dass Rébuffat ein großer Bergsteiger war, vor gefühlt etwa hundert Jahren. Er hatte sich allerdings nie mit ihm befasst. Oder doch?

Klar, dachte er, in den Calanques bin ich eine schöne Route von ihm geklettert. Sans-soucis intégrale oder so ähnlich.

Und überhaupt: Was sprach schon dagegen.

Wann kommst du?, schrieb er zurück.

17.30 h. Bis dann.

Tobs fuhr mit der Straßenbahn in die Stadt. Er hatte erwogen, die paar Kilometer zu radeln. Aber da das Wetter weiterhin unberechenbar war – auf kurze Aufheiterungen folgten gleich wieder heftige Regenschauer –, zog er die bequemere und auf alle Fälle trockenere Variante vor.

Das Alpine Museum des Alpenvereins hatte einen luxuriösen Platz auf der Praterinsel. Das altehrwürdige Haus stand in einem kleinen Park, der an zwei Seiten vom Wasser, von der Isar und dem Isarkanal, umspült wurde. Eine Oase im Großstadttrubel, nicht weit entfernt von viel befahrenen Straßen, doch wenn man den Park erst einmal betreten hatte, kam man sich beinahe vor wie auf einem einsamen Berg.

Ricardo saß schon in der Cafeteria, als Tobs eintraf.

„Auch noch einen Cappuccino?", fragte er. „Ich bin gerade erst gekommen und brauch schon noch ein paar Minuten, bis ich den Kaffee getrunken und meinen Kuchen verdrückt habe. Sehr gut übrigens, der Kuchen."

Eine Viertelstunde später betraten sie die kleine, feine Sonderausstellung „Le Monde de Gaston Rébuffat – Die Welt des Alpinisten, Autors und Filmemachers".

In Vitrinen lagen Bücher und Briefe, auf Monitoren waren Filmausschnitte zu sehen und an den Wänden hingen großformatige Farbfotos. Letztere vor allem faszinierten Tobs. Die Aufnahmen zeigten Westalpengranit in traumhaftem Sonnenlicht und Gletscherbrüche bei besten Schnee- und Eisbedingungen. Doch das allein war es nicht, was Tobs in Staunen versetzte. Es war der Akteur in diesen Bildern, der Kletterer und Bergsteiger Rébuffat. Bekleidet mit einem feingemusterten Strickpullover, einer gut sitzenden Bundhose und einer eigenwilligen Zipfelmütze, kletterte er in unvergleichlicher Körperhaltung – elegant, souverän, völlig unverkrampft.

Tobs stand vor diesen Bildern, ging langsam von einem zum anderen, kehrte wieder zum ersten zurück und war derart beeindruckt, dass es Ricardos zusätzlicher Erläuterungen nicht bedurft hätte.

„Er war wohl eine richtige Koryphäe in den vierziger, fünfziger und sechziger Jahren. Ein Ausnahmebergsteiger. Er hat als Erster die sogenannten ‚Sechs großen Alpenwände' durchstiegen …"

„Die da wären?"

„Eiger-Nord, Matterhorn-Nord, Walkerpfeiler an den Grandes Jorasses, Zinnen-Nord, Piz-Badile-Nordostwand und die Nordwand des Petit Dru. Und was fast noch besser ist: Er hat die drei berüchtigten Nordwände am Matterhorn, am Eiger und an den Grandes Jorasses als Bergführer mit Kunden durchstiegen."

Tobs sah Ricardo mit großen Augen an. Er hatte gleich zwei Fragen.

Erstens: „Wie kann jemand so verdammt gut sein?"

Zweitens: „Woher weißt du das eigentlich alles?"

Die erste Frage blieb unbeantwortet. Sie war ja auch eher eine rhetorische. Die Antwort auf Frage zwei gab Ricardo mit traurigen Augen, wie es Tobs schien.

„Mein Vater hatte die Bücher von Rébuffat. Er war mehr ein Wanderer und bergsteigerischer Normalverbraucher. Kein Kletterer, nie extrem. Doch die großen Pioniere des Bergsports, Leute wie Bonatti, Buhl, Rébuffat, hat er immer bewundert. Wahrscheinlich wäre er selbst gerne so einer gewesen, so abenteuerlustig und draufgängerisch. Das hätte aber sein Herz nicht mitgemacht. Er ist früh gestorben, war noch keine sechzig."

„Ich …“, setzte Tobs an.
„Nein“, fiel ihm Ricardo ins Wort, „du hast ihn nicht mehr gekannt. Das war, bevor wir uns begegnet sind.“
„Und die Bücher? Hast du sie noch?“
Jetzt schlich sich ein Lächeln in Ricardos Züge.
„Sammlerstücke“, sagte er dann. „Wirkliche Sammlerstücke: ‚Sterne und Stürme‘, ‚Ein Bergführer erzählt‘, ‚Zwischen Erde und Himmel‘. Das sind wunderbare Bücher, beinahe poetisch. Bei den Deutschen ging es selbst in den fünfziger Jahren noch immer um Kampf und Sieg, die Franzosen hingegen …“
Er schnalzte – sehr französisch – mit der Zunge. „Da ging es um Schönheit, Eleganz, Poesie.“
„Musst mir mal eines leihen“, sagte Tobs. „Würde mich wirklich interessieren.“

***

Tesi Reiter war verzweifelt. Sie hatte sich noch einmal krankgemeldet und war losgefahren, um Mario an all den Orten zu suchen, die irgendetwas mit ihm zu tun hatten.
Sie hatte sich keine Illusionen gemacht. Dass sie ihn so nicht finden würde, war ihr eigentlich völlig klar. Da ließ sich am Verstand nicht rütteln. Als sie nach Stunden der Suche bei Bekannten, in Kneipen und in Geschäften jedoch nichts als Fehlanzeigen zu verbuchen hatte, brach sie in sich zusammen. Ihre Gefühle hatten immer gegen den Verstand rebelliert, hatten das Unzweifelhafte nicht wahrhaben, sich nicht damit abfinden wollen.
Mario war fort. Mario war vielleicht tot.
Sie fand keine Erklärung. Immer wieder wählte sie seine Handynummer. Nichts. Immer wieder schaute sie aufs Display ihres eigenen Handys. Alle Bekannten, die sie angesprochen hatte, kannten ihre Nummer und würden sich melden, sobald sie irgendetwas in Erfahrung bringen konnten. Aber das Handy blieb stumm, das Display matt, der Tag ohne Hoffnung.

Sie war in Kiefersfelden gewesen, hatte Kufstein abgesucht, sogar an Tankstellen hatte sie gefragt, ob man ihn oder sein Auto gesehen hatte, alles ohne Erfolg.

Tesi schwitzte. Es war nicht der streng riechende Schweiß der Anstrengung, es war der stinkende Schweiß der Angst. Ihr grauste vor ihr selbst. Sie fuhr nach Hause, stopfte T-Shirt, Bluse, Unterhose und Socken in die Waschmaschine und stellte sich unter die Dusche, bis der Geruch abgeseift und weggespült war. Die Angst wegzuspülen gelang ihr freilich nicht.

In der Küche bereitete sie sich mit ihrer Mini-Bialetti einen Espresso. Irgendwo musste noch Weinbrand oder Rum sein, sie trank das Zeug ja nie, brauchte es normalerweise nur zum Backen. Heute aber …

Sie kippte einen Schluck Weinbrand in den Espresso, gab zwei kleine Löffel Zucker dazu und rührte um. Sie hatte einmal gehört, dass dieses Gebräu Doping pur sei. Fernfahrer würden es an den Raststätten trinken, um nachts besser fit zu bleiben. Caffè corretto con cognac, genau, so hieß das in Italien. Oder con prugna, mit Pflaumenschnaps. Oder con grappa.

Es schmeckte. Ja, es schmeckte und es tat ihr gut, weckte sozusagen ihre Lebensgeister.

Sie suchte sich frische Sachen aus dem Kleiderschrank und zog sich an.

Ich gebe nicht auf, dachte sie. Ich gebe nicht auf.

Ihr Plan war, an diesem Abend nach Rosenheim zu fahren, dort ein paar Lokale und Discos abzuklappern, wo sie mit Mario schon mal war, und wenn sie dort erfolglos blieb, würde sie noch die andere Richtung ansteuern, Jenbach und Schwaz.

Ich suche dich, mein Liebling. Und ich finde dich. Ich finde dich ganz bestimmt.

Sie hatte schon die Autoschlüssel in der Hand, als ihr bewusst wurde, dass sie seit dem Morgen nichts gegessen hatte. Sie hatte eigentlich auch gar keine Lust dazu. Doch ohne etwas zu essen, würde sie das nicht durchhalten. Fertig angezogen, abfahrtbereit, stand sie vor dem geöffneten Kühlschrank und ließ ihren Blick lustlos über das Angebot schweifen, das zwar vielseitig, aber nicht vielversprechend war. Ein Stück Stangensalami, eine Ecke Camembert, ein Rest Hartkäse, ein Gurkenglas, in dem noch zwei Gurken schwammen, eine halbe Zitrone, zwei Flaschen Bier, drei Dosen Cola, Butter und Bratfett, eine Stange Lauch und eine halbe rote Paprika. In den Türfächern lagerten zwei Marmeladengläser (Waldbeere und Aprikose), ein Tetrapak Milch und ein Stück Parmesan, das allerdings schon kleine blaugrüne Flecken aufwies.

Tesi schnitt sich den Hartkäse in kleine Stücke und die Paprika in Streifen. Eine der Coladosen nahm sie mit für die Fahrt.

Kein gutes Abendessen. Aber es war ja auch alles andere als ein guter Tag.

***

„Natürlich musst du mit diesem Phil reden", sagte Ricardo, als sie nach dem Besuch der Rébuffat-Ausstellung, die sie beide beeindruckt hatte, in einer Regenpause durch die Grünanlagen am Hochufer des Isarkanals in Richtung Maximilianeum schlenderten.

„Ich kann mir vorstellen, dass du wenig Lust dazu hast. Aber du wirst da nicht drumherum kommen, wenn es dir wirklich ernst damit ist, Licht in die Sache zu bringen."

Er hatte recht. Tobs wusste, dass sein Freund Ricardo, den er immer schon für seine Klarheit und Besonnenheit geschätzt hatte, recht hatte.

„Wir könnten das ja gemeinsam machen", schlug Tobs vor. „Kletterhalle oder irgendein Vortrag oder ein Bergfilm. Und hinterher etwas trinken gehen."

Ricardo schüttelte den Kopf.

„Das erste Treffen gehört dir allein", sagte er lächelnd. „Ich bin überzeugt, dass es besser ist, wenn du dich ganz auf diesen Mann und euer Gespräch konzentrierst. Dass du dich ganz auf ihn einlässt – und dich nicht auf mich verlässt. Du musst alles erfassen, was er sagt. Und, was vielleicht noch wichtiger ist, du musst spüren, wie er es sagt."

Ricardo sah Tobs an, der kein sonderlich begeistertes Gesicht machte.

„Schau nicht so", sagte Ricardo. „Du weißt ja: Ich habe gleich gesagt, dass Privatdetektiv nicht das Richtige für dich ist."

***

Als er zurückkam, war das ganze Haus voller Gerüche – und voller Leute. Gendi, sein zeitweiliger Untermieter – mietfrei, muss dazu gesagt werden – hatte Besuch. In der Küche standen leere Töpfe, in einem war der Rest von Sugo mit viel Knoblauch und vielen Kräutern. Das war der eine intensive Geruch. Der andere musste von Räucherstäbchen herrühren, es roch nach Patschuli und Sandel und Orangen – jedes für sich genommen ein durchaus feiner, zumindest interessanter Duft. In Kombination mit dem Sugo-Aroma allerdings eine ziemliche Zumutung für jede Nase, die nicht an Schnupfen oder chronischer Schleimhautschwellung litt.

Im Flur stand eine ganze Armada von Schuhen und aus dem Wohnzimmer drang ein Gewirr aus Stimmen und lauter Musik.

Wenigstens haben sie die Schuhe ausgezogen, dachte Tobs, dem häusliche Ordnung an sich kein Hauptanliegen war, der es in diesem Fall aber, da wildfremde Leute bei ihm eindrangen, als mindestes Gebot der Höflichkeit erachtete, nicht auch noch den Dreck reinzutragen.

Er ging nicht ins Wohnzimmer, sondern verzog sich gleich hinauf ins Dachgeschoss.

Am PC öffnete er Youtube, steckte die Sennheiser-Kopfhörer an und hörte nichts mehr vom Trubel im Haus, nur mehr Black Sabbath. Mittlerweile war ein weiterer Track des neuen Albums ins Netz gestellt worden, „End Of The Beginning".

Tobs machte seinen E-Mail-Entwurf auf: *Hi Mel, wo treibst du dich herum? Du warst so schnell weg, und ich habe dir nicht mal danken können.*

Er überlegte ein, zwei Minuten lang und dann hackte er im Rhythmus des Heavy-Metal-Stücks, das ihm durch die Gehörgänge jagte, die Buchstaben, Worte und Sätze in die Tastatur.

Es ist schon schade, dass wir uns wieder aus den Augen verloren haben. Mir wäre viel daran gelegen, dich in absehbarer Zeit zu treffen und über alles zu reden.

Wie geht es dir? Was macht deine Verletzung? Hast du die OP schon überstanden? Wenn ja, hast du schon Pläne? Wann kannst du wieder mal Richtung Alpen kommen? Wenn du wieder fit bist, sollten wir vielleicht mal wieder was zusammen klettern. Was würdest du vom „Bayerischen Traum" im Wetterstein halten? Dafür muss ich allerdings wieder mehr trainieren. Seit der Sache in Mittenwald bin ich nicht gerade in Topform. Und momentan bin ich schon wieder mit einer Sache beschäftigt, die mich bislang gar nicht mal so viel Zeit kostet, aber die mich voll ablenkt. Da bleibt dann irgendwie kein Elan fürs Training ...

Er überflog seinen Text und fand ihn ganz okay.

Meld dich doch mal, schrieb er weiter. Doch dann löschte er diese Zeile wieder und tippte: *Würdest du dich mal melden? Es würde mich sehr freuen. Tobs*

Und dann fügte er noch hinzu:

Kennst du eigentlich Gendi, den Kletterasketen? Er hat sich für ein paar Tage bei mir einquartiert. Mittlerweile ist das Haus voll, alle möglichen Leute scheinen hier ein- und auszugehen ...

Er schickte die Mail ab. Der Song ging mit einem dumpfen, harten Schlagzeugwirbel zu Ende, Tobs nahm die Kopfhörer ab und lehnte sich in seinem alten Bürostuhl zurück.

Jetzt, da er Mel geschrieben hatte, ging es ihm besser.

***

Am Abend regnete es sich ein. In München genauso wie weiter im Süden, im Inntal zwischen Landeck, Innsbruck und Rosenheim. Es regnete fest und ohne Unterlass. Und was das

Unangenehmste dabei war: Es herrschte eine feuchte Kälte, die jedem, der jetzt draußen sein musste, durch die Kleidung kroch. Was zur Folge hatte, dass kaum jemand unterwegs war, wenn es sich vermeiden ließ.

Wenn freilich wer einen Hund sein Eigen nannte, dann bestimmte der darüber, ob man es sich drinnen warm und bequem machen konnte oder aber ob man draußen auf und ab gehen musste, zum Wohle und zum Vergnügen des Tieres, dem das Sauwetter anscheinend nichts ausmachte.

Mockl war ein alter Rasselbinder, eine über Generationen erfolgte Mischung verschiedenster Rassen, deren Ursprünge auch mit Phantasie nicht mehr zurückzuverfolgen waren. Er hatte kurze Beine, der Bauch senkte sich im Alter immer stärker zum Boden hin, das Fell, früher hellbraun, wies nun überwiegend schimmlige Grautöne auf, die Ohren hingen schlapp neben dem Kopf herab und die Augen blickten immer müde und glasig in die Welt.

Trotz einer altersbedingten Schwerfälligkeit und Dauermüdigkeit liebte dieser Hund es, spazieren zu gehen. Langsam, mit ständigen Schnüffel- und Schaupausen, aber doch ausgiebig – eine Stunde war ihm nicht zu viel. Diese Spaziergänge waren in aller Regel zweimal am Tag vonnöten, dann nämlich, wenn Mockl seine Geschäfte zu verrichten hatte. Morgens nicht allzu früh, was für seinen Herrn sehr angenehm war, dafür jedoch abends ziemlich spät, so zwischen halb zehn und halb elf, was diesem wiederum ein wenig auf die Nerven ging.

Doch was sollte er machen. Das Tier musste nun mal, und da waren dann weder die späte Stunde noch das Mistwetter gute Gegenargumente.

Mockl wollte raus.

SIEBEN

Brunner erwachte aus einem Schlaf voller unruhiger Träume und schleppte sich vor die Hütte. Er fieberte wieder und draußen schlotterte er so sehr, dass er sich fast über die Füße gepinkelt hätte. Es waren surreale Momente: Rund um die Hütte war es weiß, aus einem nachttrüben Himmel fielen große mattgraue Flocken. Die Stille war so absolut, dass ihm das Geräusch, mit dem sein Urinstrahl ein Loch in den Schnee schmolz, übertrieben laut vorkam, beinahe wie in einem Experimentalfilm.

Es war so unglaublich still, dass er hätte glauben können, die Erde hätte sich von ihrem Platz im Universum verabschiedet und wäre irgendwo im Nirgendwo des Orbits verloren gegangen. Brunner kam sich vor, als wäre er der einzige Mensch auf der Welt. Der letzte Überlebende einer Katastrophe, die er gar nicht mitbekommen hatte …

Er war gerne alleine – aber nicht so alleine. Und schon gar nicht in seinem Zustand, der ihm immer noch ein Rätsel war.

Zurück auf seinem Lager, fühlte er sich selbst den Puls und erschrak über die Gehetztheit, mit der er schlug. Sein Handgelenk war heiß, er hatte sicher mindestens neununddreißig Grad Fieber und er fror und fror und fror. Ich brauche einen Arzt, dachte er. Sonst gehe ich doch noch ein hier heroben.

Aber es war Nacht. Und am nächsten Tag würde angesichts der Wettersituation niemand zur Hütte heraufsteigen.

Wieder dämmerte Brunner weg. In den letzten Augenblicken zwischen Hier und Fort überkam ihn einmal mehr der Gedanke, dass er vielleicht niemals mehr erwachte. Doch er, der immer gekämpft hatte, von dem andere und manchmal auch er selbst glaubten, dass nichts ihn umhauen konnte, er hatte einfach keine Kraft mehr, um sich gegen ein solches Schicksal zu stemmen. Brunner ergab sich dem Schlaf.

***

Pirschner, der vor dem Fernseher schon gedöst und nicht allzu viel mitbekommen hatte vom Programm, war von seinem Hund Mockl mehrfach angestupst und damit zum spätabendlichen Spaziergang aufgefordert worden.

Es bereitete dem Mann, der noch nicht alt war, gerade mal zweiundsechzig, der aber schon kränklich und frühberentet war – die Lunge! – und der seit Langem allein lebte, einige Mühe, sich aufzuraffen, in die Jacke zu schlüpfen, sich gebückt die Schuhe zuzubinden, sodann die Leine und die Taschenlampe zu nehmen, dem Hund mit einem eigentlich unnötigen Schnalzen den Aufbruch zu signalisieren und dann, allerdings mit einem Seufzer, das kleine Haus in Stans zu verlassen.

„Verfluchtes Wetter“, schimpfte Pirschner. Er zog sich die Kapuze über, hätte aber lieber einen Schirm dabei gehabt, nur: Wie hätte er dann in der einen Hand die Leine führen und in der anderen die Stablampe halten sollen?

Mockl war gegen Hitze, Kälte, Nässe, gegen einfach alles immun. Geradezu frohgemut tapste er los, scheinbar wissend, dass sein Herr ihm in der nächsten halben Stunde brav dorthin folgen würde, wohin er ihn an der Leine zog.

Der Weg führte Herrn und Hund durchs Stanser Unterdorf ostwärts, grob in Richtung Schloss Tratzberg. Sie überquerten die Landstraße und schlenderten auf einem der Feldwege durch die Nacht, die hier, in der Nähe der Inntalautobahn, nicht allzu dunkel war. Mockl wollte weiter in dieses nächtliche Niemandsland zwischen Landstraße und Autobahn, Pirschner wollte lieber heim; er war müde und ihm war kalt.

„Diese verfluchte Nasskälte“, schimpfte er vor sich hin. Der Hund blieb stehen, sah sich nach ihm um, nahm zur Kenntnis, dass die Schimpferei nicht ihm galt, und setzte seinen Weg fort.

„Nein!“, maulte Pirschner. „Wir gehen heut nimmer so weit, Mockl. Nicht wieder bis zum Bunker. Ist doch so kalt und greislich heut.“

Der Bunker war ein altes, leerstehendes Gemäuer, zum Teil aus Beton, zum Teil aus dicken Ziegelwänden, ohne Fenster, aber mit einer eisernen Tür. Pirschner wusste selbst nicht, was es mit diesem niedrigen, am Ende einer Kuhwiese stehenden flachen Bau auf sich hatte. Es hieß, dass er früher als Sommerkeller genutzt worden war, also zum Kühlen von Lebensmitteln und Getränken, vor allem Bier. Andere wollten wissen, dass es zu Kriegszeiten ein Bunker gewesen sein soll. Dem aber widersprach der Umstand, dass es nur eine quadratische Tür gab, aber keine Gucklöcher, keine Schießscharten, nichts, wodurch man mit Gewehren, geschweige denn Haubitzen, hätte feuern können. Wieder andere vertraten die Ansicht, dass sich während der Nazizeit immer wieder einmal Menschen auf der Flucht dort versteckt haben sollen, Juden, Kommunisten, Sozis. Vor Jahren musste auch einmal ein flüchtiger Verbrecher – ein Mörder, wie es hieß – dort Unterschlupf gesucht haben.

Ihm war es letztlich egal. Der Bunker – oder was auch immer das war – stand leer, niemand kümmerte sich darum. Einmal hatte Pirschner den Riegel schon geöffnet und sich drinnen umgesehen. Es war kalt, schmutzig, abstoßend. Und irgendwie unheimlich.

Da gehen nicht einmal die Jugendlichen, die daheim nicht dürfen, zum Vögeln hin, hatte er sich gedacht.

Mit Mockl kam er immer wieder mal vorbei. Dann markierte der Hund die Ecken, Pirschner aber nahm von dem komischen Bau, der unkraut- und brennnesselumwuchert war, keine Notiz mehr. Für Pirschner war es ein Bunker, der ihm aber nicht mehr weiter auffiel, der in die Landschaft hineinwuchs und darin versank.

„Mockl“, sagte er wieder, „wir gehen heut nicht so weit. Ist doch ein Scheißwetter. Lass uns lieber heimgehen.“

Wahrscheinlich kannte der Hund das Resignative in der Stimme seines Herren und wusste, dass er der Aufforderung zur Umkehr nicht sogleich Folge zu leisten brauchte. So zog er weiter an der Leine, ohne viel Kraft, nur gleichmäßig so dahin.

Pirschner schaltete die Taschenlampe an. In der Nähe des Bunkers war es finsterer als auf dem bisherigen Weg, außerdem war der Boden holprig und begann aufzuweichen; Pirschner wollte nicht stolpern oder in schlammige Pfützen tappen.

Als Herr und Hund noch zwanzig oder ein paar mehr Schritte von dem düster daliegenden Betonbau entfernt waren, blieb Mockl unvermittelt stehen, streckte seine alte Nase in Richtung des Bunkers und schnüffelte die Luft ein. Dann sah sich der Hund wie fragend zu seinem Herrn um – etwas war anders als sonst, und das sah auch Pirschner, als er den Schein seiner lichtstarken Lampe übers Gelände und die kalten Mauern des Bunkers schweifen ließ.

Die Tür, üblicherweise mit einem eisernen Drehriegel verschlossen, stand offen.

***

Tobs stellte sich unter die Dusche und ließ das heiße Wasser minutenlang über seinen Körper laufen. Es tat gut, den Schweiß und die Gerüche, die an ihm hafteten, loszuwerden. Anschließend legte er sich hin, gewillt, noch ein paar Seiten in Amy Tans „Der Geist der Madame Chen" zu lesen, das er bei den Büchern seiner Mutter gefunden und das ihn auf den ersten Seiten schon gefesselt hatte. Doch er war zu müde. Er knipste das Licht aus, verschränkte die Arme hinterm Kopf und hing seinen Gedanken nach, sicher, in den nächsten Minuten wegzudämmern – da ließ er sich auch von den Stimmen und der Musik, die aus dem Erdgeschoss in sein Dachzimmer heraufdrangen, nicht stören.

Ob es an der Erinnerung an Mel lag, mit der er gerade wieder Kontakt aufzunehmen versuchte? Oder an einer anzüglichen Textpassage im gerade zur Seite gelegten Buch? Oder an dem bisweilen frechen Frauenlachen von unten? Oder an allem zusammen?

Jedenfalls schoben sich die Tage mit Mel nach vorn, er hörte ihre Stimme, so wie er sie damals in ihrer beider Zeltnacht gehört hatte, und er sah ihre schönen Augen und ihren wundervollen Körper: schlank und doch kraftvoll, burschikos und dabei doch weiblich anziehend. Sein Glied wuchs ihm in der Hand und er begann, es sanft und fest zugleich zu massieren. Doch dann war Elena Donath da. Ein Bild wie ein Blitzschlag. Die Frau, die er zu beschatten hatte, es war noch keine zwei Monate her. Sein erster Fall als Privatermittler. Er hatte mit ihr geschlafen und danach war alles zum Fiasko geworden.

Seine Erregtheit fiel in sich zusammen, das Spiel war vorüber.

Tobs drehte sich zur Seite und hoffte einschlafen zu können, ohne von Erinnerungen an die schlimmen Tage geplagt zu werden.

***

Was Pirschner entdeckte, als er seinem Hund Mockl in den Bunker folgte, war entsetzlich. So etwas Schlimmes hatte er nie zuvor gesehen. Zumindest nicht in echt, nur im Fernsehen. Er schaute keine Horrorfilme an und auch Krimis nur höchst selten. Aber es genügte ja, die Nachrichtensendungen zu verfolgen, um die Bilder von grausam getöteten Menschen, verstümmelten Leichen, von Blut und Entstellung geradezu eingetrichtert zu bekommen.

Im Schein seiner Taschenlampe sah Pirschner den Toten liegen. Die Gliedmaßen, nein, nicht nur die, der ganze Körper war abnorm verdreht. Mockl schnüffelte an dem Leichnam und war nur unter größter Anstrengung wegzuzerren. Das Gesicht des Toten war derart verschwollen, dass man das eine Auge kaum mehr sehen konnte. Die Nase stand verbogen im grässlich verunstalteten Gesicht. Eine Blutlache hatte sich unter Nase und Mund gesammelt.

„Mein Gott … mein Gott …“, stammelte Pirschner.

Nach und nach erfasste er die ganze Situation. Er realisierte, dass der Mann gefesselt war und völlig nackt hier lag. Er sah die Geschlechtsteile, die Hoden zu Birnengröße aufgebläht. Es war furchtbar. Am schlimmsten allerdings traf ihn die Erkenntnis, dass das Blut auf dem Boden nicht vertrocknet, nicht verkrustet war, sondern immer noch flüssig glänzte. Was bedeutete, dass die Verletzungen vor nicht allzu langer Zeit zugefügt worden waren. Was auch bedeutete, dass der oder die Täter vielleicht noch nicht weit entfernt waren. Schlimmer noch – dass sie noch da waren.

Pirschner zerrte Mockl aus dem Bunker und ging, so schnell er nur konnte, auf dem Weg, den er gekommen war, zurück. Rennen hätte er nicht können, dazu fehlte es ihm an der nötigen Konstitution. Aber er musste weg, weg von diesem fürchterlichen Ort, diesem grausam zugerichteten Toten, weg, so weit es nur ging.

Er verfluchte sich, kein Handy zu haben. Nie hatte er eines gewollt, hatte es als „neumodisches Zeug“ abgetan und sich seine Ablehnung damit gerechtfertigt, dass er für niemanden ständig erreichbar sein musste und dass er die, die er sprechen wollte, von seinem Festnetzanschluss anrufen konnte.

Pirschner wollte zurück zu den Häusern, zurück in den Ort, aber er wollte nicht nach Hause. Die Furcht vor dem Alleinsein war nach dem schockhaften Erlebnis riesengroß. Er hastete zum Dorf zurück, überquerte den tosenden Bach, der aus der Wolfsklamm kam, auf der Brücke beim Brandstetterhof und zog Mockl an der Leine hinter sich her bis zum Hotel Schwarzbrunn – vier Sterne, superior, Wellness, Spa mit allem Pipapo.

Er stürmte an die Rezeption und rief dem Empfangschef von Weitem schon zu, dass drunten beim Bunker ein Toter lag. Der Empfangschef wechselte die Gesichtsfarbe, wurde so blass, als wenn er persönlich den Toten aufgefunden hätte. Sein Erschrecken galt aber nicht der schlimmen Nachricht, sondern es rührte von der Sorge her, die in der Lounge sitzenden Gäste könnten durch eine solche Meldung verstört werden.

„Beruhigen Sie sich“, sagte er. „Bitte, beruhigen Sie sich doch.“

„Ich muss telefonieren“, schrie Pirschner. Und viele Köpfe wandten sich ihm zu. „Wir müssen …“

Er konnte nicht zu Ende sprechen, musste erst wieder Atem holen. Das dauerte nur ein paar Sekunden, war jedoch lange genug, dass der Rezeptionist seinen Platz verlassen und ihm entgegeneilen konnte, um ihn samt Hund rasch in ein nahes Büro zu geleiten.

„Die Polizei. Wir müssen die Gendarmerie rufen. Bitte, schnell.“

Pirschner ließ sich auf einen Stuhl fallen und erklärte dem Mann vom Hotel so kurz und präzise wie nur irgend möglich, was er gesehen hatte. Er erntete einen langen, kritischen Blick, dann griff der Mann zum Telefon und wählte die Notrufnummer. Sachlich schilderte er, was er soeben erfahren hatte. Anschließend reichte er Pirschner den Hörer, der in höchster Aufregung stotternd seine schreckliche Entdeckung schilderte. Er solle im Hotel bleiben, bis Beamte ihn aufsuchen würden, erfuhr er.

Der Rezeptionist nickte. Er behielt Pirschner im Büro, ließ ihm Tee und ein wenig Gebäck bringen, auch einen Klaren zur Beruhigung, und fragte: „Und der Hund? Was können wir dem Gutes tun?“

***

Tobs wachte auf, weil er dringend pinkeln musste. Mit einem Auge schielte er auf den Wecker und stellte fest, dass es noch viel zu früh zum Aufstehen war. Er versuchte, den Harndrang zu ignorieren, in anderer Lage wieder einzuschlafen, aber seine Blase ließ sich nicht überlisten. Widerwillig rappelte er sich auf und tapste barfüßig die Treppe hinunter in den ersten Stock, wo sich das Bad befand. Er öffnete die Türe – und da saß eine junge Frau auf dem Klo und sah ihn mit großen Augen an. Sie hatte oben herum nichts an, und was sie untenrum trug, umspielte ihre Fußknöchel.

„Oh“, entfuhr es Tobs, der die Frau noch nie gesehen hatte. „Pardon.“

Es musste eine von Gendis Besuchern sein.

„Kein Problem“, sagte die Frau. Und dann, ohne Punkt und Komma: „Hab’s schon bin schon fertig du kannst ruhig reinkommen ich muss nur eben duschen muss zur Arbeit du bist Tobias stimmt's ich bin Sara …"

Und schon war sie gänzlich aus der Unterhose geschlüpft, über den Badewannenrand gestiegen, hatte den Duschvorhang zugezogen und die Brause aufgedreht.

Tobs entschied sich gegen die Möglichkeit, sich zum Pinkeln neben der Duschenden aufs Klo zu setzen. Er war nicht übertrieben schamhaft – doch diese Situation war so bizarr …

Er schloss die Badezimmertür und stieg die Treppen ins Parterre hinunter, wo er froh war, das Gäste-WC neben der Eingangstür frei und halbwegs sauber vorzufinden.

Als er wieder hinaufging in sein himmelsnahes Dachgeschoss, hörte er die Dusche noch rauschen. Sara, dachte er. Pechschwarze Haare, wild und wirr hochgesteckt. Schmale Schultern und zierliche, feste Brüste. Die Knie ein bisschen eckig. Die Augen müde, aber ein irgendwie fröhlicher Blick.

Zwanzig?, fragte er sich. Zwanzig ungefähr, war seine stumme Antwort.

Er ließ sich aufs Bett fallen. Es war beinahe still. Regen trommelte leise und beruhigend aufs Dachfenster. Im Stockwerk unter dem seinen ging eine Tür, bald darauf hörte er die Eingangstür ins Schloss fallen.

Sara, dachte er.

Irgendwie war er der abstrusen Idee nachgehangen, sie könnte, statt zur Arbeit zu gehen, die Treppen zu ihm heraufsteigen und sich frisch geduscht und duftend zu ihm legen. Er hatte ihre Augen ja wirklich nur einige Sekunden lang gesehen, doch glaubte er, in ihnen Freude, Ausgelassenheit und Lust erkannt zu haben.

Er streifte die kurze Schlafanzughose von den Beinen und machte dort weiter, wo ihm am Vorabend schlimme Erinnerungen die Lust verdorben hatten. Dieses Mal dachte er an Sara und hatte, wenn schon keinen in Entzücken versetzenden, so doch einen recht befriedigenden Erfolg.

***

In Brunners Kopf drehte sich die Welt. Eine Welt voller Elend, Wahnsinn, Gewalt. Alles, was er sich im Leben zuschulden hatte kommen lassen, durchlief seine Fieberträume wie in einem makabren Schauspiel oder einem bedrohlichen Film.

Momente aus seiner Zeit im Gefängnis. Das Scheppern eines Schlüsselbundes, die Hofgänge, die Hierarchiekämpfe.

Das verschwollene Gesicht des Mannes, mit dem er sich geprügelt hatte, hart auf hart, keiner von beiden hatte nachgeben, aufgeben wollen – und dann war der Mann plötzlich zusammengebrochen und nie mehr erwacht. Immer wieder dieses Gesicht und die eigene Hilflosigkeit.

Dann, wie in einem Stummfilm, Lippenbewegungen ohne Ton, der Richter, der ihm sein Urteil verkündete: acht Jahre wegen vorsätzlicher Tötung und unterlassener Hilfeleistung.

Bilder, die ihn wie Schläge trafen. Und sein Kopf schmerzte wirklich, und nicht nur der Kopf, sondern der ganze Körper: Wenn er aus dem Tiefschlaf nach oben trieb wie ein ohnmächtig im Wasser taumelnder Taucher, konnte er qualvoll spüren, dass jeder Muskel und jeder Knochen in den Beinen schmerzte, als würden sie mit einem langen Bohrer drangsaliert.

Das Fieber war so hoch, dass er nur mehr die Schmerzen verspürte und den Durst. Was er wirklich tat, bekam er nicht mehr mit. Auch nicht, dass er sich irgendwann in der Nacht von seinem Lager erhob, aus Blechschachteln mit allerlei Krimskrams wie in Trance eine Packung Aspirin herauskramte und einfach drei Tabletten zerkaute.

Immerhin brachten sie ihm so weit Linderung, dass er wieder tief schlafen konnte, einige Zeit zumindest, ehe sich die bösen Träume erneut meldeten und ihn körperlich und in seinem Geist folterten – er sprach mit seiner Tochter, spürte ihre Hand an seinem heißen Kopf, er stützte sich auf die Ellbogen und trank von dem Tee, den sie ihm reichte.

Lonni, glaubte er sich sagen zu hören, Lonni, ich bin so froh, dass du da bist. Mir geht es schlecht. Sehr schlecht. Du musst telefonieren, Hilfe holen, sie müssen mich hier wegholen und ins Tal schaffen.

Doch welch entsetzliche Erkenntnis: Lonni konnte nicht reden. Sie versuchte es, natürlich versuchte sie es, nahm ihr Handy und tippte Ziffern ein, doch dann war sie nicht in der Lage, auch nur ein Wort zu sagen. Nur Krächzen und Stöhnen, nur klagende und bemitleidenswerte Laute. Und dann sah Brunner, warum das so war: Seine Tochter hatte keinen Mund, sondern eine Öffnung aus geronnenem Blut, ohne Zähne, ohne Zunge.

Er schrie. Er glaubte, sich zu hören.

Oder waren es die Schreie dieses jungen Mannes, den er gefangen, gefesselt und in den Verschlag bei Stans gesperrt hatte? War es dessen Stimme? Oder war es seine eigene? War er selbst ein Gefangener oder nur dieser Mann, den er als einen der Vergewaltiger Lonnis ausgemacht hatte und von dem er die Identität des zweiten Täters erfahren wollte?

„Wir sterben", sagte er zu dem Mann, der in seiner eigenen Scheiße lag und um sein Leben wimmerte. „Wir sterben beide. Du in dem Verließ. Und ich droben am Berg. Dich finden sie irgendwann, wenn du schon lange verhungert und verdurstet bist."

Im Zustand zwischen Halbwachheit und fiebrigen Träumen glaubte Brunner zu lachen bei dieser Vorstellung, dass er und der Mann, nach dem er jahrelang gesucht, auf den er geduldig und voller Hass gewartet hatte, nun in einem letzten Schicksal vereint waren.

Dann war da plötzlich das Gesicht seiner Mutter, die seit ein paar Jahren nicht mehr lebte, die ihm aber so lebendig erschien, dass es überhaupt keinen Zweifel an ihrer Existenz geben konnte: Wie sie am Herd stand und etwas kochte, konzentriert und mit Hingabe, und dabei ruhig und ohne die Stimme zu heben mit ihm sprach, mit ihrem Jungen, ja, er war ihr Kind, und nicht nur das, er war wieder Kind, jenes Kind, aus dem dann ein Halbstarker wurde, um schließlich völlig in einem Milieu zu versinken, das nicht allzu viele Seitenausgänge offen ließ.

„Verrenn dich nicht, mein Junge", hörte er sie sagen. „Mach nicht schon wieder Dummheiten. Du hast nur ein Leben. Und sei doch mal ehrlich: Hast du nicht schon genug von diesem Leben hergeschenkt?“

Sie sprach ganz ruhig, schimpfte ihn auch nicht, brachte lediglich ihre Meinung und ihre Besorgnis zum Ausdruck. Sie hinterfragte sein Tun, gab ihm Rat, ohne viele Worte zu machen, tat alles, wie sie es immer schon und immer schon ziemlich vergeblich getan hatte. Und doch schien sie ihren Sohn in dieser Nacht zu erreichen. Denn ihre Worte, mehr noch ihre bloße Anwesenheit berührten ihn, berührten ihn so tief, dass er – im Schlaf, im Halbschlaf oder im Fieber, ganz egal – weinen musste. Er weinte so heftig, dass es seinen ganzen Körper schüttelte, und das Sonderbare dabei war, dass sich in dieses schuldbewusste und aus tiefer Rührung kommende Weinen auch so etwas wie Freude, große Freude hineinmischte.

„Mama … Mama …“, stammelte er nur.

Sie hantierte ruhig und konzentriert an der Kochstelle in der Hütte weiter. „Du sollst nicht immer so schlimme Sachen machen, Jakob“, sagte sie. Und allein schon seinen Namen aus ihrem Mund zu hören, ließ ihn in weiteres Schluchzen ausbrechen.

„Du bist doch kein schlechter Mensch.“

Jetzt sprach sie weniger zu ihm als zu sich selbst.

„Nein, da bin ich mir sicher, ein schlechter Mensch bist du eigentlich nicht. Auch wenn du große, große Fehler gemacht hast. Du hast schon einen guten Kern. Und eigentlich magst du doch niemandem etwas zuleide tun.“

Brunner sah sich nicken. Sah sich seiner Mutter recht geben, wissend, dass sie recht hatte in allem.

„Warum machst du dann schon wieder so etwas?“, hörte er sie fragen. „Kannst du mir das sagen?“

Er konnte es ihr nicht sagen. Mit dem Handballen wischte er sich die Nässe aus den Augenhöhlen. Natürlich wollte er seiner Mutter eine Antwort geben, doch jetzt war er so sprachlos wie Lonni, brachte kein Wort, keinen Satz heraus, sah nur flehend zu ihr hinüber und fragte sich dabei andauernd, was richtig und was falsch war.

War es richtig, diesen Mario zu entführen? War es gerecht? Würde er Lonni damit Genugtuung verschaffen? War es richtig, einmal um das ganze Gebirge herumzufahren, um seine Spuren zu tilgen?

War es richtig, zur Hütte hinaufzusteigen?

War es richtig, dass sein Gefangener jetzt qualvoll starb, weil er selbst auf der Tiroler Hütte im Fieber lag und wahrscheinlich nur mehr Stunden oder Tage zu leben hatte?

„Es ist falsch“, hörte er die Mutter sagen. „Alles das ist falsch.“

Er war so froh, bei seiner Mutter zu sein und ihre Stimme zu hören, dass er ihr auf keinen Fall widersprochen hätte. Im Gegenteil: Hätte er doch nur immer schon, als Bub, als Halbwüchsiger, als junger Mann auf sie gehört. Missachtet hatte er ihre Ratschläge, fast immer missachtet, und dann war sie plötzlich tot gewesen, gestorben an einer Krankheit, an der sie lange schon gelitten, von der sie ihm aber nie etwas gesagt hatte.

Er versuchte sich aufzurichten, um sie besser sehen und ihr zuschauen zu können, wie sie am Herd hantierte. Dass sie Kartoffeln schälte und dann in Scheiben schnitt, konnte er hören. Das Messer trommelte die Schnitte aufs große Holzbrett, und Brunner freute sich auf Bratkartoffeln mit Speck und Ei, mit viel Pfeffer, Salz und Kräutern. Und dazu ein Glas Wein, dachte er, roten, kräftigen.

„Lass dir das noch mal durch den Kopf gehen, Jakob“, sagte sie.

„Mama“, sagte er. Es war alles, was er herausbrachte. Er hörte das Messer auf dem Brett, ein sich ständig wiederholendes Klopfen auf Holz. Ein gutes Geräusch. Es erinnerte ihn an eine lange zurückliegende Vergangenheit, an seine Kindheit und auch noch an vereinzelte Tage danach. An eine Zeit, als alle noch lebten.

Ja, damals lebten noch alle. Und wenn es auch nicht immer ein gutes Leben war, es war Leben.

Das rhythmische Klopfen des Messers beim Schneiden der Kartoffeln. Pock. Pock. Pock. Pock.

Eine kleine Pause. Dann wieder pock, pock, pock.

„Mama."

Aber Mama war nicht mehr da. Mama war weg. Am Herd und an der kleinen Arbeitsplatte war niemand. Die Hütte war leer. Nur er war da. Sonst niemand.

Brunner heulte auf wie ein Hund, den ein Auto angefahren hatte. Die Erkenntnis, dass seine Mutter nicht da war, dass er alles nur phantasiert hatte und dass sie für ihn in diesen Augenblicken gleichsam zum zweiten Mal gestorben war, hatte etwas zutiefst Erschütterndes, das ihm den letzten Lebensmut nahm.

Er sank zurück auf sein hartes Lager, zog die heißen, schweißfeuchten Decken über seinen Körper und wollte nichts anderes mehr, als von all dem erlöst zu werden.

Aber das Klopfen! Pock. Pock. Pock.

Es war kein Kartoffelschneiden. Es war ein Nägeleinschlagen.

Ja, genau, jetzt erkannte er es, jetzt wusste er, was wirklich geschah: Er lag im Sarg und der Sargdeckel wurde zugemacht und mit Nägeln befestigt. Pock. Pock. Und wieder pock, pock.

Dann bin ich also tot, dachte er.

Er war damit einverstanden. Sein Widerstand war völlig erloschen. Er begann zu fallen. Es war ein tiefes, unendlich tiefes schwarzes Loch, in das er fiel. Und die Schwärze um ihn herum wurde immer undurchdringlicher. Er prallte nirgends auf, schlug nirgendwo dagegen, sondern löste sich während des bodenlosen Sturzes einfach auf.

Eine Stimme hörte er noch, weit weg, verhallend:

„Herr Brunner! Hallo! Hören Sie mich?"

Dann war auch das vorbei, er war nicht mehr in seiner Welt, er stieg nicht zum Himmel auf, sondern er stürzte tiefer und tiefer in die Hölle.

ACHT

Gut begann der Tag. Die Toilettenbegegnung mit Sara (inklusive des kleinen solistischen Nachspiels) hatte Tobs einen Motivationsschub verschafft. Dass er sich überwunden und Mel eine halbwegs zufriedenstellende Nachricht geschickt hatte, tat ein Übriges. Dass der Regen immer noch aufs Dachfenster trommelte, eher noch stärker als während der Nacht, machte ihm unter diesen Umständen überhaupt nichts aus.

So elanvoll wie schon lange nicht mehr sprang er um zwanzig nach sieben aus dem Bett und schlüpfte in Jogginghose, Anorak und Laufschuhe. Er lief eine Dreiviertelstunde im Regen, und er genoss es. Sein Weg führte ihn im Zickzack durch die schmalen Straßen, die von Reihenhäusern wie dem seinen gesäumt waren. Dann hinüber zu Wohnanlagen und auf dem alten Bahndamm, wo es längst keine Gleise mehr gab, ein Stück stadteinwärts. Er rannte an Häusern vorbei, die mit seiner Kindheit und Jugend zu tun hatten: Hier hatten Kinder gewohnt, mit denen er gespielt, gestritten hatte, zur Schule gegangen war. Dort waren die Elternhäuser von Bubi, Ralph, Weiser und Biggi.

Was die Zeit alles mit uns macht, dachte er. Er dachte es mit einem Lächeln im Herzen. Mit Biggi hatte er Schieber getanzt, bei einer Klassenparty, und er hatte geglaubt, in sie verliebt zu sein. Mit Ania (zwei Häuser weiter) war er nach einem Volksfestabend in der Wiese gelegen und war in den Wochen und Monaten danach heilfroh, dass er nicht sechzehnjährig Vater und sie fünfzehnjährig Mutter geworden war. Und da, ein Stück weiter, Hansjakobstraße, erster Stock, da wohnte Christina, und als er sie kennenlernte – besser, richtig kennenlernte, denn gekannt hatte man sich ja bei so naher Nachbarschaft schon ewig –, da hätte daraus vielleicht etwas werden können. Es war dann aber eine Liaison, die sich als Missverständnis herausstellte. Sie hatten außer ihrem wechselseitigen Begehren nichts Gemeinsames, das sie enger verbunden hätte.

Und vor allem: Christina hatte überhaupt kein Verständnis für seine Art, das Leben zu führen. Sie war zielstrebig, was Beruf, Karriere und Familienplanung anging, er wollte bergsteigen und sich treiben lassen.

An den Birken vorbeilaufend, die den Straßenrand säumten, konnte er an diesem Tag über all das lächeln. Zum ersten Mal seit seiner Rückkehr nach dem Fall Donath kam er sich wirklich gelöst vor. Zum ersten Mal hatte er keine Angst mehr vor dem, was der Tag ihm bringen würde. Zum ersten Mal war er so richtig bereit, sich aus seinem inneren Versteck herauszubewegen und wieder einen neuen Schritt zu tun.

Das Laufen strengte ihn kaum an. Tobs fühlte sich frisch und erholt, so als wäre sein Körper klammheimlich wieder zu Kräften gekommen. Dagegen hatte er freilich nichts einzuwenden.

Er war so gut drauf, dass er nach dem Duschen das Haus verließ und seinen alten Opel Astra in der Wasserburger Landstraße durch eine Waschanlage fuhr. Kurz dachte er darüber nach, den Innenraum auch gleich noch zu entmüllen, eventuell sogar auszusaugen. Er zog es dann aber doch vor, in einem kleinen Café zwischen Ostbahnhof und Rosenheimer Platz ein großes Frühstück zu sich zu nehmen.

Er ließ sich Zeit, um die aufliegenden Tageszeitungen, vor allem die TAZ, durchzuschmökern. Und er traf, im Café sitzend und die anderen Leute beobachtend, jene Entscheidungen, die jetzt zu treffen waren. Eine Verabredung mit Phil schob er um ein, zwei Tage nach hinten. Er prüfte sich und stellte fest, dass es keine Ausflucht war. Er wollte ihn treffen und er musste ihn treffen. Noch wusste er nicht, welche Karten er dabei im Ärmel haben, ob er sie ausspielen und offenlegen würde. Dafür hatte er noch keinen Plan.

Eins nach dem anderen, dachte er.

An diesem Morgen beschloss er, mit Peter Hennings Freundin anzufangen. Er hatte vorgehabt, sie anzurufen und um ein Treffen zu bitten. Und ihm war klar gewesen, dass es ein schwieriges Gespräch werden würde, denn bei ihr musste der

Schmerz tief sitzen, und schon beim Gedanken daran fühlte er eine gewisse Hilflosigkeit in sich aufsteigen.

Doch im Augenblick war das nicht das Problem. Tobs hatte umdisponiert. Er würde sie nicht anrufen. Er würde kein Treffen vorschlagen. Ihm geisterten Peters Eltern durch den Kopf. Er sah den alten Henning vor sich, sah sein verbittertes Gesicht und hörte ihn sagen: „Es geht um diese Frau. Julia ... Wir waren uns immer sicher, dass sie nicht die Richtige für ihn ist. Schlimmer noch: dass sie ihn unglücklich machen würde ...“ Und er sah in seiner Erinnerung Peters verheulte Mutter, er sah sie, das feuchte Papiertaschentuch in ihren Händen, und dann hörte er sie noch einmal: „Gesagt haben wir ihm das nie ...“

Tobs hatte das als Äußerungen der Verzweiflung, des tiefen Leids und einer verborgen gehaltenen Eifersucht abgetan. Doch diese Worte waren hartnäckig gewesen, hatten sich in ihm festgesetzt und waren in den letzten Tagen immer wieder in den Vordergrund getreten. Was, wenn die Alten doch recht hatten mit ihren abstrusen Vermutungen? Mit dem Verdacht, ihr Sohn wäre nicht einfach so abgestürzt. Mit dem angedeuteten Vorwurf, seine Freundin könnte etwas damit zu tun haben.

Tobs Thanner ordnete diese Thesen nach wie vor im Ordner Hysterie und Verzweiflung ein. Doch er ließ diesen Ordner offen. Wenn er in dieser Sache weiterkommen wollte, musste auch er selbst offen sein, durfte sich gegen nichts verschließen.

Er fuhr nach Hause, wo Gendi mit sehr müden Augen in der Küche hockte und in einem Müslipott voll Milchkaffee rührte. Er sprach nur kurz mit ihm, stieg dann in seine Bude hinauf und packte die paar Sachen ein, die er brauchte.

Er wusste, wo Julia wohnte, zweimal hatte er Peter dort abgeholt. Mehr wusste er nicht. Und mehr würde er wohl auch im Internet nicht erfahren. Er schaltete den PC ab.

Ich werde Geduld haben müssen, dachte er.

Er trug seine Kamera, das Fernglas, Notizblock und Schreibzeug zum Auto, tauschte die CDs, die auf dem Beifahrersitz durcheinander lagen, gegen einen Stapel anderer aus der Wohnung aus, holte sich aus dem Kühlschrank eine Literflasche

Sprite, sagte „Ciao, Gendi, kann sein, dass ich heute über Nacht weg bin“, und fuhr los.

Julia, dachte er, ich bin gespannt auf dich.

***

Für Amelie, die zweiundzwanzigjährige Volontärin bei der Schwazer Lokalredaktion des „Tiroler Stern“, der im Bundesland meistgelesenen Tageszeitung, begann der Arbeitstag unerfreulich. Der Chefredakteur – eine hochtrabende Bezeichnung für den miesepetrigen Leiter des Lokalen – war so schlecht gelaunt wie an fast jedem Vormittag. Wie an fast jedem Vormittag war er gegen zehn ins Büro gekommen, unrasiert und unausgeschlafen, und hatte zu motzen begonnen. Meist tat er das mehr oder weniger grundlos, aber an diesem Morgen gab es sogar einen Grund.

„Ist er nun tot oder nicht?“, schrie er von seinem Schreibtisch zu Amelie herüber. Frau Wenger, die das Büro führte und sich um alle Sekretariatsaufgaben kümmerte, hörte unverzüglich auf, den Kugelschreiber übers Papier zu führen – aus Furcht, das kaum hörbare Geräusch könnte des Chefs Laune auf sie umleiten.

„Du warst doch dort. Ist der Mann tot, oder was?“

Amelie stand auf, stützte eine Hand auf den kleinen Tisch, wo der ihr zugewiesene Computer stand, und nickte. Sie war jetzt zwei Monate hier und hatte von Anfang an darauf gesetzt, dem Kerl nicht zu widersprechen. Sie wusste, dass die devot wirkende Haltung gut zu ihrem Typ passte: Sie wirkte jünger, als sie war, ein wenig bieder, ein wenig wie ein artiges Mädchen, ein wenig schüchtern.

„Was nun?“, schrie er. „Ich will was hören!“

Amelie nickte neuerlich und sagte: „Ja, meines Wissens ist er tot.“

Sie sagte das höflich, nicht sehr laut, mit schülerinnenhafter Scheu. Zugleich dachte sie, was sie schon öfter gedacht hatte: Wahrscheinlich hat die fette Sau niemanden zum Ficken.

Und wenn er doch eine hat, hat er wahrscheinlich nicht den Schwanz dafür.

„Ich habe mit der Gendarmerie gesprochen, aber Sie wissen ja, die rücken erst mal nichts heraus … ‚Noch zu früh, um etwas sagen zu können‘, und so weiter. Meine Informationen habe ich vom Fahrer des Krankenwagens …“

„Das ist es ja! Das ist es ja!“, brüllte der Chefredakteur. „Da steht, der Mann ist mit dem Krankenwagen weggefahren worden. Wenn er tot gewesen wäre, hätten die den Leichenwagen geholt und ihn in einen Zinksarg gelegt. Das ist doch wohl klar, oder?“

Und nach einer winzigen Pause, in der Amelie versuchte, so leise zu atmen, dass der Typ ihren Hass nicht spürte, und in der die Wenger ihren Stift weiterhin in der Luft balancierte, fuhr er lautstark fort: „Das ist das kleine Einmaleins dieses Berufs. Wenn du das nicht kapierst, dann hast du den falschen Job, gehst besser Dosen stapeln beim MPreis oder Wurst verkaufen beim Ziemer!“

Es wäre dein Job gewesen, fettes Arschloch, dachte Amelie. Aber du wolltest um diese Uhrzeit nichts mehr tun, wolltest fressend und saufend in einem Beisl hocken, anstatt in den Regen zu gehen und dir einen übel zugerichteten Toten anzuschauen. Dafür hat man die kleine, dumme Ziege Amelie …

„Nun steh nicht blöd da“, polterte er weiter. „Schnapp dir das Telefon oder setz dich in den Zug und fahr nach Innsbruck in die Klinik und bring heraus, ob der tot ist oder doch noch lebt. Und erzähl mir dann nicht wieder, irgendein Fahrer von der Rettung hätte dir was gesagt. Fakten, Fakten, Fakten – das ist es, was wir brauchen.“

Mit dem Auftrag, auch die Angehörigen des Opfers ausfindig zu machen, sie nach Möglichkeit aufzusuchen und ihnen unbedingt ein vernünftiges Foto zu entlocken, schickte er sie los.

„Okay“, sagte Amelie. „Ich versuch’s.“

Blöde Sau, dachte sie.

***

Es war der reine Horror! Tesi zitterte so sehr, dass sie den Klingelknopf kaum betätigen konnte. Sie sah den leuchtend orangen Pfeil, der auf den Klingelknopf zeigte, sie las die Schrift: „Besucher hier läuten", aber sie brachte es beinahe nicht fertig, ihren Finger darauf zu legen und das Unvermeidbare in Gang zu setzen. Sie ahnte, dass hinter Tür und Wänden eine andere Welt war, eine Welt, die sie nicht betreten wollte.

Tesi drückte den Knopf.

Die Tür vor ihr war eine Automatik-Schiebetür, grifflos und aus Milchglas.

Dahinter die andere Welt. Doch die Tür öffnete sich nicht.

Tesis Beine waren so weich.

Drei Menschen saßen mit schwermütigen Gesichtern auf Kunststoffstühlen, die an der Flurwand entlang aufgestellt waren. Tesi fragte sich, ob diese Leute genau wie sie darauf warteten, dass die Milchglastüre sich öffnete. Sie versuchte, etwas aus den Gesichtern zu lesen, fand aber nichts als tiefe Betrübnis, Leere, Verlorenheit. Zwei Männer, eine Frau, schwierig herauszufinden, ob irgendwer davon zusammengehörte. Einer der beiden Männer sah türkisch oder griechisch aus. Nicht mehr jung. Gut gekleidet. Sehr dunkles Haar. Für einen Moment konnte sie die buschigen Augenbrauen sehen. Da sah der Mann mit einem unendlich schmerzvollen Blick kurz auf, sah sie an oder schaute einfach nach der Milchglastür, senkte den Kopf jedoch gleich wieder und spielte unablässig mit einem Kettchen aus winzigen Holzkugeln. Die Frau, die zwei Stühle weiter saß, war jung und passte überhaupt nicht in diesen sterilen Flur, der so kahl war wie die Einfahrt einer Tiefgarage. Sie war elegant gekleidet, die Haare waren zu einer aufwändigen Föhnfrisur gestylt, sie trug hochhackige Pumps, einen die Beine eng umschließenden Rock, Bluse und Jacke.

Tesi kam nicht mehr dazu, sich weitere Gedanken über die Frau oder den zweiten Mann zu machen, denn plötzlich schob sich die Tür mit einem gedämpft zischenden Geräusch zur Seite und eine Frau in grüner Hose und grünem Kittel fragte nach Tesis Anliegen.

Sie brauchte nur zwei Sätze zu sagen, dann wurde sie hineingebeten, die Milchglastüre schloss sich hinter ihr mit diesem eigenartigen Zischen und sie stand in einer Art Vorraum, halb Büro, halb Abstellkammer, halb Umkleidekabine. Schreibtisch, Computer-Monitor, Schutzanzüge, Wäschesäcke, Desinfektionssprays, Überschuhe aus Stoff, Regale mit Reinigungsmitteln. Zu diesem Gewirr aus Bildern kamen die Geräusche und Gerüche, die von irgendwoher in diesen Vorraum schwappten: Der Geruch von Lysol nahm ihr den Atem, die pfeifenden Geräusche von so etwas Ähnlichem wie einem Blasebalg und die spitzen Töne von Hightech-Geräten drangsalierten ihr Gehör und, mehr noch, ihre Nerven. Nie zuvor war Tesi an einem solchen Ort gewesen, doch wie ziemlich allen Menschen war auch ihr die Intensivstations-Atmosphäre vom Fernsehen eingetrichtert worden – kaum ein Scheißkrimi, der ohne diese Szenen und Geräusche auskam.

Tesi musste sich zusammenreißen, um nicht umzukippen.

„Ich habe angerufen“, sagte sie mit schwacher Stimme.

Ihr Gegenüber schien zu bemerken, wie es um sie stand, und bot ihr erst mal einen Stuhl neben dem kleinen Schreibtisch an.

„Mein Name ist Hillmeier“, sagte die Frau in Grün. „Ich bin eine der Ärztinnen auf der Station. Sie kommen wegen …“

„Mario Demhardter“, sagte Tesi. „Die Polizei hat mich informiert, dass hier ein Mann eingeliefert worden ist, bei dem es sich um Mario handeln könnte.“

„Wann war das?“, fragte die Ärztin.

„Gestern am späten Abend. Man hat …“ Tesi schluckte. „Man hat ihn irgendwo zwischen Jenbach und Schwaz gefunden. Ich war dann hier im Haus bei der Verwaltung und die haben mich zu Ihnen in die Neurochirurgie geschickt.“

Sie biss sich auf die Unterlippe und nagte darauf herum.

Die Ärztin gab etwas am Computer ein. Dann wandte sie sich wieder Tesi zu und sagte: „Sind Sie mit Herrn Demhardter verwandt?“ Tesi schüttelte den Kopf. „Hmmm“, murmelte sie verneinend. „Ich bin nur seine Freundin.“ Im selben Moment ärgerte sie sich darüber, „nur“ gesagt zu haben.

„Das heißt, Sie könnten uns seine Angehörigen nennen, oder? Das Problem ist nämlich, dass wir keine Ahnung haben, wer dieser Patient ist. Man hat ihn ohne alles aufgefunden. Kein Geldbeutel, keine Brieftasche, kein Handy, nichts."

„Was ist mit ihm?", sagte Tesi.

Die Ärztin sah sie einige Sekunden lang stumm an. Sie schien über etwas nachdenken zu müssen, was außerhalb ihres komplexen Medizinerkosmos lag, etwas, das alles andere als alltäglich für sie war.

„Ich weiß nicht, ob ich richtig handle", sagte sie dann. „Da Sie nicht verwandt sind mit dem Mann, bei dem wir jetzt einmal davon ausgehen, dass es Herr Demhardter sein könnte, dürfte ich Ihnen eigentlich keine Auskunft geben. Andererseits … Wenn Sie ihn sehen könnten und dann zweifelsfrei bestätigen würden, dass es sich tatsächlich um ihn handelt, wären alle einen Schritt weiter. Wir brauchen seine Angehörigen. Und die Bundespolizei ist ebenfalls sehr interessiert daran, zu erfahren, mit wem man es zu tun hat."

Sie stand auf. „Also", sagte sie, „besuchen wir ihn. Aber zuvor müssen Sie bitte in die OP-Kleidung schlüpfen, die für Besucher bereitliegt."

***

Tobs wusste, dass er Glück haben musste. Auf den Türschildern des Wohnhauses standen lediglich acht Nachnamen – aber Julias kannte er nicht. Er hätte Peter Hennings Eltern fragen können, doch bevor er das tat, hockte er sich lieber ins Auto und wartete, bis sie aus dem Haus kam oder von irgendwoher zurückkehrte.

Ganz gegen seine sonstige Gewohnheit ließ er keine CD laufen, sondern hörte Radio. Auf Bayern 2 kam eine Diskussion über Altersarmut, was zwar einerseits gewiss nicht das Thema war, das ihm besonders unter den Nägeln brannte, das aber andererseits viel zu wichtig war, als dass es nur die unmittelbar Betroffenen angegangen wäre.

In der Gesellschaft veränderte sich etwas, schleichend, sagten die einen. Sagten es ziemlich laut, meinte Ricardo, sein Freund, wirklich ziemlich laut, wenn man hinhören wollte und sich nicht die Finger in die Ohren steckte. Das Leben in diesem Land wurde immer rauer, ruppiger, rücksichtsloser. Wer konnte, schaufelte sich Geld und Gut in die eigenen vier Wände und ließ sich von allen anderen, insbesondere von denen, die es nicht so gut erwischt hatten, am Arsch lecken. Tobs, der nicht leicht zu ängstigen war, hatte doch so etwas wie Angst vor der Zukunft – weniger um sich selbst, als um das Große und Ganze.

Wer bin ich eigentlich, mir Sorgen ums Große und Ganze zu machen? Niemand. Allenfalls ein kleines Würstchen. Nicht viel mehr als eine Ameise. Aber es stimmt schon – alles verändert sich und anscheinend wird alles schlechter. Vor zwei Jahren war ich der Meinung, wenn hier mal was schiefläuft, gehe ich nach Griechenland. Dort lebt es sich billig, es ist immer schönes Wetter, ich mach Wander- und Kletterführer in Metéora und auf den Inseln und es geht mir gut. Doch jetzt? Wahrscheinlich wäre ich auch dort nur mehr ein Obdachloser unter vielen.

Er beobachtete die Umgebung des Hauses, wo Julia wohnen musste.

Falls sie nicht in den letzten Wochen ausgezogen ist, dachte er.

Er hatte sie ein paar Mal gesehen, würde sie wiedererkennen. Sie war mit ans Auto gekommen, als er Peter zu einer Bergtour abgeholt hatte. Sie selbst hatte sich nichts aus der Bergsteigerei gemacht. Und einmal war sie nach Thalkirchen gefahren und hatte ihnen zugesehen, wie sie in der Halle die Schwierigkeitsgrade nach oben geschraubt hatten.

Schon damals hatte er sich gefragt, was die beiden, was Peter und Julia miteinander verband. Auf den ersten Blick passten sie ja sehr gut zusammen; doch er konnte nie herausfinden, ob sich auch gemeinsame Interessen trafen. Das Wenige, was er über sie erfahren hatte, war dazu angetan, sie als relativ langweilige Person abzutun.

Kann ein Vorurteil sein, dachte er.

Er saß im Auto und wartete. Wieder einmal observierte er eine Frau. Beim letzten Mal war das gehörig schiefgegangen. Jetzt jedoch hatte er kein schlechtes Gefühl. Zwar kam ihm irgendwie unsinnig vor, was er tat. Doch was machte es schon aus, wenn er jetzt zwei oder drei Tage lang in der Nähe des Hauses im Stadtteil Pasing stand und die Dinge auf sich zukommen ließ? Dass das Wetter auch nicht gerade rosig war (und die aktuelle Vorhersage erst mal wenig Grund zum Optimismus gab), tat ein Übriges: Tobs hatte keine anderen Pläne. Er hatte Zeit. Und das hieß, dass er in der Lage war, geduldig zu sein.

Doch es war ihm auch klar, dass er auf den Zufall angewiesen sein würde. Wenn der nicht half, konnte er drei Wochen und drei Tage hier herumstehen, ohne Julia auch nur einmal zu Gesicht zu bekommen.

Und der Zufall half, wenngleich auf andere Art und Weise, als er sich das gedacht hätte.

***

„Bevor wir hineingehen, muss ich Ihnen noch etwas sagen“, erklärte Doktor Hillmeier. Tesi war in den grünen Kittel geschlüpft, hatte die obligatorische Haube aufgesetzt und sich die Hände mit Desinfektionsmittel eingerieben. Sie sah beinahe aus wie eine Ärztin, Schwester oder Pflegerin.

„Was ich Ihnen sagen muss, ist Folgendes: Herr Demhardter – ich gehe in der Tat davon aus, dass es sich um ihn handelt – ist nicht ansprechbar. Er hat schwere Kopfverletzungen erlitten und auch noch andere Verletzungen, die allerdings im Vergleich zu denen am Kopf nicht von Belang sind. Er hat eine Schädelfraktur plus eine Einblutung im Gehirn. Letzteres ist das Hauptproblem. Wäre er früher zu uns gekommen, hätte die Blutung vielleicht weniger Schaden angerichtet. Aber ganz sicher weiß man das ja nie.“

„Kommt er durch?“, fragte Tesi mit tonloser Stimme.

Die Ärztin sah sie schweigend an. Nach Sekunden, die Tesi wie eine endlos sich hinziehende Viertelstunde vorkamen, nickte Doktor Hillmeier.

„Wir tun unser Bestes", sagte sie. „Das können Sie mir glauben." Übergangslos fügte sie hinzu: „Er ist in der Nacht notoperiert worden. Die Blutung konnte gestoppt werden. Sein Zustand ist stabil. Allerdings ist er noch nicht ansprechbar. Und wir wissen auch nicht, ob und wann er das wieder sein wird."

Die Ärztin fasste Tesi an der Schulter.

„Sie müssen jetzt stark sein", sagte sie.

Und dann führte sie Tesi in der Intensivstation an mehreren Betten vorbei, wo halb tote Menschen künstlich versorgt, künstlich beatmet, künstlich am Leben gehalten wurden. Schläuche, Monitore, Hightech-Geräte, Flüssigkeitsbehälter. Tesi wollte das alles nicht sehen, aber ihre Augen schienen sich verselbstständigt zu haben, sahen alles, mehr noch, nahmen es geradezu fotografisch auf und schoben jedes Bild in das zugehörige Fach in ihrem Gehirn.

Die Ärztin zog einen leichten grünen Vorhang zur Seite. Dahinter lag auf einem hohen Bett, den Kopf seitlich von Polstern gestützt, durch Schläuche ver- und entsorgt, Mario.

„Mario", schluchzte Tesi los. „Mario."

Sie stand fassungslos neben dem Bett, neben den Geräten, starrte abwechselnd auf das entstellte Gesicht, die Anzeigen auf den Monitoren und auf das Irritierendste von allem, auf einen dünnen Schlauch, der seitlich aus seinem Kopf herausführte und irgendeine Flüssigkeit ableitete.

„Mario", sagte sie flüsternd. Immer wieder „Mario".

Sie traute sich nicht, ihn anzufassen. Dabei hätte sie ihm so gerne übers Gesicht gestrichen oder seine Hand gestreichelt. Stattdessen fuhr sie zart über die dünne weiße Decke, die auf Marios leblos erscheinendem Körper lag.

Die Ärztin legte ihr jetzt die Hand um die Schultern, ließ Tesi noch einige Augenblicke Zeit und führte sie dann weg, hinaus aus dem Intensivbereich und bis in den Vorraum, wo der Computer stand.

„Wundern Sie sich nicht“, sagte sie. „Das alles hier ist ein Provisorium. In einigen Wochen bekommen wir die neue Station.“

Doch das war Tesi egal. Sie ließ sich auf den Stuhl fallen, legte den Kopf in ihre Hände und weinte los. Die Ärztin gewährte ihr die Zeit, die sie brauchte, um sich wieder ein wenig zu sammeln. Dann sagte sie: „Ich weiß, wie schwer das jetzt für Sie ist – aber ich brauche noch einige Angaben von Ihnen.“

Tesi nickte. Schwach.

Sie fühlte sich so müde. Die ganze Angst der letzten Tage und Stunden, die Anstrengung ihrer unablässigen Suche, der Mangel an Schlaf, all das fiel jetzt gleichsam über sie her. Sie hätte sich ein Bett gewünscht. Nicht hier, auf dieser Station des Schreckens. Irgendwo in einer stillen Kammer, schwarz, ohne Fenster. Wahrscheinlich hoffte sie insgeheim, das Furchtbare wegschlafen zu können, nach Stunden zu erwachen und alles wäre wieder gut.

Doktor Hillmeier erfragte die verschiedensten Daten zur Person des Patienten, und Tesi gab Auskunft, so gut es ihr Wissen und ihr Zustand zuließen.

Gegen Ende des Gesprächs sagte sie: „Wie geht es jetzt weiter? Ich meine, mit Mario?“

„So genau wissen wir es nicht“, gab die Ärztin zurück.

„Kann es sein, dass er gar nicht mehr aufwacht?“, fragte Tesi.

„Damit rechnen wir nicht“, war die Antwort. „Wir nehmen stark an, dass er morgen oder in den nächsten Tagen aus dem Koma erwacht. Das Problem ist: Wir wissen nicht, wie es ihm dann geht.“

Sie stutzte einen Moment, schien Tesi nochmals kurz zu begutachten und zu prüfen, ob sie ihr die ganze Wahrheit zumuten konnte.

„Ich muss Ihnen das leider sagen: Wir können derzeit nicht sagen, ob er sprechen können wird, ob er sich an Sie erinnert, ob er sich überhaupt an etwas erinnert. Mit anderen Worten, niemand weiß im Augenblick, ob das noch der Mario ist, mit dem Sie bisher befreundet waren …“

Tesi sah die Ärztin an und durch sie hindurch.

Sie hatte das Gefühl, dass die Angst und die Verzweiflung verflogen, dass nichts mehr als Leere und schwere Müdigkeit blieben.

Schlafen, dachte sie. Schlafen.

Und noch während sie bei Doktor Hillmeier saß, sah sie vor ihrem geistigen Auge ihre nächsten Schritte voraus: ein Pensionszimmer am Rand der Altstadt, vom Klinikum nicht allzu weit entfernt. Die Einrichtung altmodisch, verwohnt, aber halbwegs sauber. Die schweren Vorhänge zugezogen. Das Zimmer im Dämmerlicht, fast dunkel. Sich selbst bekleidet und in Schuhen auf dem Bett liegend, den Blick zum stuckverzierten und angegrauten Plafond gerichtet.

Sie schlief.

Auf dem Rücken liegend, die Hände auf dem Bauch verschränkt, an nichts denkend und über nichts nachdenkend, erfüllte sie sich den einzigen Wunsch, den sie noch hatte.

Schlafen.

NEUN

Früh am Morgen war der Hubschrauber unweit der Tiroler Hütte gelandet; bis mittags hatte sich sowohl in Mittenwald als auch im Tiroler Nachbarort Scharnitz herumgesprochen, was sich ereignet hatte. Natürlich vermischten sich dabei Gerüchte und Wahrheiten, und wahrscheinlich hätte der Großteil der Aussagen, die in Geschäften, an Tankstellen, in Büros und Werkstätten und in Wartezimmern von Arztpraxen die Runde machten, einer genaueren Überprüfung nicht standgehalten:

„Der Schafhirt auf der Tiroler Hütte hat einen Kollaps erlitten."

„Ja, ist der denn überhaupt noch droben? Ich hab gemeint, da wär schon zu."

„Im Koma liegt er, heißt es. Und dass sie nicht wissen, ob sie ihn durchbringen …"

„Was hat er?"

„Irgendwas mit dem Herzen."

„Nein, nicht mit dem Herzen. Ein Schlaganfall war's."

„In dem Alter? Der ist doch noch nicht alt. Da sieht man, wie's gehen kann …"

„Ein Halbseidener war er. Das war aber allgemein bekannt. Eingesperrt war er, weil er jemanden erschlagen haben soll."

„Ein Mörder? Ja, verreck …"

„Freilich. Man ist ja heut nirgendwo mehr sicher – so einen lassen die frei rumlaufen."

„Das stimmt: Unsereiner lebt heutzutag in ständiger Gefahr."

„So ein Schmarrn! Der ist doch jetzt seit einigen Jahren schon droben, drei oder vier Sommer. Und man hat meines Wissens nichts davon gehört, dass er jemandem was getan hätte."

„Gesoffen wird er halt haben. Es soll alles vollgekotzt gewesen sein."

„Wer hat ihn gefunden?"

„Der Ranft.“

„Wer?“

„Der Ranft Toni. Kennst ihn gewiss. Wohnt im alten Zetler-Viertel.“

„Wo ist das denn?“

„Das Zetler-Viertel? Die Wohnblöcke für die Zeit- und Berufssoldaten, gar nicht weit von der Talstation der Karwendelbahn. Bei jedem Wetter rennt er in den Bergen herum ...“

Es kristallisierte sich schließlich als vereinheitlichte Wahrheit heraus, dass der im Ruhestand befindliche, sehr rüstige und sehr naturverbundene Mittenwalder Anton Ranft, Toni genannt, den Jakob Brunner in der Tiroler Hütte gefunden hatte.

Es stimmte, dass Ranft bei fast jedem Wetter draußen unterwegs war, vorwiegend in den Bergen, die Mittenwald und das Tal zwischen Krün und Seefeld rechter Hand und linker Hand überragten. Er stand in dem Ruf, jeden Steig und jeden Pfad zu kennen.

Eine besondere Vorliebe hatte dieser Toni Ranft für den Tag des ersten Schnees. Wenn andere über den frühen Wintereinbruch maulten, zog es ihn erst recht ins Freie, für ihn war es ein Genuss.

„Da herrscht dann eine so unglaubliche Stimmung“, wusste er zu erzählen, wobei jedoch die meisten, denen er erzählte, nichts davon nachvollziehen und seiner Begeisterung nur wenig abgewinnen konnten. „Der erste Schnee verziert die Landschaft mit all ihren Details wie der Puderzucker einen frisch gebackenen Guglhupf. Und die ganze Welt wird so still! Man hat das Gefühl, das Gebirge zieht sich völlig zurück, verschließt sich den Menschen, bis sie dann im Hochwinter mit den Ski daherkommen. Für mich sind das besondere Stunden.“

Ranft war ein Schöngeist. Doch nicht nur das: Er war auch eine dionysischer Mensch, der es verstand, dem Leben die genussvollen Seiten abzuzwacken. Wenn der erste Schnee kam – er spürte das in aller Regel ein, zwei Tage vorher an der Narbe einer früheren Magenoperation –, packte er einen Piccolo in den Rucksack, zwei Semmeln oder ein halbes Ciabatta, dazu eine Packung Räucherlachs, wie sie daheim im Kühlschrank fast immer vorrätig war. Denn beide, er und seine Frau, mochten Lachs sehr; allerdings aß sie ihn lieber daheim als auf Wanderungen in der Kälte und durch den Schnee.

Toni Ranft verließ beim ersten Schneegestöber den Ort und wanderte so tief wie möglich hinein in sein Gebirge und so hoch wie möglich hinauf zu einer verschlossenen, winterfest gemachten Hütte.

Da saß er dann, in den dicken Anorak warm eingepackt, an die im Windschatten liegende Hauswand gedrückt. Und er genoss. Den Blick in die Schneeflocken, die aus grauem Himmel herabfielen. Das Licht des hereinbrechenden Winters, das nun alles in ein Schwarz-Weiß-Bild verwandelte. Die Einsamkeit und die tiefe Stille. Etwas Schöneres konnte es für Toni Ranft kaum geben.

Wenn ihm eine solche Stunde zuteil wurde, öffnete er den Piccolo und die Lachspackung, er prostete sich selbst zu und ließ sich Sekt und Fisch bestens schmecken. Sein kleines „Buffet“ war unter diesen Umständen so wunderbar, dass ein Gala-Dinner in Schloss Windsor oder beim Bundespräsidenten in Schloss Bellevue einfach nichts dagegen gewesen wäre. Einmal hatte er sein altes, batteriebetriebenes Transistorradio dabei gehabt und nach einigem Suchen auch einen akzeptablen Sender gefunden. Eine historische Einspielung von Beethovens Pastorale – wunderschön. Und doch hatte er schon nach dem ersten Satz, dem Allegro ma non troppo, abgeschaltet. Die Natur mit ihren die Stille nur ganz leise variierenden Tönen – dem Hauchen des Windes, dem Knarzen von Bäumen, dem Tropfen von schmelzendem Schnee von den Ästen, dem fernen Gurgeln eines Baches – durfte in solchen ganz besonderen Augenblicken einfach nicht gestört werden. Nicht einmal von Beethoven …

Als Ranft an diesem Morgen erwacht war und die Straßen und Dächer dünn verschneit gesehen hatte, war er zunächst enttäuscht. Schließlich wäre er lieber persönlich dabei gewesen, wenn sich die Welt von vielfarbig in schwarz-weiß verwandelte. So schnell hatte er den Schnee nun auch wieder nicht erwartet. Doch einerlei; er packte seinen Rucksack, flüsterte seiner bestenfalls halb wachen Frau ins Ohr, dass er Richtung Brunnstein ginge, fuhr südwärts aus dem Ort hinaus, überquerte auf halbem Weg nach Scharnitz den unbeschrankten Bahnübergang und kurvte, das Verbot ignorierend, bis zur Talstation der Materialseilbahn der Brunnsteinhütte.

Die höhenverstellbaren Wanderstöcke nutzend, schritt Ranft kräftig aus. In eineinhalb Stunden stand er vor der Brunnsteinhütte und er hätte hier getrost Halt machen und sein persönliches Wintererlebnis feiern können. Die Fensterläden waren geschlossen, außer ihm war niemand hier und es hätte sich ohne Weiteres ein wind- und wettergeschütztes Plätzchen finden lassen, um zu essen, zu trinken und mit offenen Augen und offenem Herzen einfach zu staunen.

Doch irgendetwas zog ihn weiter. Wahrscheinlich war es der Umstand, dass es zwar schon seit ein paar Stunden schneite und es das auch unverdrossen weitertat, der Schnee aber nicht liegen blieb. Der Weg weiter hinauf war mit einer Schicht von höchstens fünf Zentimetern bedeckt, in seinem Verlauf also immer noch gut erkennbar.

Wenn ich weitergehe, hatte Ranft gedacht, dann erlebe ich vielleicht etwas, wie ich es noch nie erlebt habe. Er sollte recht behalten – auch wenn er sich in seiner Phantasie etwas anderes vorgestellt hatte: die Stille noch stiller, die Einsamkeit noch greifbarer, die Berge noch intimer.

Doch von all dem nahm er nichts mehr wahr, als er knappe zwei Stunden später – er brauchte etwas länger als geplant, weil der Weg glitschig war und mit Vorsicht begangen werden musste; außerdem lag weiter oben der Schnee doch knöcheltief und das Gehen wurde beschwerlicher – bei der Tiroler Hütte ankam. Zwar machte die Hütte einen verschlossenen Eindruck – die Fensterläden waren zu und mit massiven Stahlschienen verbarrikadiert –, doch was er davor sah, verwirrte ihn. Neben der niedrigen Tür fand er Fußspuren im hier nur millimetertiefen Schnee – der Wind hatte das Weiß kaum unter den Dachvorsprung geweht. Woher kamen die Spuren? Auf dem Weg von der Brunnsteinhütte herauf hatte er nicht einen Fußabdruck gesehen. Und dann waren da ja noch zwei Pfützen mit Erbrochenem, ebenfalls unmittelbar neben der Tür.

Sollte doch jemand da sein?

Ranft klopfte gegen die Tür.

Erst zwei-, dreimal mit gewisser Zurückhaltung, dann immer kräftiger, wieder und wieder. Nach einiger Zeit gab er seine Zurückhaltung auf. Er drückte die Türklinke und war kaum noch überrascht, dass die Türe sich öffnen ließ.

Was er als Erstes bemerkte, war die unglaublich üble Luft. Abgestanden und säuerlich, sodass er sich sofort noch einmal umwandte und die kalte Schneeluft bis in die Lungenspitzen einsog.

Erst dann unternahm er einen zweiten Versuch, die winzige Hütte zu erkunden. Das durch die Tür einfallende Licht genügte, um ihm binnen Sekunden einen Überblick zu verschaffen. Auf der Bank am Tisch lag jemand, in Decken eingehüllt, vielleicht im Tiefschlaf, vielleicht ohne Bewusstsein, vielleicht krank oder auch schon tot.

„Hallo“, rief er. „Hallo! Hören Sie mich? Was ist mit Ihnen?“

Da keine Antwort kam und nichts sich regte, trat Ranft mit zwei, drei Schritten an die Person heran. Aus dem Deckenverhau ragten ein fahles Gesicht und ein ziemlich kahler Schädel, die blasse Haut schweißüberströmt.

„Hören Sie mich?“

Es kam keine Antwort. Doch immerhin gab der Mann, den Ranft als den Hirten und Hüttenwirt Jakob Brunner zu erkennen glaubte, einige unartikulierte Laute von sich. Es war, als wollte Brunner ein paar Sätze in einer Marssprache reden. Nicht ein einziges Wort war zu verstehen. Ranft überwand sich und fasste Brunner an die Schläfe. Die Haut war heiß, erschreckend heiß.

Es war Ranft sofort klar, dass Brunner schwer erkrankt war und dringend Hilfe benötigte. Er setzte seinen Rucksack ab und fingerte das Handy aus der Deckeltasche. Er hatte es in einen Gefrierbeutel eingewickelt, damit es auch beim schlimmsten Wetter nicht nass werden konnte. Dabei mochte er es gar nicht, mochte die ganze Mobiltelefoniererei nicht, das alles war ihm zuwider. Doch seine Frau hatte darauf bestanden (mit Recht, wie er selbst einräumen musste), dass er bei seinen einsamen Wanderungen wenigstens das Handy im Rucksack hatte.

„Wenn dir etwas passiert", hatte sie gesagt. „Du kannst hinfallen oder dir den Fuß verstauchen. Dann kannst du wenigstens Hilfe holen."

Hoffentlich gibt's hier Empfang, dachte er, als er das Handy aus der kleinen Plastiktüte holte. Es war, natürlich, gar nicht eingeschaltet, und es dauerte, ehe er prüfen konnte, ob das Telefon verwendbar war: In seiner Aufgeregtheit tippte er beim Eingeben seiner PIN-Nummer zweimal daneben. Dann, endlich, hatte er Erfolg. Das Handy hatte Empfang und Ranft wählte die 110 – etwas Besseres fiel ihm nicht ein.

Die nächste knappe halbe Stunde kam ihm vor, als wäre sie so lang wie ein halber Tag. Er hatte die allgemeinen Fakten und seine persönlichen Daten durchgegeben, war dann wenige Minuten später zurückgerufen worden und hatte mitgeteilt bekommen, dass ein Rettungshubschrauber geschickt werde.

Von da an war er ständig in Bewegung: eilte wieder und wieder in die Hütte, um nach dem Erkrankten zu sehen, rannte wieder hinaus, um durch das Schneetreiben in alle Richtungen zu horchen. Der Schnee fiel leicht, locker, war jetzt nicht mehr so nass und blieb zunehmend liegen. Hoffentlich kann der Hubschrauber überhaupt fliegen, dachte er.

Er schaute immer wieder in den Himmel, sah hinauf in Richtung Brunnsteinspitze und in Richtung Mittenwalder Höhenweg. Die Landschaft bot ein diffuses Bild, aber die Bergspitzen waren immerhin noch zu sehen.

Kommt endlich, dachte er. Bitte kommt endlich, bevor der Himmel ganz dicht macht.

Er war so aufgeregt, dass er seinen Harndrang nicht länger beherrschen konnte: Es blieb ihm nichts anderes übrig, als hinter der Hütte ein gelbes Muster in den Schnee zu pinkeln.

Und dann hörte er das Dröhnen, das aus dem Tal zu kommen schien. Es klang, als wäre der Helikopter auf halber Höhe herangeflogen und schraubte sich jetzt hinauf. Das dumpfe Dröhnen in der Ferne wurde in kürzester Zeit zu einem infernalischen Motorenlärm, ohne dass Ranft die Maschine sehen konnte.

Plötzlich aber war sie da, tauchte über einer Geländestufe auf, der Lärm steigerte sich zum Tosen und der frische Schnee wurde wie in einem Orkan aufgewirbelt. Es war angsteinflößend, und Ranft duckte sich unter die Dachtraufe der Tiroler Hütte. Der Hubschrauber landete in etwa dreißig Metern Entfernung; es geschah mit größter Vorsicht, da der Pilot im Schneetreiben den Ebenheiten und den Unebenheiten des Geländes nicht einfach so vertrauen konnte. Der Lärm war höllisch, der künstlich erzeugte Sturm infernalisch; wenn Ranft sich nicht zur Seite drehte, presste es ihm die Luft derart druckvoll in die Atemwege, dass er befürchtete, nicht mehr ausschnaufen zu können.

Doch dann erstarrte das fürchterliche Geräusch des Rotors. Zwei Männer in Overalls und mit Helmen sprangen aus der Maschine und kamen leicht gebückt auf Ranft zugestapft. Ein kurzer Gruß, die knappe Frage, wo der Patient sich befände – und dann ging alles ganz schnell. Erstversorgung durch den Notarzt, Umbettung auf die vom Assistenten und dem Piloten herbeigebrachte Trage, Verbringung des weiterhin nicht ansprechbaren, doch immerhin Lebenszeichen von sich gebenden Jakob Brunner in den Helikopter.

Während der Arzt im Helikopter mit seinem Patienten beschäftigt war, nahm der Assistent die Personaldaten von Ranft auf und notierte in Stichworten, wie die Zielperson des Einsatzes aufgefunden worden war.

„Sie kommen alleine klar?“, fragte der Assistent zum Schluss, während er letzte Utensilien zusammenpackte.

Ranft nickte. Er hätte nicht mitfliegen können, selbst wenn er gewollt hätte. Die Hütte stand offen; irgendwer musste sich doch kümmern.

„Ich komm schon klar", sagte er. Und dann fragte er noch: „Wo fliegt ihr ihn denn hin?"

„Innsbruck", erhielt er zur Antwort. Dann röhrte der Helikopter auch schon wieder auf, Assistent und Pilot winkten ihm noch kurz zu, der Assistent schloss die Schiebetür und im nächsten Augenblick hob die Maschine ab und kippte zur Seite weg, um wenige Sekunden später im Schneetreiben verschwunden zu sein.

Ranft konnte den Motorenlärm noch eine ganze Weile hören, hätte aber nicht sagen können, wie lange es sich um das reale Geräusch handelte und ab wann es der Nachhall zu dem war, was er in der letzten Stunde erlebt hatte.

Er fühlte sich zittrig. Die überraschende Auffindung Jakob Brunners hatte ihm, im Nachhinein betrachtet, einen gehörigen Schrecken eingejagt. Dazu der Hubschrauber, der Notarzt, das eigentlich so Hilfreiche, das ihn dennoch so abschreckte wie der Geruch in einem Krankenhausflur.

Ranft holte sich einen Stuhl aus der Hütte, ließ die Türe zum Lüften offen stehen, zog sich die Kapuze über den Kopf und setzte sich in den nachlassenden Schneefall. Er hatte Durst, aber nicht die geringste Lust auf Sekt. Hunger hatte er überhaupt keinen. Einfach nur dasitzen wollte er und ins Nichts schauen und dabei wieder zur Ruhe kommen.

Er hoffte, dass die kalte Luft die stinkende Hütte reinigen würde.

Was ist ihm passiert?, dachte er. An welcher Krankheit leidet der Mann? Wahrscheinlich wäre er gestorben, wenn ich nicht den Weg da herauf gemacht hätte. Dabei wollte ich doch eigentlich nur bis zur Brunnsteinhütte …

Der Gedanke, dass er ein Leben gerettet hatte, erfüllte ihn weder mit Stolz noch mit Begeisterung. Doch das Erschrecken darüber, dass Brunner vielleicht gestorben wäre, wenn er ihn nicht gefunden hätte, fuhr ihm tief in die Knochen und setzte sich fest wie der Schmerz eines eingeklemmten Nervs. Jetzt zitterte er noch mehr. Ein Zittern, das gar nicht mehr aufhören wollte, und das ihn noch immer behinderte, als er eine Viertelstunde später die Tür der Hütte zu verschließen versuchte. Der Schlüssel war nicht zu finden gewesen; also behalf er sich mit dem Strick, den er um die Türklinke wickelte und um einen großen Nagel, der in der Außenwand steckte.

Natürlich hätte dennoch jeder, der das wollte, eindringen können. Aber dagegen konnte er nichts unternehmen. Immerhin war so erst einmal gewährleistet, dass der Wind die Tür nicht aufdrücken und den Schnee, der hier oben irgendwann meterhoch liegen würde, ins Innere der kleinen Behausung hineinblasen konnte.

Eigentlich spielte er mit der Überlegung, daheim anzurufen – wo doch das Handy schon mal Empfang hatte. Doch er verwarf den Gedanken: Sobald seine Frau den Anruf entgegengenommen hätte, wären ihm die Worte im Hals stecken geblieben.

Das erste Mal seit über einer Stunde konnte er lächeln. Ein Lächeln, das ihm selbst galt. Ihm selbst und seinen Merkwürdigkeiten.

„Natürlich habe ich Vertrauen zu dir“, sagte er halblaut, während er an seine Frau dachte. „Natürlich habe ich Vertrauen, immer gehabt. Und Geheimnisse, nein, meine Liebe, Geheimnisse hatte ich auch nie vor dir. Aber es ist nun mal so …“

Er verstummte. Er nahm seine Wanderstöcke auf, tat ein paar Schritte, sah sich noch einmal zur kleinen, so verlassen dastehenden Hütte um und machte sich sodann an den langen Abstieg.

Den angefangenen Satz jedoch sprach er nicht mehr aus, er dachte ihn nur zu Ende:

Ja, meine liebe, gute Frau – es ist nun einmal so, dass ich immer erst alles mit mir selbst ausmachen muss. Bevor ich nicht alles dreimal in mir geschüttelt hab, kann ich doch gar nicht darüber reden. Nicht einmal mit dir.

So trug er Sekt, Lachs und Semmeln wieder ins Tal hinunter.

Von der Tiroler Hütte bis hinab zur Straße, die Mittenwald mit Scharnitz verband, waren es zwölfhundert Höhenmeter. Zeit genug, das einschneidende Erlebnis dreimal in sich durchzuschütteln …

***

Lonni saß in der kleinen Wohnung, in der sie zusammen mit ihrem Vater lebte, vor dem Fernseher. Sie hatte ihre Aufgaben sorgfältig erledigt. Die Wohnung war tipptopp in Ordnung gebracht: die Räume gelüftet, die Gegenstände abgestaubt, der Fußboden gesaugt, in der Küche war das gewaschene Geschirr in die Schränke geräumt und Herd und Arbeitsplatte waren feucht abgerieben worden. Mochte es im Sommer auf der Hütte bisweilen chaotischer zugehen, bedingt allein schon durch die Beengtheit, die der bei einer Weltumseglung auf einem kleinen Segelboot in nichts nachstand, so hielten Lonni und ihr Vater Jakob Brunner ihr Domizil im Tal penibel in Schuss.

Was sie zu tun hatte, tat sie. Wenn auch mit geringer Begeisterung. Es fehlte ihr das Verständnis für seinen Anspruch an Ordnung und Sauberkeit. Die Zweieinhalb-Zimmer-Wohnung lag nicht gerade in einer Luxusgegend; sie war vielmehr eine Art Aufbau auf einem schmucklosen Supermarkt, der in Nachbarschaft von anderen Gewerbebetrieben stand. Der Blick vom Balkon, der eigentlich eine Art Dachterrasse war, zeigte ein- und zweistöckige Zweckbauten, riesige asphaltierte Stellflächen und meist unzählige Fahrzeuge, die hier parkten, rangierten, be- oder entladen wurden.

Abends, wenn die Betriebe verlassen dalagen, der Supermarkt hinter dem letzten Kunden geschlossen hatte, gab es hier keine Nachbarschaft mehr. Klar, auf den leer stehenden Parkplätzen trafen sich bisweilen Jugendliche, ließen Autoreifen quietschen, amüsierten sich über irgendwas oder warfen leere Bierflaschen nach einer streunenden Katze. Das als Nachbarschaft zu bezeichnen, wäre dann aber doch zu viel des Guten gewesen.

Lonni wusste, dass hier einer der Ärsche der Welt war und dass sie etwas tun musste, um irgendwann einen besseren Ort zum Leben zu finden. Mit der Gleichmut ihres Vaters, dem es genügte, unbehelligt irgendwo unterschlüpfen zu können, und der diesen Unterschlupf so sorgsam pflegte, als wäre es ein Luxusanwesen in Kitzbühel, konnte sie sich nicht anfreunden. Sie wusste, dass er sich nicht mehr ändern würde. Bis ans Ende seiner Tage würde er so leben, und es wäre ihm genug.

Mir nicht, dachte sie. Mir ist es nicht genug.

Brunner war nicht nach Hause gekommen. Das geschah häufiger, denn sein Leben war nicht so aufgeräumt wie die Wohnung. Normalerweise ging Lonni davon aus, dass er sich mit einer Frau traf. Oder dass er mit irgendjemandem Geschäfte machte, über die er nicht sprach (und von denen sie auch gar nichts wissen wollte). Unter den gegebenen Umständen war es aber noch weit weniger verwunderlich, dass er nicht heimgekommen war …

Sie schaute auf den Bildschirm, wo eine der unzähligen Telenovelas lief. Wenn Lonni in der Wohnung war, liefen fast immer solche Sendungen. Nicht, dass sie sich für den Fortgang der Geschichten sonderlich interessiert hätte. Doch viele der Filmfiguren waren ihr ein wenig vertraut geworden, kleine Freunde, die ihr Leben im Bildschirm lebten. Mit ihnen fühlte sie sich weniger allein.

Sie sah Verliebtheit und Streit, Eifersucht und Intriganz, Heimtücke und Verzweiflung, doch es lief alles an ihr vorbei. Die Uhr zeigte halb eins. In Kürze musste Katha vorbeikommen, die einzige echte Freundin, die sie hatte. Vielleicht würden sie wieder nur dasitzen und auf den Fernseher starren, wie sie es manches Mal taten.

Nein, heute nicht, dachte Lonni. Wir werden reden müssen. Und ich werde BrunnerPa alles erklären müssen.

Sie lächelte.

Reden, dachte sie. Ich rede ja nicht. Ich schreibe ihnen alles auf und ich nicke und ich schüttle den Kopf. Wir verstehen uns auch so.

Wie so oft überlegte sie auch jetzt wieder ein paar Augenblicke lang, ob sie vielleicht doch zu sprechen in der Lage wäre, wenn sie es nur genug wollte. Doch es gelang ihr auch diesmal nicht, sich so zu hinterfragen, dass am Ende eine Antwort stand. Denn sogleich schoben sich die Erinnerungen nach vorne, jene Erinnerungen, die sie um nichts in der Welt an sich heranlassen wollte:

Die beiden jungen Männer, die sie im Auto mitgenommen hatten; die sie vergewaltigt hatten, erst der eine, dann der andere; die sie dann in die Nacht gejagt hatten mit nichts als ihrem zerrissenen T-Shirt.

Sie wollte sich nicht erinnern, dass sie bei der Vernehmung durch eine Polizistin nicht einmal die Farbe des Wagens gewusst hatte, geschweige denn eine ordentliche Beschreibung der beiden Männer zustande gebracht hatte.

Und sie wollte sich nicht erinnern, dass ihre Stimme mitten in dieser Vernehmung den Dienst versagte; dass sie, die gerade noch, so gut es ging, auf die Fragen geantwortet hatte, plötzlich verstummte, die Sprache verlor; dass die Sätze kein Ende mehr fanden; dass die Worte nur mehr Bruchstücke aus Buchstaben blieben und dass dann gar nichts mehr kam. Wie eine Quelle, die rasch versiegte.

Das Telefon läutete.

Lonni schüttelte den Kopf. Sie würde nicht abheben. Schon längst hätten sie die Festnetzverbindung abschaffen sollen. Die Handys genügten voll und ganz. Wer sie kannte, schickte ihr eine SMS.

Ich hebe nicht ab, dachte sie.

Das Telefon klingelte.

Wieder schüttelte sie ihre üppige Rastamähne.

Doch das Telefon klingelte und klingelte.

Es klingelte mit nervtötender Beharrlichkeit.

Wütend trat Lonni heran, hob den Hörer ab und machte „Hmmm?"

Ihre Wut auf das Telefon verflog innerhalb weniger Sekunden, und nach zwei Minuten eines schwierigen „Gesprächs" sackte sie in sich zusammen, kauerte auf dem Boden, umschloss die Knie mit ihren Armen und ignorierte die Stimme aus dem Telefon, das nun neben ihr am Boden lag: „Sind Sie noch da? Können Sie mich hören? Hallo!!! Hören Sie mich?“

BrunnerPa, dachte Lonni. BrunnerPa. Guter, guter BrunnerPa. Was machst du für Sachen. Tu mir das nicht an. Tu mir das bitte nicht an.

Sie wollte schreien, aber sie konnte nur schluchzen.

BrunnerPa.

ZEHN

Der Zufall stellte sich anders ein als erhofft. Tobs war optimistisch genug gewesen, Julia irgendwann aus dem Haus gehen oder heimkehren zu sehen.

Und wenn ich bis abends warte, hatte er gedacht. Vielleicht sehe ich sie, wenn sie von der Arbeit kommt.

Zweieinhalb Stunden war er in seinem Auto gesessen, hatte durch den anfangs aufs Wagendach und die Windschutzscheibe trommelnden, dann allmählich nachlassenden Regen hinausgesehen. Schließlich war seine Zuversicht geschwunden. Irgendwann hatte der Regen fast völlig aufgehört – und Tobs hatte Hunger bekommen.

Er stieg aus seinem Auto, streckte die Beine, den Rücken, dehnte die Schultern – alles war von der langen Herumsitzerei verspannt, sein ganzer Körper fühlte sich müde an. Doch schon nach ein paar Schritten fühlte Tobs sich besser. Es tat gut, nicht mehr zu sitzen, sondern sich ein wenig bewegen zu können.

Er schlenderte ein Stück die Straße entlang. Vier- und fünfstöckige Wohnhäuser, im Erdgeschoss Büros und Geschäfte. Wahrscheinlich hat es hier früher auch mal einen Bäcker und einen Metzger gegeben, dachte er. Könnte ich jetzt gut gebrauchen. Aber wir Irren kaufen ja nur mehr beim Discounter …

Statt Läden mit Back- und Wurstwaren gab es jetzt Handyshops, zwei Reisebüros, Steuerberater, Boutiquen, einen Second-Hand-Laden und, Tobs war froh und dankbar, einen türkischen Obst- und Feinkostladen, der Döner Pide, die türkische Pizza Lahmacun, aber auch vegetarische Teigtaschen, mit Spinat, buntem Gemüse oder Schafskäse gefüllt, im Angebot hatte.

„Haben Sie Glück“, sagte der Mann zu ihm, der das Fleisch von dem riesigen Drehspieß säbelte. „In zehn Minuten is Schul aus, dann komm die Kinder und du kannst warten Viertelstunde.“

Tobs orderte eine Teigtasche mit Spinat, dazu eine Portion Pommes frites, ein Glas Tee und eine Cola. Und er entschied sich dafür, seine Bestellung nicht mitzunehmen (und wieder im Auto zu hocken), sondern an einem der Bistrotische im hinteren Teil des Geschäfts zu sich zu nehmen.

Der Laden war in zwei verschiedene Bereiche unterteilt: Die eine Hälfte war dem Imbiss gewidmet, der andere Teil bot eine große Vielfalt an Obst, Gemüse, Süßigkeiten, Trockenfrüchten und, in einer Kühlvitrine, Käse, Joghurt, Butter, Milch, außerdem, abgefüllt in Plastikbehältnisse, Obstsalat und Müsli. In dieser Abteilung des Geschäfts hantierte eine junge Frau im weißen Kittel, das lange, schwarze Haar nicht unter einem Kopftuch verborgen, sie war konzentriert bei der Arbeit, klaubte in der Steige mit weißen Weintrauben die vereinzelt schlechten heraus und würdigte Tobs keines Blickes. Ihr Alter schätzend und sie mit dem Mann am Dönerspieß vergleichend, ging er davon aus, dass es sich um Tochter und Vater handelte.

Sehr schöne Tochter, dachte Tobs. Aber Türkin, dachte er auch. Da kommst du als Nichttürke und Nichtmohammedaner nicht leicht ran.

Er biss in seine vegetarische Teigtasche, genoss den vorzüglichen Geschmack, betrachtete auch weiterhin verstohlen die junge Frau – insgeheim nannte er sie Fatme – und belächelte den Gedanken, dass er schließlich keine Frau suchte, die er sofort würde heiraten müssen.

Schon zwei Minuten später allerdings war Fatme verschwunden. Verschwunden hinter einer Horde von Schülerinnen und Schülern, die den Imbissbereich lautstark gestürmt hatten. Alle bestellten Döner, holten Colas und Sprites aus dem Kühlschrank, bildeten eine Art Schlange. Von Tobs, der ein Stück tiefer im Laden an seinem Tischchen stand und aß, nahm niemand Notiz. In dem ganzen Trubel im vorderen Ladenteil war er plötzlich unsichtbar.

Und das stellte sich als überaus vorteilhaft heraus, als urplötzlich Julia in der Käuferschlange vor dem Tresen auftauchte, offensichtlich um ebenfalls etwas Essbares zu kaufen. Tobs musste seinen ersten Reflex bekämpfen, gleich hinter dem Tisch abzutauchen. Dabei war das gar nicht nötig – Julia schien nicht zu bemerken, dass Tobs Thanner, dem sie ein paarmal begegnet war, wenige Meter von ihr entfernt stand.

Ich will nicht, dass sie mich sieht und mich erkennt, dachte Tobs. Er schob den Teller am Tisch weiter nach links und tat selbst einen Schritt in diese Richtung, sodass er zwar immer wieder einen Blick riskieren konnte, ihr aber nicht automatisch von Angesicht zu Angesicht gegenüberstehen würde.

Aus den Augenwinkeln konnte er sie beobachten. Wie sie zwischen den Youngsters stand und wartete, bis sie endlich dran war. Eine gewisse Ungeduld konnte sie nicht verbergen. Sie ließ den Geldbeutel in der Hand wippen, sah sich immer wieder in Richtung Obst und Gemüse um, schien bisweilen tief durchzuatmen, als würde sie damit andeuten wollen, dass ihre Geduld gehörig auf die Probe gestellt wurde.

Als sie an der Reihe war, bestellte sie einen Döner, eine Pizza, zwei Portionen gemischten Salat, die eine davon mit scharfem Dressing.

Tobs war mittlerweile mit seiner Teigtasche fertig, ein paar Pommes frites ließ er im Teller zurück, die Cola trank er nicht ganz aus. Als Julia mit einer Plastiktüte in der Hand den Türkenimbiss verließ, legte Tobs einen Zehner neben seinen Teller und heftete sich an ihre Fersen.

„Hey!“, hörte er den Ruf hinter sich. „Bekommst noch Euro!“

Doch er kümmerte sich nicht darum, sondern folgte Julia, die vielleicht dreißig Meter vor ihm ging, kräftig ausschreitend in jene Richtung, wo sich ihre Wohnung befand.

Erst jetzt sah er sie ganz. Sah ihren Rock und den kurzen dunklen Mantel, ein Outfit, das sie älter und reifer erscheinen ließ, als sie es wahrscheinlich war. Sah ihre eleganten Büroschuhe, die fast ohne Absatz auskamen und ihr zu einem Schritt verhalfen, der ein wenig an den von Balletttänzerinnen erinnerte. Sah bestätigt, was er schon bei der ersten Begegnung gedacht hatte, dass sich nämlich in ihre unbestreitbare Schönheit ein Hauch von Unterkühltheit und wohl auch eine Prise Langweiligkeit mischten. Tobs blieb stehen und tat so, als ob er sich umdrehen würde, um auf jemanden zu warten, während Julia den Schlüssel in die Haustüre steckte und nach drinnen verschwand.

Was hat mir das jetzt gebracht?, fragte er sich. Die Herumhockerei, die Begegnung? Weiß ich mehr?

Er stieg in sein Auto, wartete noch eine Weile, ob jemand kam oder ging, und hing dann, während er durch den mal mäßigeren, mal dichteren Verkehr quer durch die Stadt in den Münchner Osten zurückfuhr, seinen Überlegungen nach.

Ich weiß jetzt, dass sie nicht fürchterlich deprimiert ausgesehen hat. Doch was besagt das schon. Vielleicht kann sie ihren Kummer gut verbergen. Peters Tod ist ja auch schon wieder eine ganze Weile her.

Ich weiß weiterhin, dass sie für zwei Leute eingekauft hat. Sie sieht jedenfalls nicht danach aus, als würde sie zwei Portionen inklusive Salat verdrücken. Zwei Portionen also.

Aber vielleicht hatte sie eine Freundin zu Besuch. Oder ihre Mutter. Und warum sollte sie nicht einen Lover bei sich im Bett liegen haben? Was wäre dabei? Die Zeiten, da eine Frau ein Jahr lang in Schwarz gehen musste, waren lange vorbei. Zumindest hierzulande. Wer wollte den ersten Stein werfen, wenn eine junge Frau nach einer solchen Tragödie nicht versauern wollte, sondern rasch Trost suchte?

Ich muss doch noch mal zu den alten Hennings, dachte er. Auch wenn sie mir fürchterlich auf den Geist gehen. Aber zunächst …

Tobs beschloss, von jetzt an zweigleisig zu fahren. Noch mehr über Julia zu erfahren. Und parallel dazu Phil Reichhardt auf den Zahn zu fühlen.

Schwierig, dachte er. Verdammt schwierig, dabei einen Ansatz und dann den richtigen Ton zu finden.

Am meisten Angst hatte er davor, Phil fälschlicherweise zu verdächtigen. So wie er selbst vor ein paar Wochen verdächtigt und verfolgt worden war. Ich hatte niemandem etwas getan, dachte er. Und doch sprach alles gegen mich. Wenn ich nicht Unterschlupf auf der Hütte gefunden hätte …

Und wenn Jakob mir nicht weitergeholfen hätte … Einer, der mir geglaubt hat. Der mich nicht für einen Mörder hielt …

Verdammt, dachte er. Jakob Brunner wollte ich noch mal auf der Hütte besuchen, bevor der Winter kommt. Schauen, wie es ihm geht. Und ihm vielleicht noch mal ins Gewissen reden. Nicht, dass der Kerl noch Dummheiten macht.

Tobs überlegte, an einem der nächsten Tage zur Hütte hinaufzusteigen. Er wusste, dass er in Brunners Schuld stand.

Und er wusste auch, wie er sie einlösen wollte.

Was er nicht wissen konnte war, dass er dafür zu spät kam.

***

Während der Fahrt nach Innsbruck – es waren gerade einmal dreißig Kilometer, doch wenn jemand aufgeregt, sogar geschockt ist, kommt einem das furchtbar weit vor – redete Katha unablässig auf Lonni ein.

Katha war die einzige Freundin, die Lonni hatte. Sie hätte mehr Freundinnen haben können, trotz ihres Schweigens. Doch sie hatte nach der Sache damals den Kontakt zu fast allen Leuten, die ihr zuvor vertraut und wichtig gewesen waren, abgebrochen oder einschlafen lassen. Sie hatte sich zurückgezogen wie eine Schildkröte in ihren Panzer, und nur Katha war es gelungen, den Kontakt zu halten, mehr noch, zu Lonnis engster Bezugsperson zu werden. Zumindest in der Zeit, da Lonni im Tal wohnte und nicht bei ihrem Vater auf der Hütte hauste.

„Was machen wir nur? Lonni, was machen wir nur? Dein Vater im Krankenhaus, und der Kerl, der dir das angetan hat, liegt in dem komischen Keller oder was das ist. Der stirbt doch! Wenn den nicht jemand findet, stirbt der doch?“

Lonni warf ihr einen kalten Blick zu, der wahrscheinlich besagen sollte, dass es ihr völlig egal war, wenn dieses Schwein krepierte. Katha nahm den Blick wahr, er konnte sie jedoch nicht davon abhalten, sich in eine beinahe hysterische Rage hineinzusteigern. Sie fuhr unkonzentriert und mal zu schnell, mal zu langsam, redete ständig auf Lonni ein, verlor auf der Autobahn immer wieder die Spur, wurde angehupt und von einem der vielen Fahrer in Richtung Innsbruck bekam sie auch noch unmissverständlich den Vogel gezeigt.

„Arschloch!“, schrie sie, was der sicher nicht hören, doch an ihrer Mundbewegung und ihrem Gesichtsausdruck ablesen konnte.

Und wieder zu Lonni gewandt und dabei den Straßenverkehr nur mehr aus den Augenwinkeln wahrnehmend: „Es war ein Riesenfehler! Wir hätten das nicht machen dürfen! Aber du gibst ja nie Ruhe. Erst die Sache mit deinem Vater – warum tue ich dir immer wieder jeden Gefallen, und wenn er noch so blöd ist? Ich versteh ja, dass du einen Hass auf diese Typen hast. Hätte ich auch. Versteh ich wirklich. Aber dass wir deinen Vater heimlich verfolgt, ihn ausspioniert haben, das ist nicht in Ordnung. Und was dein alter Herr gemacht hat, ist schon gar nicht in Ordnung. Wenn wir jetzt nichts tun, verhungert dieser Kerl. Aber nicht mit mir …“

Katha sah wieder zu Lonni, die wie teilnahmslos auf dem Beifahrersitz saß und durchs Seitenfenster auf die Landschaft starrte.

„Und ewig diese SMS- und Zettelschreiberei“, maulte Katha weiter. „Du kannst dir gar nicht vorstellen, wie sehr mich das aufregt. Aber ich bin ja selber blöd. Was mache ich auch immer alles, was du von mir verlangst. Hätte ja nur nein sagen brauchen. Anscheinend kann ich nicht nein sagen. Ja, genau, das ist mein Problem: dass ich nie nein sagen kann. Was hat mir das schon Ärger und Verdruss mit den Kerlen eingebracht. Es bringt mir immer Ärger ein. Doch das kann ich dir sagen: Diesmal ist Schluss.“

Sie blinkte und nahm die Ausfahrt Innsbruck West. Erstaunlicherweise behinderte sie bei diesem Manöver keine anderen Verkehrsteilnehmer, niemand hupte, keiner tippte sich mit dem Finger an die Stirn. Alles ging gut.

„Diesmal ziehe ich die Notbremse. Nimm mir das nicht übel, Lonni. Aber der Verdruss, den wir uns da einhandeln können, ist einfach zwei Schuhnummern zu groß."

Lonni schwieg. Das war nicht weiter überraschend. Doch dass so gar keine Reaktion von ihr kam, war doch erstaunlich.

„Ich fahr dich jetzt zur Klinik, wir sehen nach deinem BrunnerPa. Danach aber …"

Katha bremste ab, weil die Ampel ein Stück weiter vorne an der mehrspurigen Straße auf Rot umsprang. Sie konnte das Hochhaus der Uniklinik sehen, obenauf wie ein riesiger Teller der Hubschrauber-Landeplatz. Für Katha ein bedrohlicher Bau.

„Danach fahren wir nach Stans. Und dann verlieren wir keine Zeit mehr. Wenn du nicht mitkommen willst, fahre ich alleine. Ich befrei den Typen."

Lonni sah sie mit großen fragenden Augen an und zuckte mit den Schultern. „Wie soll das gehen?", schien das zu bedeuten. „Wie sollen wir ihn befreien, wenn er sich entweder zur Wehr setzt oder wenn er gar nicht mehr in der Lage ist, frei zu sein?" All das lag in Mimik und Gestik der stummen Lonni.

Die Ampel hatte auf Grün geschaltet, der Autotross setzte sich in Bewegung, die meisten fuhren nach links oder rechts ab: Katha steuerte das Fahrzeug – einen in die Jahre gekommenen Polo – geradeaus auf den Klinikturm zu.

„Machen wir es so?", fragte Katha, unbeeindruckt von Lonnis Zweifeln. „Sag: Bist du dabei?"

Wieder Schulterzucken.

„Überleg dir's", sagte Katha. „Ich fahr auch alleine. Oder ich ruf die Polizei an. Alles ist besser, als schuld sein, wenn einer stirbt."

***

Am frühen Nachmittag zogen die Wolken ab. War es bis dahin grau und feucht gewesen, so lichtete sich das Gewölk und gab zunächst den Blick auf einige hellblaue Löcher frei, die sich am

Himmel auftaten. Diese Löcher schienen sich zu vermehren und zugleich zu wachsen. Schönes Wetter von Westen her, herbstlich kalt, aber sonnig, schob das letzte Grau immer weiter nach Osten. Das Gebirge präsentierte sich in einer Pracht, die selbst für diese eindrucksvolle Landschaft außergewöhnlich war.

Das Grün der Wiesen und der sich die Bergflanken hinauferstreckenden Wälder leuchtete nach den Regenfällen im Licht der Sonne. Die Felsen, eingestreut ins Waldgrün oder spitz und keck in das kühle Blau des polierten Himmels ragend, glänzten wie frisch gewaschen. Und die höheren Berge, deren baumlose Gipfelbereiche sich über die Achtzehnhundert-Meter-Marke, vielfach über die Zweitausender-Grenze erhoben, waren nicht einfach nur weiß vom Neuschnee, nein, sie glänzten und strahlten, sie trugen eine Glasur wie Zuckerguss, und das leuchtende Weiß mit seinem Silberglitzern ließ das Herz jedes Bergsteigers sprichwörtlich höher schlagen: Was musste das doch für ein begeisterndes, ja berauschendes Gefühl sein, die Spur in diesen jungfräulichen Schnee zu legen, in dieser besonderen Stunde in den Bergen zu sein, die beinahe so unberührt erschienen, als hätte Gott oder die Evolution oder sie sich selbst gerade eben erschaffen.

Das waren die Bilder, die in den Menschen Sehnsüchte weckten. Wer dafür empfänglich war, wollte raus aus seinem zivilisierten, hochtechnisierten, überversicherten Alltag, wollte hinaus in die Natur oder eben das, was ihm davon noch geblieben war, wollte schauen, staunen, richtig atmen, und damit die Zwänge des Lebens zumindest für ein paar Stunden hinter sich lassen.

Und natürlich gab es in Mittenwald oder Garmisch-Partenkirchen, in Telfs, Innsbruck, Schwaz oder Kufstein genügend Menschen, die sehnsüchtig nach oben blickten – die aber entweder in ihren Zwängen gefangen waren oder aber denen die Zeit zu knapp war, um an diesem Tag noch bis in die traumhaft schön anmutenden Höhen hinaufzukommen. Sogar in München gab es welche! Wer nämlich zum richtigen Zeitpunkt auf den Aussichtsplattformen des Alten Peters in der Innenstadt oder des Fernsehturms im Olympiagelände stand, der hatte ein breit sich hinstreckendes Bergpanorama vor Augen, das zwar nicht die landschaftlichen Details wie Schnee und Fels und Lichtspiele zeigte – dafür war das Gebirge dann doch zu weit entfernt –, das aber offenbarte, wie blau und blauer und immer wolkenloser der Himmel über den Gipfeln war und wie betörend es sein musste, jetzt über einen Grat zu gehen oder auf einer Bergspitze Ausblicke, Fernblicke, Tiefblicke zu genießen.

Für Tobs war die Sehnsucht auch ohne die Aussicht von hohen Türmen spürbar. Er musste am Heimweg nur hin und wieder nach oben schauen, schon erschienen ihm helle Hochhäuser wie sonnenbeschienene Felszacken im Kalk der Ostalpen oder rot-leuchtende Dächer wie Granitgrate in den Westalpen.

Doch anders als sonst oft hatte seine unerfüllbare Begierde nach Bergen, Klettern, Abenteuern an diesem Tag nichts Qualvolles. Er hatte zu tun, und er war beseelt von einer starken Energie. Seit er Julia gesehen hatte, war eine Art Jagdfieber in ihm erwacht. Tobs Thanner, der sehr wohl wusste, dass er als Privatdetektiv nicht gerade die glanzvolle Zier seiner anrüchigen Zunft darstellte, war vom Jagdfieber gepackt.

Außerdem schien sich bei diesem Fall, dem unfallbedingten oder fremdverschuldeten Tod des begeisterten Kletterers Peter Henning, in Tobs innerer Einstellung etwas verändert zu haben – und weiter zu verändern.

Daheim angekommen, staunte er darüber, dass alles aufgeräumt war, das Wohnzimmer, die Küche, sogar das Bad schienen gereinigt worden zu sein. Das ganze Haus hatte einen neuen Geruch angenommen. Die Mutter war verschwunden. Krankheit und Tod waren ausgezogen. Auch die Aromen unzähliger Braten, Suppen und Hefekuchen, die sich als ferne Ahnungen in den Vorhängen und den Teppichen festgesetzt hatten, waren verflogen. Alles war von einem zarten, exotischen und schwer definierbaren Duft verdrängt worden, fremd und doch irgendwie vertraut zugleich.

Tobs ging noch einmal durch alle Räume im Parterre und im ersten Stock. Es war niemand da. Gendis Schlafsack lag ausgerollt im Wohnzimmer. Am kleinen Küchentisch saß niemand. Und im Badezimmer hockte keine Sara auf dem Klo oder kam aus der Dusche.

Der Duft, der dem Haus seine Vergangenheit nahm, rührte von den heruntergebrannten Räucherstäbchen her, die Tobs in einer mit Kies aus dem Garten befüllten Schale entdeckte.

Es war ihm angenehm. So ähnlich stellte er sich die Luft im schmucklosen Meditationsraum eines Klosters in Kyoto vor (im Fernsehen gesehen) oder in einem tausendfarbigen Schrein auf der tibetischen Seite des Himalaya (beim Tegernseer Bergfilmfest gesehen).

Und ihm war, als würde dieser Duft seine Aktivität noch mehr anspornen.

Er ging hinauf in sein Dachzimmer, schaltete den PC an, suchte die Nummer der Hennings heraus, wartete aber noch mit dem Anruf.

Zunächst mache ich mir einen Plan, dachte er.

Einen guten Plan, damit ich mich nicht wieder verlaufe und nackt durch die Berge renne, wie bei meinem letzten Fall. Er konnte jetzt beinahe schon ein bisschen lächeln über die tragische Begebenheit.

Er nahm sich ein Blatt aus dem Papierfach seines Druckers und kritzelte verschiedene Notizen darauf.

HEUTE. Anrufen bei Hennings.

Training (laufen, bouldern).

Ricardo. Oberreintal? Oder Gendi.

Treffen mit Phil! Kneipe. Huiras?

NÄCHSTE WOCHE: zu Brunner.

Er sortierte diese Überlegungen im Kopf, befand alles für okay, holte die E-Mails ab und war froh, dass nichts Wichtiges dabei war. Denn jetzt stand das Telefonat mit Peter Hennings Vater auf dem Programm. Und das war etwas, worauf er sich ganz und gar nicht freute.

Doch er war bereit dazu. Er wich nicht mehr aus. Kam sich vor wie unter einer schlecht gesicherten Kletterstelle, wo er lange überlegt hatte, ob es eine leichtere Variante gab oder ob vielleicht der Rückzug die bessere Alternative wäre – und er dann doch Mut und Kraft zusammengenommen hatte.

Den Finger aus dem Arsch nehmen, dachte er. Wie beim Klettern, Tobs: Du musst den Finger aus dem Arsch nehmen.

Wo er diesen Spruch einmal aufgeschnappt hatte, wusste er nicht mehr. Aber er fand ihn gut.

***

Jakob Brunner war in Tiefschlaf versetzt worden. Lonni und Katha konnten zu ihm ins Krankenzimmer, das er sich mit einem älteren, vor sich hin redenden Mann teilte. Nachdem Katha sich ausgewiesen und zu Lonnis Verständigung mit dem Stationsarzt beigetragen hatte, erfuhren sie, was es über den Zustand von Lonnis Vater zu erfahren gab.

„Was ich Ihnen sage, steht unter Vorbehalt“, erklärte der Arzt. „Die Untersuchungen sind noch längst nicht abgeschlossen. Wir konnten einiges ausschließen, was sich als Erklärung für seine desolate Verfassung angeboten hatte. Kein Herzanfall, kein Schlaganfall …“

Katha sah Lonni an, die jedoch keine Miene verzog, nur horchte.

„Für uns stellt sich die Sache im Augenblick so dar, dass zwei verschiedene Faktoren unglücklich zusammengetroffen sind. Wir vermuten zum einen eine starke physische und/oder psychische Erschöpfung – so etwas reicht in aller Regel für einen Totalzusammenbruch schon aus. Es scheint aber, dass er sich parallel dazu eine Virusinfektion eingefangen oder eine Erkältung nicht auskuriert hat. Er hat zu diesem Zusammenbruch, wie ich diese Symptome mal nennen möchte, zusätzlich eine schwere Lungenentzündung. In dem Zusammenwirken beider Faktoren war ein – ich muss es Ihnen so sagen – lebensbedrohlicher Zustand entstanden.“

Jetzt sah Lonni zu Katha. Ihr Blick war fordernd. Katha kannte ihre verstummte Freundin lange genug, um zu wissen, was sie von ihr wollte.

„Ist sein Zustand immer noch lebensbedrohlich?", fragte sie den Arzt.

Der Doktor schwieg, schaute zu dem Krankenbett, in dem Brunner lag und mit Transfusionen versorgt wurde. Erst nach einer bedrückenden Zeit des Schweigens, in der nichts zu hören war als das Brabbeln des alten Bettnachbarn und das dünne Piepsen eines medizinischen Gerätes, das am Kopfende von BrunnerPas Bett befestigt war, wandte er sich wieder an die beiden jungen Frauen. Er schaute von einer zur anderen, offenbar nicht so recht wissend, wer von beiden nun eigentlich Adressat seiner Auskünfte sein sollte: die stumme Tochter oder die kommunikationsfähige Freundin.

„Er ist ein starker Mann", sagte er. „So, wie ich das einschätze, verfügt er über eine gute Grundkonstitution. Unter diesen Voraussetzungen würde ich sagen, dass er außer Lebensgefahr ist." Er sah Lonni jetzt direkt an und fügte hinzu: „Wir müssen allerdings hoffen, dass keine Komplikationen dazukommen. Doch Sie dürfen mir glauben, wir tun unser Bestes."

Lonni und Katha standen einige Minuten am Bett von BrunnerPa, der so friedlich dalag wie nie. Selbst wenn er schlief, hatte er nie einen derart friedlichen Eindruck gemacht. Es war das Bild eines zufrieden gestorbenen Menschen. Doch Lonni wusste, dass er nicht zufrieden war. Und dass er, wenn er jetzt sterben musste, nicht im Frieden starb.

Ihr liefen Tränen übers Gesicht. Und eine lief ihr in den Mundwinkel und sie spürte den salzigen Geschmack auf ihren Lippen.

„Er ist jung. Das wird wieder. Sie müssen nicht weinen." BrunnerPas Zimmernachbar hatte sich im Bett aufgesetzt. „Glauben Sie mir. Ich bin alt. Ich komme hier nicht mehr raus. Bei mir ist das die letzte Station …"

„Komm", flüsterte Katha Lonni ins Ohr. „Komm. Wir müssen weiter."

Lonni berührte mit ihren Fingerspitzen die Hand ihres Vaters, die auf der dünnen Zudecke lag und in der eine Injektionsnadel steckte. Seine Haut fühlte sich kalt an. Kalt und fern.

„Wie alt sind Sie?“, fragte der Alte. „Ich bin neunundsiebzig. Ist ja heute kein Alter mehr. Aber wenn man …“

„Komm jetzt“, flüsterte Katha noch einmal. Diesmal noch nachdrücklicher.

Als die beiden das Krankenzimmer verließen, ohne den alten Mann mit seinen schlohweißen Haaren und seinem weißen Bart eines weiteren Blickes zu würdigen, sah sich Lonni noch einmal nach BrunnerPa um.

Der Hass, den sie so lange in sich getragen hatte, musste weichen, um einem anderen Gefühl Platz zu machen.

Angst.

ELF

Tesi saß verzweifelt in der Cafeteria. Vor sich eine Tasse Tee und ein Croissant. Vom Tee – Blutorange und Hibiskus – nippte sie winzige Schlucke. Das Croissant rührte sie nicht an.

Sie saß da, ganz allein an einem Tischchen inmitten vieler Tische, sie weinte nicht, konnte nicht weinen, ihr Kopf war leer, und wo sie auch hinsah, glaubte sie alles, was sie sah, nur durch einen dünnen Schleier wahrzunehmen.

Sie kaute auf dem Nagel ihres rechten Mittelfingers herum. Eigentlich hätte sie am liebsten ihren Daumen in den Mund geschoben.

Nicht hier, dachte sie.

Durch das imaginierte Gazetuch vor ihrem Gesicht sah sie, weichgezeichnet die Gäste an den runden Tischen, sah Patienten in Bademänteln und Hausschuhen, sah Besucher. Sah in manchem Krankengesicht blasse Angst und Verzweiflung, sah an den Bewegungen und der Mimik des einen oder anderen Besuchers gespielten Optimismus.

Alles wird gut, schienen Lippen unverständlich zu artikulieren.

Kopf hoch, signalisierte ein Blick mit Ausrufezeichen.

In ein paar Wochen …, besagte ein Schulterklopfen.

Tesi empfand jede dieser Aufmunterungen als hohl und leer. Sie glaubte sich an einem Ort der Hoffnungslosigkeit zu befinden. Und war sicher, dass an einem der Tische auch der Tod saß. Gut getarnt, natürlich. Als Besucher vielleicht, der einer kahlköpfigen Frau freundlich ein Glas Fruchtsaft brachte. Oder als Krankenschwester, die sich eine winzige Pause gönnte und einen doppelten Espresso mit viel Zucker wie Doping zu sich nahm. Oder vielleicht als eine der beiden jungen Frauen, kaum älter als sie selbst, die nur zwei Tische weiter saßen und die irgendwie anders, irgendwie sonderbar waren: Nur eine von ihnen redete, und zwar fast ununterbrochen. Die andere, die mit der Rastamähne, schwieg. Auch ununterbrochen.

Tesi stand auf und ging. Das Tablett, auf dem die nur halb geleerte Teetasse stand und der kleine Teller mit dem Croissant, brachte sie nicht zur Geschirrrückgabe. Sie ging einfach. Langsam und beinahe ein bisschen wackelig durchschritt sie die Cafeteria. Dabei wusste sie eigentlich nicht, wohin sie gehen sollte. Nach Hause? Das war weit weg, und es war verlassen und leer. Und wie soll ich es schaffen, dorthin zu kommen?, dachte sie. Tesi fühlte sich nicht in der Lage, Auto zu fahren.

Ohne zu wissen warum, drehte sie sich an der Glastür, die ins Freie führte, noch einmal nach den beiden Frauen um, von denen die eine immer noch sprach, die andere immer noch schwieg.

Beinahe wäre sie aufgrund dieser Unaufmerksamkeit mit einer weiteren jungen Frau zusammengestoßen. Eine Laptoptasche über der Schulter, zwängte sie sich an Tesi vorbei in die Cafeteria. Der eine Moment der Begegnung genügte Tesi, um zu merken, dass diese Frau, fast ein Mädchen noch, anders war als die anderen Leute hier. Nicht erschöpft, nicht verzweifelt, wahrscheinlich auch nicht krank. Es ging eine besondere Vitalität von ihren Bewegungen aus, und ihr Gesicht, ihre Augen zeigten Freude oder Zufriedenheit.

Wäre Tesi ganz bei sich gewesen, hätte sie sich gewundert.

Dann war die Vitale auch schon weg und Tesi stand draußen auf einer der Straßen, die zwischen den verschiedenen Gebäuden der Klinik hindurchführten und die Krankentransporten und Versorgungsfahrzeugen vorbehalten waren. Sie schaute an dem hohen Haus hinauf, das sich vor ihr in den Himmel erhob. Sie konnte sich nicht erinnern, dass der Himmel vorher so blau gewesen war. In den Scheiben des Hauses drei, wo unter anderem die Neurochirurgie untergebracht war, spiegelten sich die Berge.

Hinter einem der Fenster lag Mario.

Sie überlegte einen Moment lang, noch einmal zu ihm zu gehen.

Dann aber verwarf sie den Gedanken. Sie verließ die Klinik in Richtung Innrain.

Was sie jetzt brauchte, war eine Pension, ein Zimmer, ein Bett. Dass sie einen Strafzettel bekommen würde, weil ihr Parkschein bestimmt schon abgelaufen war und die Parkzeit noch viel weiter überzogen wurde, kümmerte sie nicht im Geringsten.

Sie wollte sich, so wie sie war, angezogen und verschwitzt, nur mehr auf ein Bett werfen und im Schlaf versinken.

***

Tobs machte viermal zwanzig Klimmzüge, viermal zwanzig Liegestützen, arbeitete eine Viertelstunde mit den beiden Fünf-Kilo-Hanteln, er absolvierte eine Reihe ausgeklügelter Dehnübungen, und er war dabei in so guter Stimmung wie schon lange nicht mehr.

Zum Abschluss seines spontan zusammengestellten Programmes legte er eine CD ein, die er sonst nie anhörte, für diesen Zweck aber immer wieder gerne herauskramte: Chick Coreas „Return to Forever“, eine Scheibe, die auf Umwegen in seinen Fundus gelangt war. Eine Musik, die er eigentlich nicht mochte, wie er ja überhaupt gegenüber Jazzrock nicht allzu tolerant war. Aber zu seinem Moriskentanz …

Im Wohnzimmer seiner Mutter stand auf einer Kommode ein Moriskentänzer, holzgeschnitzt und farbig gefasst. Ein knapp dreißig Zentimeter hoher Tänzer in maurischem Kostüm, bizarre Verrenkungen vollziehend. Solch einen bizarren Tanz vollführte Tobs zur pulsierenden, sich in Tempo und Rhythmus immer weiter steigernden Musik von Corea: Sprungbewegungen auf einem Bein, verdrehte Arme, überbeugter Rumpf, abrupte Haltungs- und Richtungswechsel, alles in größtmöglicher Übereinstimmung mit der Musik, die dabei einen ungeheuren Sog entwickelte und ihn immer weiter vorantrieb. Seine Bewegungen wurden immer ekstatischer. Ein heimlicher Beobachter hätte ihn für völlig durchgeknallt gehalten oder vermutet, er hätte eine nicht unerhebliche Menge Speed in die Nasennebenhöhlen gesogen.

Für Tobs war es Training. Eines, das man nicht in der Kletterhalle lernte. Das er sich selbst angeeignet hatte und das ihm nachweislich beim Klettern sehr zugute kam. Denn sein Moriskentanz schulte die Beweglichkeit, war enorm gut für den Gleichgewichtssinn und, was das Beste war, er machte ihm einfach immer wieder Spaß.

Nach zwanzig Minuten aber hatte er genug. Er wischte sich den Schweiß aus den Haaren und vom Gesicht, verschnaufte, bis er wieder gleichmäßig atmen konnte, dann nahm er das Telefon und rief bei den Eltern von Peter Henning an.

***

Widerstandslos ließ Lonni sich zum Auto bugsieren. Katha sprach jetzt auch nichts mehr. Sie hatte wohl alles gesagt – und alles mehr als nur einmal.

Sie fuhren hinaus aus der Stadt, rauf auf die Autobahn und dann ostwärts in Richtung Kufstein.

Es war nicht weit bis nach Stans, ein bisschen mehr als dreißig Kilometer.

Für beide, für Katha genauso wie für Lonni, waren es dreißig schlimme Kilometer. Und je näher sie dem Ziel kamen, desto stärker stieg in ihnen die Angst und die Verzweiflung.

Kurz vor Stans hielt Katha am Straßenrand an, suchte im vollgestopften Handschuhfach ein angebrochenes Päckchen Zigaretten und nestelte sich eine heraus, die schon bessere Zeiten erlebt hatte. Der Tabak war bröselig-trocken, und irgendwie steckte der Tschick traurig-krumm zwischen den Fingern.

„Habe ewig nicht mehr geraucht“, sagte sie, während sie auf das Klacken des Zigarettenanzünders wartete. „Aber jetzt brauch ich einfach eine.“

Lonni machte eine fahrige Handbewegung. „Auch eine“, sollte das wohl heißen. Dann saßen die beiden im Auto, höchstens noch zwei Kilometer vom Bunker entfernt, führten mit zitternden Händen die Zigaretten zum Mund und hofften inständig, dass der Rauch und das Nikotin zu ihrer Beruhigung beitragen würden.

„Wir müssen nicht hingehen“, sagte Katha nach einem langen Schweigen.

„Wir können auch von irgendeinem öffentlichen Telefon die Polizei verständigen. Niemand erfährt, dass dein Vater ihn entführt und ihn hierher verschleppt hat. Niemand erfährt etwas davon, dass wir da waren und dass du dem Kerl eine mitgegeben hast. Die Frage ist nur, wo es ein öffentliches Telefon gibt. Sind ja alle verschwunden, seit jeder ein Handy hat. Und mit dem Handy ruf ich sicher nicht an.“

Lonni schüttelte den Kopf.

Katha wusste, wie stur ihre Freundin bisweilen sein konnte. Sie startete den Motor, setzte den Blinker – fast hätte sie vergessen, noch mal in den Seitenspiegel zu schauen, was fatale Folgen hätte haben können –, dann fuhr sie los. Das letzte Stück Weg.

Scheiße, dachte sie. Worauf habe ich mich nur eingelassen?

***

Amelie saß an dem Tisch, der am weitesten von Imbiss- und Kuchentheken entfernt war. Sie hatte sich einen Pago-Saft geholt, den Laptop aufgeklappt und unverzüglich zu schreiben begonnen.

Es war wie schneller Sex mit einer flüchtigen Bekanntschaft. Es war widerlich und enorm erregend zugleich. Ein Teil ihres Wesens kam sich schäbig vor, mit List und Tücke alles Mögliche über den Menschen in Erfahrung gebracht zu haben, der mehr tot als lebendig auf der neurochirurgischen Intensivstation lag. Der andere Teil war wie berauscht davon, dass es gelungen war, Geheimes zu entschlüsseln, Verborgenes aufzudecken und dabei die Erste zu sein, die derartige Informationen in die Hände bekam.

„Entführt, gefoltert, beinahe zu Tode geprügelt. Im beschaulichen Stans und unweit des beliebten Ausflugszieles Schloss

Tratzberg hat sich ein mörderisches Verbrechen ereignet. Das Opfer, ein gewisser Mario D. aus Kiefersfelden, schwebt in Lebensgefahr. Nach Auskunft der Ärzte ist sein Zustand sehr ernst.“

Sie lächelte still vor sich hin, während sie überlegte, wie sie die eigentliche Story aufziehen sollte. Sie war auf der Jagd, war mit allen Sinnen hellwach, und sie war stolz darauf, gleich mehrere Leute hinters Licht geführt zu haben.

Den Krankenwagenfahrer zum Beispiel, dachte sie. Erst wollte er nichts erzählen, aber dann hat er doch einiges rausgelassen. Und am Schluss ist er mir sogar noch nachgerannt, um mir was Wichtiges mitzuteilen.

Sie war sich klar darüber, dass sie diese Wirkung auf Männer – auf junge, doch beileibe nicht nur auf diese – ihrer mädchenhaften Erscheinung zu verdanken hatte. Die Kerle begafften das Weibchen an ihr, erkannten sie gar nicht als Journalistin, und wenn sie doch herausfanden, dass sie in der schreibenden Zunft volontierte, nahmen sie das nicht allzu ernst.

Das geht nicht ewig so, dachte sie. Irgendwann werd ich nicht mehr die Lolita sein. Egal. In ein paar Monaten arbeite ich bei einer anderen Zeitung oder Zeitschrift. Vielleicht sogar beim Fernsehen. Sicher nicht mehr bei Herrn Chefredakteur Arschloch.

Die Geschichte, an der sie schrieb, würde nicht nur im Lokalteil erscheinen. Es war eine richtige Story, und sie hatte wohl erst angefangen. Ob dieser Demhardter nun starb oder ob er überlebte, ob er wieder halbwegs gesund wurde oder als Trottel dahinvegetieren würde – in dieser Sache, dessen war sie sich bewusst, steckte noch jede Menge Stoff.

Sie hatte den Namen, wusste, wo er wohnte, würde herausfinden, wer seine Angehörigen waren, und würde dann, nach der ersten großen Meldung, die morgen früh im Blatt wäre, ein Feuerwerk aus Krimi und Rührstück zünden.

Es ekelte ihr ein bisschen vor ihrer Ruchlosigkeit. Und zugleich fühlte sie sich … Ja, wie fühlte sie sich eigentlich? Gierig? Genau, das war das richtige Wort. Sie hätte jetzt gern Sex gehabt, Sex ohne Zuneigung, ohne innere Nähe, einfach nur so. Doch es gab etwas, das fast noch besser war.

„In der Nacht von Dienstag auf Mittwoch machte ein Rentner aus Stans eine erschreckende Entdeckung“, tippte sie. Sie überflog den Satz, löschte „erschreckende“ und schrieb stattdessen „fürchterliche“. Und dann schrieb sie wie in Trance, nahm nichts mehr wahr von dem Raum, in dem sie sich befand, von den Menschen darin, von ihren Hoffnungen, ihrer Verzweiflung, von kleinen und großen Freuden oder von völliger Mutlosigkeit.

Sie war in ihrer eigenen Welt, die mit der restlichen, der realen, nichts mehr zu tun hatte.

***

„Du, Tobs?“

Phils Frage klang nicht misstrauisch, sondern eher erfreut.

„Das ist schön, dass du mich anrufst. Ich hatte das umgekehrt auch schon ein paarmal vor. Aber du weißt ja, wie es dann so geht. Plötzlich ist der Tag rum, dann die Woche, dann ein Monat. Und irgendwie fühlt man sich dann schon richtig schlecht, weil man glaubt, man hätte längst anrufen sollen und es doch noch immer nicht getan hat.“

„Kenn ich“, sagte Tobs. „Kenn ich gut. Aber ich habe eigentlich nicht angerufen, damit wir uns dann gegenseitig Schuldgefühle beichten. Ich wollte einfach hören, wie es dir geht. Ich habe auf Umwegen von eurer Tragödie erfahren. Und ich hätte angerufen, wenn ich nicht selbst an einer Sache gehörig herumzukauen gehabt hätte. Auch in dieser Geschichte ist jemand ums Leben gekommen. Genau genommen zwei Menschen …“

„Deshalb habe ich ja auch bei dir anrufen wollen“, sagte Phil. „Aber … ich weiß nicht … es war mir irgendwie bislang nicht möglich. Als ich erfahren habe, dass du jetzt als Privatdetektiv tätig bist, habe ich mich gewundert. Als ich dann erfahren habe, dass du in eine tödliche Ermittlung verstrickt warst …“

„Von wem erfahren?“, unterbrach ihn Tobs.

„Ich weiß es nicht. Hat sich in der Szene rumgesprochen. Ich bin seit Peters Absturz nicht mehr in den Bergen gewesen, nicht mal zum Klettern in der Halle. Aber ich war ein paarmal im Bistro und habe den Leuten beim Klettern zugesehen. Und du weißt, man kennt sich dort. Gespräche sind unvermeidlich. Es wird geredet, über dies und das. Ja, so habe ich von deiner Misere gehört.“

Tobs schwieg, auch Phil sagte nichts.

Es dauerte eine Weile, bis das Gespräch einen neuen Anfang nahm. Tobs war es, der den Vorschlag machte, nicht am Telefon zu reden, sondern sich irgendwo zu treffen: „Vielleicht im Huiras, auf ein Bier oder so?“

„Wenn du mir sagst, wo das ist“, sagte Phil. „Heute am Abend hätte ich Zeit. Ab neun, halb zehn. Bin vorher im Studio. Ein bisschen was muss ich schließlich tun, damit ich nicht ganz einroste.“

Tobs schilderte ihm die Lage des Lokals in der Fürstenrieder Straße.

„Ach da“, sagte Phil. „Ich weiß schon, wo das ist. Bin schon öfter dran vorbeigefahren, war aber nie drin. Ist es gut dort?“

„Entspannt“, gab Tobs zurück. „Ich bin da jedenfalls ganz gerne, auch wenn es am anderen Ende der Stadt liegt.“ Und nach einer kleinen Pause fügte er hinzu: „Sagen wir einundzwanzig dreißig, okay?“

***

Jakob Brunner wusste nicht, ob er wach war oder ob er schlief, ob er träumte oder halluzinierte – oder ob das alles eine ihm fremde Wirklichkeit war. Er fühlte sich leicht, nicht mehr gepeinigt, nicht mehr voll Angst. Es war alles sauber und hell um ihn herum. Die Hütte war weiß gestrichen worden, die Balkenwände und die Decke aus Holzplanken waren unter dem weißen Anstrich völlig verschwunden. Alles war so aufgeräumt, so ordentlich. Es störte ihn nicht, dass er keine Erklärung dafür finden konnte. Es war einfach nur schön. Wirklich schön.

Seine Augenlider zuckten kurz. Sie schlossen sich und er konnte nichts dagegen tun. So gerne hätte er sich noch in seiner hellen, freundlichen, weißen Hütte umgesehen, aber er konnte … er konnte … nein … nicht mehr wach …

Als er das Weiß wieder sah, war er überzeugt, sich getäuscht zu haben.

Er lag nicht in der Hütte mit Blick auf weiß bemalte Wände und weiß getünchten Plafond.

Keine Frage, er hatte sich getäuscht. Er lag nicht in der Hütte, die ihm Schutz und Geborgenheit gab, sondern er lag draußen im Freien, weich in den Schnee gebettet und von dichtem Schneefall umhüllt. Es war bedrohlich – zum einen. Zum anderen war es ihm aber auch gar nicht unangenehm. Kalt war es ja nicht. Nur weiß, endlos weiß. Wohin er auch blickte, in welche Richtung er seinen Kopf drehte, nichts war zu sehen als dichter Schneefall. Große weiße Flocken. Ihm wurde klar, dass er nicht einfach im Schnee liegen bleiben konnte.

Jetzt frierst du nicht, Jakob, dachte er. Jetzt frierst du noch nicht. Doch wenn du hier liegen bleibst, dann schläfst du ein und wachst nicht mehr auf. So ist das doch beim Erfrierungstod. Ist das nicht so, wenn man erfriert?

Die Entscheidung, aufzustehen, den Schnee von seiner Kleidung abzuschütteln und nach dem nicht sichtbaren Weg zu suchen, auf dem er ins Tal gelangen konnte, fiel ihm fürchterlich schwer. Als er es endlich geschafft hatte, ging er ein paar Schritte im undurchdringlichen Schneegestöber nach links. Links war Westen. Doch dann blieb er stehen, verunsichert, ob links auch wirklich richtig war. Er wendete sich weiter nach rechts. Doch weil er nichts sehen konnte, nichts außer Schneeflocken, fühlte er sich gleich wieder irritiert. Zweifel kamen auf. Er korrigierte den Kurs. Das Gefühl, falsch zu gehen, wurde er jedoch nicht los.

Das war ärgerlich. Nur ärgerlich. Nicht besorgniserregend. Keine Panik hervorrufend. Die Angst, die er hätte haben müssen, stellte sich nicht ein. Nur Verärgerung darüber, dass er ganz allein herumirrte, ganz in der Nähe seiner Hütte, die weiß gestrichen worden war (und die er deshalb im Schneetreiben nicht finden konnte), in einer Gegend, wo er sich eigentlich auskannte und wo er nun doch orientierungslos herumstapfte, ohne Spuren zu hinterlassen.

„Wie dumm kann man nur sein", schimpfte er mit sich selbst. „Man muss wirklich völlig irr sein, um so etwas zu tun."

Und er fragte sich, was ihn dazu bewogen haben konnte, sich in den Schnee zu betten, was wohl sein Ende bedeutete.

„Du bist doch ein Idiot, Jakob. Ein wahrer Idiot. Ein fürchterlicher Idiot bist du."

Brunner fand keinen Weg. Keine Richtung. Nichts, woran er sich orientieren konnte. Deshalb tat er das, was man tun sollte, wenn man sich im Gebirge verirrt hat und im Nebel oder im Sturm keinen Ausweg sah: Er hörte auf, herumzuirren und setzte sich wieder hin.

Eine Apathie begann in ihm aufzusteigen. Die Kraft, sich gegen sein Schicksal zu stemmen, schwand. Noch versuchte er, sich wach zu halten. Noch kämpfte er dagegen an, dass die Augenlider zufielen. Noch wehrte er sich gegen das Versinken im Schnee.

Doch es war, wie es war. Er würde untergehen. Wozu sich noch wehren und ankämpfen gegen die Übermacht, die seine Augen zudrückte … zudrückte … zudrückte … zu …

Als er dann das Weiß neuerlich zu sehen bekam, hatte er nicht die geringste Vorstellung davon, wo er sich befand. Ein heller, kahler Raum. Ein leises Piepsen hinter seinem Kopf. Er lag weich. Oder schwebte er? Sein Kopf dröhnte und er glaubte, ein Rauschen darin zu hören. Etwa so wie damals, als er, ein kleiner Junge noch, versucht hatte, das Meer in einer großen Muschel rauschen zu hören.

Wahrscheinlich …

Brunner konnte den Gedanken nicht auf Anhieb zu Ende denken.

Er benötigte mehrere Anläufe, um sich ganz klar zu werden, was mit ihm geschehen war.

Wahrscheinlich, dachte er schließlich, wahrscheinlich bin ich tot. Und das hier ist das Totsein. Oder der Wartesaal vor Himmel oder Hölle.

Er glaubte, sein kurzes, lachendes Japsen hören zu können.

Himmel oder Hölle. Er wusste selbst in dieser fatalen Situation, dass seine Aussichten nicht fifty-fifty standen. Kein Wunder, dass er lachen musste ...

Als er dann aber den Kopf ein wenig nach rechts drehte, traf ihn die letztgültige Erkenntnis doch wie ein Blitz.

Da war ein Gesicht, zum Greifen nahe. Ein Mann mit lohendem weißen Haar, mit fülligem weißen Bart und mit milden, leise lächelnden, etwas feuchten Augen. Die Pupillen waren blau.

Das war Gott.

Kein Zweifel, das war er. Genau so, wie er ihn sich als Kind vorgestellt hatte. Doch keine zehn Sekunden später – weltliche, himmlische oder höllische Sekunden – folgte eine weitere Erkenntnis: die nämlich, dass ihm dieser Gott gehörig auf die Nerven gehen würde.

ZWÖLF

„Oh, das ist gut, dass Sie jetzt wach sind. Ich hab schon geglaubt, Sie werden nie wieder wach. Andererseits …"

Es war nicht Gott, der da sein weißes Haupt über Brunners Bett streckte.

„Andererseits waren die Ärzte immer ganz hoffnungsfroh. Die haben immer gesagt, dass es bald wieder aufwärts gehen würde mit Ihnen. Lungenentzündung. So was ist heutzutage ja ein Klacks. Früher, ja früher sind die Leute daran gestorben. Aber heute. Antibiotikum, Tropfinfusion, bisschen Ruhe, und schon rennt einer wie Sie wieder herum und kann Bäume ausreißen. Um eine Lungenentzündung kann ich Sie nur beneiden. Wenn die Ärzte morgen zur Visite kämen und sagen würden, ich hätte nur mehr eine Lungenentzündung und sonst nichts, dann wäre das schöner als Weihnachten und Ostern zusammen, das dürfen Sie mir glauben. Was ich aber nicht verstehe, ist, wie ein Mann wie Sie einen Schwächeanfall haben kann. Nicht, dass ich mich da einmischen will. Aber wenn man im selben Zimmer liegt, bekommt man einfach mit, was bei der Visite so gesprochen wird. Man hört ja nicht hin, will das alles gar nicht wissen, ich sowieso nicht, ich hab schließlich mit mir und meiner Situation schon genug zu tun, das können Sie mir wirklich glauben. Doch Sie können sich nicht vorstellen, wie laut ein Flüstern sein kann. Sagen wir es einmal so: Wenn so ein Arzt seine Meinung zu Ihrem Krankheitsbild den anderen umstehenden Ärzten und den ein, zwei Krankenschwestern mitteilt, und wenn er dabei auch flüstert, so hallt das in diesem Zimmer, als ob ein Verstärker es einem in die Ohren hämmern würde. Genau so. Es hallt einem durch die Ohren rein in den Kopf. Da kann man gar nichts machen. Das ist einfach so. Durch die Ohren und rein in den Kopf."

Es war nicht Gott.

Außer, wenn es sich bei Gott um einen geschwätzigen Idioten gehandelt hätte. Brunner wandte sich ab, sah auf eine fast kahle Wand, die von einem gerahmten Kunstdruck mit Gelb- und Blautönen geziert wurde. Er wollte nichts als seine Ruhe. Doch er ahnte, dass er sie nicht kriegen würde.

***

Lonni und Katha bogen in den Feldweg ein. Die Spitzen der Berge, die das Inntal säumten, leuchteten noch. Hier unten im Tal selbst aber war es schon frisch und die Dämmerung kündigte sich an. Um diese Jahreszeit nahmen die Tage ein beinahe überraschend jähes Ende. Ein kühler Grauton schien sich wie lichter, doch kalter Nebel über die abgeernteten, brachen Felder und Wiesen zu legen, und er erschuf dabei Bilder, die unweigerlich aufs Gemüt schlugen. Vor allem dann, wenn die Gemütslage ohnehin aus Turbulenzen von Wut, Verzweiflung, Angst und Hoffnungslosigkeit bestand.

Katha wäre am liebsten umgekehrt und davongefahren. Auch wenn sie selbst es war, die diese Aktion erst ins Rollen gebracht und Lonni mehr oder weniger davon überzeugt hatte, dass sie etwas unternehmen mussten. Doch nun, kurz vor dem Ziel, wurde sie nur mehr von Zweifeln und Ängsten geplagt, von dem Gefühl, dass ihr alles entglitt, dass sie jeglichen Halt verlieren würde.

Und so kam es auch.

Als sie in den Rückspiegel schaute, sah sie ein Auto, das ebenfalls in den Feldweg eingebogen sein musste.

„Wo führt der Weg hin?“, fragte sie Lonni, die ihr keine Antwort gab, sie stattdessen nur ihrerseits fragend anblickte. „Zum Bunker. Ich weiß. Aber geht der Weg dann noch irgendwie weiter? Oder ist das eine gottverdammte Sackgasse? Ich habe beim letzten Mal nicht darauf geachtet … Jetzt aber wäre es saugut, einen Ausweg zu wissen.“

Sie zeigte mit dem Daumen über ihre Schulter nach hinten. Lonni folgte der Handbewegung mit ihren Augen. Und im nächsten Moment schüttelte sie energisch den Kopf. Was zweierlei bedeuten konnte: Dass sie auch nicht wusste, ob es hinter dem Bunker irgendwo weiterging – oder dass sie wusste, dass sie in der Falle saßen.

„Korken in Flasche, oder was?“, sagte Katha. Lonni reagierte nicht darauf, zupfte nur an den Nagelhäuten ihrer Finger herum.

Während Katha noch überlegte, einfach anzuhalten und ein Wendemanöver zu starten, sah sie, dass weiter vorne ebenfalls ein Wagen stand. Und in diesem Moment begriff sie.

„Bullen“, sagte sie.

Bei beiden, dem vor ihnen und dem hinter ihnen, handelte es sich um Fahrzeuge der Gendarmerie. Jetzt konnten sie die Blaulichter auf den Dächern erkennen, auch wenn sie ausgeschaltet waren.

Katha stieg auf die Bremse, brachte ihr Auto auf dem Feldweg zum Stehen, ließ ihren Kopf nach hinten gegen die Kopfstütze fallen und sagte, den im Leerlauf brummenden Motor übertönend: „Das war’s. Wir stecken in der Scheiße, Lonni. Und da führt kein Weg mehr heraus.“

***

Amelie hatte vorgehabt, nach getaner Arbeit am Abend noch irgendwo auszugehen. Ein paar Freunde treffen, ein, zwei Aperol Sprizz zwitschern, sich selbst ein bisschen belohnen, auch wenn sie knapp bei Kasse war (weil sie als Volontärin bei der Zeitung weniger bekam als eine Aushilfskraft zum Dosenstapeln beim MPreis).

Als ihr Artikel über den noch immer im Koma liegenden Mario D. ohne jede Änderung in die Ausgabe genommen wurde, und zwar nicht nur unter „Lokalem“, sondern unter „Tirol“, und dort auf der ersten Seite, entschied sie sich anders.

Ihr voller Name würde morgen früh unter ihrer ersten wirklich großen Story zu lesen sein. Nein, nicht nur ein Kürzel, sondern Vor- und Zuname. Das war ein Big Point.

Nicht mal Arschloch hat noch irgendwas auszusetzen gehabt, dachte sie.

Sie ging nach Hause. Ein schlichtes Apartment oberhalb einer ums Überleben kämpfenden Glaserei war alles, was sie hier, weit entfernt von ihrem Herkunftsort, ihr Zuhause nennen konnte. Sie zog die Schuhe aus und setzte sich auf ihr Bett, von wo aus sie fast ihr gesamtes Reich – dreiunddreißig Quadratmeter mit Blick auf einen heruntergekommenen Hinterhof – überschauen konnte. Es war ein erhebendes Gefühl zu wissen, dass mit dem heutigen Tag ein neues Leben begonnen hatte.

Sie zog sich aus und stellte sich unter die Dusche. Sie hatte ihr Mini-Bad mit hellblauen Fliesen aus den siebziger Jahren und die Armaturen, die aus der Zeit stammen mussten, als Österreich noch im Mittelpunkt der K.-u.-k.-Monarchie stand, immer gehasst. An diesem Tag war alles anders.

Sie duschte so heiß, wie sie es nur aushielt, und so lange, bis das altmodische Boilersystem kein warmes Wasser mehr ausspuckte.

Sie cremte sich von Kopf bis Fuß ein und fühlte sich anschließend so gut, dass sie am liebsten den Rest des Abends nackt in ihrer Bude herumgelaufen wäre. Aber es war Herbst, die Heizung war noch nicht angeschaltet, fürs Nacktsein war es einfach nicht mehr warm genug. Sie rubbelte ihr schulterlanges, dunkles Haar mit dem Handtuch, verzichtete aber auf den Föhn. Dann schlüpfte sie in einen ausgeleierten Strickpullover, der, was die Länge betraf, auch schon als Minikleid hätte durchgehen können, zog dicke Socken an und staubte die Flasche Rotwein ab, die sie irgendwann von irgendwem geschenkt bekommen und die sie für einen besonderen Anlass aufbewahrt hatte. Der Gedanke an einen besonderen Anlass war immer mit Bildern von Männern, mit Phantasien von Erotik und Sex verbunden gewesen.

Doch wie der Tag sich entwickelt hatte – das war so famos, dass es keinen Sex brauchte. Nur eine kleine Belohnung.

Sie trank den Roten aus einem Wasserglas – Weingläser gab es ganz einfach aus dem Grund nicht, dass sie diese Wohnung immer nur als Übergangslösung angesehen hatte, nicht wert, mehr als notwendig eingerichtet zu werden.

Amelie hockte sich an den Tisch, der für sie Esstisch, Bügelbrett und Arbeitsbereich in einem war. Meist je nachdem, bisweilen aber auch in chaotischer Koexistenz.

Sie begann Stichworte einzugeben; Ideen-Notate, die aus ihren Recherchen am zurückliegenden Tag resultierten und die ihr als Basis für die Geschichten dienen sollten, die ihr morgen, übermorgen und danach nur so in die Tastatur fließen würden. Es gab noch hinreichend herauszufinden, genug zu hinterfragen, vieles, über das man journalistisch spekulieren konnte.

Sie schenkte sich Wein nach, trank in viel zu großen Schlucken und spürte, wie ihr der Alkohol in den Kopf stieg.

Achtung!, sagte ihr der Instinkt. Betrink dich nicht, Mädchen. Ein bisschen feiern, kein Problem. Aber nur so viel, dass du morgen früh wieder einen klaren Kopf hast.

Sie ließ die Arbeit ruhen und loggte sich in einem der einschlägigen Pornokanäle ein. Sie zappte ein bisschen in den verschiedenen Kategorien herum, blieb bei den sogenannten Amateurclips ein wenig hängen (Männchen-Weibchen, Zwei-Weibchen-Männchen, Zwei-Männchen-Weibchen etc.), surfte zu „Masturbate“ und schaute Frauen zu, die mit und ohne Zuhilfenahme von Sex-Spielzeug Orgasmen herbeiführten oder zumindest so taten, musste aber feststellen, dass nichts davon sie erregte. Sie ließ schließlich ein außergewöhnlich langes Video einfach laufen, stellte den Laptop so, dass sie auch vom Bett aus ein gutes Bild hatte, zog sich aus, kuschelte sich unter die Decke, trank noch einen letzten Schluck vom roten Wein – und schlief, begleitet von einem nicht allzu laut gestellten Stöhnen aus dem Internet, auch ohne selbst durchlebten Sex ziemlich zufrieden ein.

***

Es war ein sonderbares Gefühl, so zu tun, als hegte man keinerlei Misstrauen gegen ihn. Sie hatten sich im Huiras getroffen, so wie es Tobs’ Idee gewesen war, und jeder der beiden schien sich aufrichtig über die Begegnung nach Wochen zu freuen. Doch der Schein trog, zumindest was Tobs betraf. Im Grunde fühlte er sich schlecht und elend, während er Phil an einem der hohen Tische unweit der langen Theke gegenübersaß.

Sie sprachen über das, was jeweils hinter ihnen lag. Beide hatten Erfahrungen mit dem Tod gemacht. Ein jeder von ihnen hatte Schreckliches erlebt und es waren Bilder haften geblieben, die nie mehr auszulöschen waren.

Phil wirkte weniger sportlich als Tobs. Es mochte an der Kleidung liegen. Tobs trug eine abgewetzte Jeans, nicht mehr ganz neue Trekkingschuhe, ein Langarmshirt und einen Windstopper, den er allerdings über die niedrige Lehne des hochbeinigen Stuhls gehängt hatte. Phil, der aus dem Fitnessstudio kam, erschien Tobs etwas zu geschniegelt, zu sauber, zu gepflegt. Die meisten Bergsteiger waren anders, dufteten nicht derart intensiv nach Duschgel, hatten die Haare nicht gar so feucht nach hinten gekämmt.

Ist natürlich Quatsch, dachte er. Ist ein blödes Vorurteil, das von meinen Zweifeln an ihm geschürt wird. Aber ich weiß auch nicht, wie ich mich dagegen wehren soll.

Als Phil nach einem alkoholfreien Weißbier – „Bier treibt bei mir immer wie wild. Kann gar nicht so schnell trinken, wie ich pinkeln muss“ – zur Toilette ging, ein gutes Stück Weg durch das langgestreckte Lokal, konnte Tobs ihm nachsehen: der breite Rücken, die kraftvolle Schulterpartie, die starken Beine. Da stimmte es dann auch gar nicht mehr, dass Phil weniger sportlich wirkte. Im Gegenteil. Selbst im Poloshirt und der hellen Stoffhose, die auch einen Golfer oder Segelsportler gut gekleidet hätte, wirkte Phil jetzt athletisch und strahlte den Alpinisten aus, den Kletterer, der mit Kraft und Geschick und Beweglichkeit die Schwerkraft zu überlisten verstand.

Phil verschwand in der Toilette und Tobs saß alleine am Tisch, starrte auf einen der Flachbildschirme, auf denen stumm ein Fußballspiel lief. Er schaute auf das Grün des Rasens und auf das Bunt der Trikots, eigentlich aber schaute er durch alles hindurch. Er konnte nicht anders, als an das Telefonat zu denken …

„Mein Mann ist nicht da. Sie müssten später noch mal anrufen … bitte“, sagte die Frau, Peter Hennings Mutter. Und ihre Stimme klang auch diesmal so, als hätte sie eben noch geweint. Tobs war sicher, dass sie in der Hand, die nicht das Telefon hielt, ein Papiertaschentuch knetete.

„Mein Mann … Er müsste in einer halben Stunde zurück sein. Wenn Sie vielleicht doch lieber später …“

„Ich glaube, Sie können mir auch weiterhelfen“, sagte Tobs. „Da müssen wir gar nicht warten, bis Ihr Mann wiederkommt.“

Insgeheim war er heilfroh, die Frau am Apparat zu haben und nicht ihren Mann, der ihm so sehr auf die Nerven gegangen war. Zwar befürchtete er, dass er aus ihr weniger herausholen konnte, doch eine Stimme tief in seinem Innern flüsterte ihm ein, dass genau hier eine Chance lag.

„Wir sind, als ich neulich bei Ihnen war, ohnehin zu wenig zum Reden gekommen“, sagte er. „Sie und ich, meine ich. Und ich habe Ihnen nicht einmal zum Ausdruck gebracht, wie sehr ich das alles bedaure. Ich habe Ihren Sohn, ich habe Peter nämlich wirklich sehr geschätzt.“

Lautes Schluchzen am anderen Telefon.

„Ich kenne allerdings auch Phil Reichhardt gut“, fuhr er fort und tat so, als ob er ihr Weinen gar nicht zur Kenntnis nehmen würde. „Ein guter Bergsteiger. Überhaupt ein guter Typ. Ich habe mit ihm schon die eine oder andere Klettertour unternommen. Könnte nichts, aber schon gar nichts Schlechtes über ihn sagen. Umso mehr verwundert es mich, dass Sie und Ihr Mann so heftig reagiert haben …“

Das Schluchzen und Schniefen verstummte von einem Moment auf den anderen, wie auf Knopfdruck abgeschaltet. Es blieb nur Stille, gespannte Stille, die ihn aufzufordern schien, weiterzusprechen.

„Wie gesagt“, fuhr Tobs vorsichtig fort, „ich kenne ihn und ich tu mich schwer, ihn einer Mitschuld an Peters Tod zu verdächtigen. In den Bergen passieren Unfälle, schreckliche Unfälle. Und oft haben Menschen dabei Fehler gemacht, haben falsch entschieden, falsch gehandelt. Und dann …"

„Ach, hören Sie auf!", zischte ihn Peters Mutter an. In diesem einen Satz lag beinahe noch mehr Wut, mehr Hass, als es bei Peters Vater zu verspüren gewesen war.

„Dieser Kerl hat meinen Sohn auf dem Gewissen! Er …"

Das „Er" schrie sie ins Telefon.

„Er … hat Peter getötet. Hat ihn die Wand hinuntergestoßen. Absichtlich. Vorsätzlich. Alles andere ist dummes Gewäsch. Dieser Mann ist ein Mörder. Sehen Sie das doch endlich ein." Und leiser sagte sie noch einmal: „Sehen Sie das doch bitte ein …"

Tobs gab vor, sich zu fügen und sagte: „Wahrscheinlich haben Sie ja recht, Frau Henning. Ich bin nur so hilflos. Ich verstehe das alles einfach nicht. Ich kann es nicht verstehen. Und ich habe mir, ob Sie mir nun glauben oder nicht, weiß Gott schon genug den Kopf zerbrochen."

Am anderen Ende der Verbindung war es still. Kein Wort, kein Ton. Doch Tobs spürte, dass die Frau noch da war und dass sie wartete, vielleicht auf das, was er noch zu sagen hatte, vielleicht aber auch, weil sie überlegen musste, was sie ihm sagen wollte. Ganz leise sprach Tobs weiter. So leise, dass er nicht sicher sein konnte, auch verstanden zu werden.

„Ich muss wissen, welchen Grund Phil gehabt hat, das zu tun. Sagen Sie mir einen Grund, ein Motiv, und ich verspreche Ihnen, dass ich Licht in die Angelegenheit bringe."

Frau Henning lachte. Ein Lachen, das so bitter wie Galle war und das aus den tiefsten Tiefen ihrer zerstörten Seele kommen musste.

„Müssen Sie da noch fragen? Haben wir nicht schon bei Ihrem Besuch gesagt, dass diese Julia unseren Sohn nach Strich und Faden betrogen hat? Dass sie was mit diesem Reichhardt hatte, dass sie meinen Sohn loswerden wollte? Die beiden haben das gemeinsam geplant. Und er, dieses Schwein, hat ihn umgebracht."

Tobs wollte sagen, dass man wegen solcher Beziehungsgeschichten nicht töten müsste. Aber er verkniff es sich. Er versprach Peters Mutter, sie auf dem Laufenden zu halten und beendete das deprimierende Telefonat, so schnell es nur ging.

Als Phil von der Toilette zurückkam und sich wieder hinsetzte, gesellte sich ein Mann zu ihnen an den Tisch. Ein Hüne. Er klopfte Tobs auf die Schulter und begrüßte ihn herzlich.

„Bist auch lang nimmer dagwesen. Wo treibst dich rum? Immer in die Berg, was?!"

Er gab auch Phil die Hand, der verwundert dreinschaute und nachher, als der Mann wieder ging, staunend sagte: „Das ist vielleicht ein Bär …"

„Igor", sagte Tobs. „Der Wirt hier. Hat seinen Laden gut im Griff. Ist doch angenehm hier, oder? Da kannst du reingehen, egal, ob du jung oder alt bist, schwarz, gelb oder so weiß wie du und ich. Hier will dir niemand was. Weil dann bekäme er's mit Igor zu tun. Und ich garantier dir, der kann rohe Kartoffeln in der Hand zerquetschen."

„Mit gekochten schaffe ich das auch", gab Phil grinsend zurück. „Gab's da nicht mal einen Film, wo irgend so ein Seeräuber Kartoffeln zerdrückt hat?"

Tobs zuckte mit den Schultern. Das wusste er nicht, war ihm auch egal, wichtig war ihm nur, dass sich die Atmosphäre allein schon durch dieses kleine Zwischenspiel entspannt hatte. Nun konnte zielgerichteter gesprochen werden.

„In den Bergen machst du gar nichts mehr?"

Phil überlegte einen Moment, sagte dann: „Ich weiß nicht, ob ich das will. Habe es bisher von mir weggeschoben. Wie geht es dir damit?"

Sie kamen in kurzer Zeit zu dem Ergebnis, dass es ihnen beiden vielleicht gut täte, gemeinsam etwas zu unternehmen. Eine Klettertour, wenn sie nur nicht allzu schwierig sein würde.

„Als Bergsteiger, heißt es, musst du einen Unfall dadurch verarbeiten, dass du wieder klettern gehst", sagte Tobs. „Wenn du davor davonläufst, kannst du deine Ausrüstung gleich auf dem Flohmarkt verkaufen."

Phil sah ihn mit Skepsis an, begann dann aber mit dem Kopf zu nicken. „Wahrscheinlich hast du recht. Wann? Und wohin?"

Das Wochenende stand vor der Tür, die Wetterprognosen waren für die Ostalpen gut, auch waren die Temperaturen wieder stark gestiegen und hatten den kürzlich gefallenen Schnee fast weggeleckt. Da bot es sich an, einen Klettertag am Samstag oder Sonntag ins Auge zu fassen.

Die schwierigere Frage war, welche Tour die richtige sein würde. Auf das Kaisergebirge hatte Phil überhaupt keine Lust und für Karwendel oder Wetterstein konnte sich Tobs nicht auf Anhieb begeistern. Allerdings waren diese Gebirgsgruppen die von München aus am schnellsten erreichbaren, sah man einmal von den Felsklapfen der Bayerischen Voralpen ab, von der Kampenwand, den Ruchenköpfen, dem Plankenstein und dem Buchstein.

Tobs hatte jedoch nichts dagegen, in den südlichen Teil des Wettersteins zu fahren, in eine Gegend, die mit seinen ihm noch immer in den Knochen steckenden Erlebnissen nichts zu tun hatte, wo also die Chancen gut standen, dass keine bösen Erinnerungen heraufbeschworen wurden.

„An der Schüsselkarspitze gibt es eine Tour, die mich schon länger reizt: die Knapp-Köchler. Ich habe Bilder vom unteren Wandteil gesehen, von fantastischem Fels, gelb-orange, und von Felsstrukturen, als hätte ein scharfes Messer Butter durchschnitten. Einmalig!"

„Wie schwer?", fragte Phil.

„Ich glaube, sechs und sieben im unteren Bereich, weiter oben leichter. Aber ich müsste das noch mal recherchieren."

Wieder nickte Phil. Er war einverstanden. Sie einigten sich auf den Samstag, vereinbarten, alle Details telefonisch abzusprechen und gingen, nachdem sie von Igor, dem Bären, mit Prankenschlag verabschiedet worden waren, hinaus, um ihre Heimwege anzutreten.

Tobs hatte ein gutes Gefühl. Während des Gesprächs mit Phil hatte er versucht, keine Vorurteile mehr zuzulassen. Es war ihm weitestgehend geglückt. Bei ihrer gemeinsamen Tour würde er versuchen, mehr zu erfahren, mehr zu erspüren. Beim Zustieg zu dieser Wand und beim Abstieg würden sie Zeit genug dafür haben. Schließlich kannte er die Gegend, hatte an Schüsselkarspitze und Scharnitzspitze schon die eine oder andere Klettertour unternommen – die Knapp-Köchler allerdings fehlte ihm noch in der Sammlung.

Er war gespannt auf den Samstag. Ließ sich die verschiedensten Gesprächsvarianten durch den Kopf gehen, überlegte sich Fragen und dachte über mögliche Antworten nach.

Weil das aber alles nur Phantasie war, ihn im Moment kein Stück weiterbrachte, gab er es bald auf.

„Lassen wir es auf uns zukommen“, sagte er leise zu sich selbst, einen Jugendfreund zitierend, der mit diesen Worten seine meist stoische Gelassenheit zum Ausdruck gebracht hatte. In der allgemeinen Aufgeregtheit vor Prüfungen, in der weit verbreiteten Vorfreude auf eine Schulparty, beim aufgeregten Planen einer Reise oder einer Bergtour – er hatte diesen Satz stets parat und meinte ihn auch genau so, wie er ihn sagte: „Lassen wir es auf uns zukommen …“

Tobs war nicht ganz so stoisch. Er war gespannt, was da auf ihn zukam.

***

Brunner nutzte die Chance und läutete der Schwester, als der geschwätzige Alte aufs Klo verschwunden war. Er hörte den Mann stöhnen und pressen, und er konnte sich halbwegs sicher sein, einige Minuten Zeit zu haben, ehe das schwierige Geschäft erledigt war.

Wenn ich auf Thanner gehört hätte, dachte er, während er ungeduldig wartete. Hinterher ist man immer schlauer …

Er erinnerte sich gut daran, dass Thanner ihn davor bewahren wollte, sich zu einer Gewalttat hinreißen zu lassen. Dass er ihm beigestanden hätte, die Kerle zu finden – sie dann aber der Polizei zu melden, statt sich selbst die Hände dreckig zu machen und in den Knast zu wandern.

Mensch, Schwester, jetzt komm endlich, dachte er.

Die Schwester war binnen einer knappen Minute da und fragte ihn, warum er geläutet habe.

Brunner winkte sie näher zu sich heran. Als sie nur mehr einen Schritt vom Kopfende seines Bettes entfernt stand, sagte er leise: „Können Sie mich nicht in ein anderes Zimmer verlegen? Lieber ein Vierbettzimmer mit drei Muslimen, die alle Augenblicke am Boden knien und beten, als mit diesem Mann …"

Die Schwester lächelte kurz, wurde jedoch gleich wieder ernst und sagte: „Ich werde schauen, was ich tun kann. Versprechen kann ich aber nichts. Und überhaupt: Es ginge frühestens morgen. Wissen Sie, wie spät es ist?"

Er machte auf der weißen Bettdecke eine resignierte Handbewegung. Dann zeigte er mit den Fingern an, die Schwester, die sich schon zum Gehen anschickte, möge doch noch einmal näher kommen.

Sie trat wieder einen Schritt an ihn heran, er winkte sie noch näher, nahe genug, dass sie sein Flüstern verstehen konnte:

„Ich brauche Ihre Hilfe. Bitte, hören Sie genau zu. Ich muss mit einem Polizeibeamten sprechen. Nicht mit irgendeinem Gendarm, sondern mit einem bestimmten …"

„Warum das denn?", entfuhr es der Schwester.

„Das wollen Sie nicht wissen, glauben Sie mir. Aber das eine sage ich Ihnen: Das hier ist kein Scherz. Davon hängt ab, ob einer stirbt oder überlebt. Also, tun Sie mir bitte den Gefallen und rufen Sie an. Verlangen Sie nach einem Kommissar Hosp. Sagen Sie ihm, dass Sie in meinem Auftrag anrufen. Jakob Brunner."

„Ich weiß, wie Sie heißen", unterbrach ihn die Schwester. „Aber ich sage es noch einmal: Wissen Sie eigentlich, wie spät es ist? Um diese Zeit wird Ihr Herr Kommissar wohl kaum im Büro sitzen und auf Ihren Anruf warten."

Brunner war noch schwach. Er brauchte gehörig Kraft, um lauter und energischer sprechen zu können.

„Sagen Sie, dass Sie in meinem Auftrag anrufen. Und dass ein Mensch stirbt, wenn ich nicht mit Hosp darüber reden kann! Verstehen Sie mich denn nicht?“

Es war ihm egal, was der Alte von seinen Worten mitbekam. Denn von Minute zu Minute wurde ihm klarer, dass Mario Demhardter sterben konnte, wenn er jetzt nichts unternahm. Hosp war der Einzige, der ihn vielleicht verstehen würde.

Nein, dachte Brunner. Verstehen kann er mich nicht. Das darf er ja auch gar nicht. Aber er kennt mich. Er weiß, dass das, was ich ihm sage, der Wahrheit entspricht. Und er ist keiner von diesen Scheißbullen, die nicht einmal ihrer Mutter trauen würden und die gegebenenfalls sogar bereit wären, die eigenen Kinder zu verhaften.

Die Schwester sah ihn prüfend und irgendwie fassungslos an. Dann wandte sie sich ab, ging bis zur Türe, klopfte an die Toilette und fragte, ob bei dem alten Herrn alles in Ordnung sei. Als sie die Bestätigung bekam, drehte sie sich noch einmal zu Brunner um, der sie mit weit aufgerissenen Augen anblickte, und sagte: „Ich werde sehen, was ich machen kann.“

***

Was Brunner nicht wusste, nicht wissen, ja nicht einmal ahnen konnte, war, dass ihm seine Tochter Lonni nämlich so oft und so gut es ihr nur möglich war, nachspioniert hatte. Dass sie immer wusste, wie es um die Suche nach den beiden Männern stand, die sie vergewaltigt hatten.

Der eine davon, der Ältere, ein dreckiges Schwein, hatte den Jüngeren, der den Wagen gefahren hatte, dazu angestachelt, es „ihr auch zu besorgen“. Der Jüngere hatte erst nicht gewollt, vielleicht hatte er sich auch nur nicht getraut, wissend um die Konsequenzen, die das haben konnte: Verhaftung, Gericht, Gefängnis. Doch das Schwein hatte ihn verarscht, hatte ihn einen Schlappschwanz genannt, hatte ihn ausgelacht.

Schließlich hatte auch dieser Mario seine Hose geöffnet und sein Glied so gut es ging in sie hineingeschoben, während der andere sie festhielt und drohte, sie zu erwürgen, wenn sie jetzt schrie oder wenn sie später zur Polizei ginge.

Lonni war mit Hilfe ihrer Freundin Katha BrunnerPa oft auf den Fersen geblieben. Und sie hatte an seinem Gesicht und an seiner ganzen Stimmung gemerkt, als es so weit war.

Es war ihr ein Genuss gewesen, diesen Mario nackt, gefesselt, stinkend und verzweifelt im Dreck liegen zu sehen. Und es war ein noch größerer Genuss, ihm in die Fresse und in die Eier zu treten und ihm heimzuzahlen, was er ihr angetan hatte.

Zu spüren, wie ihr Fuß seine Geschlechtsteile traf – mit voller Wucht –, war so erlösend und befriedigend gewesen wie seit Jahren nichts anderes.

Das alles freilich sagte sie den Beamten auf der Gendarmerie in Schwaz nicht. Sie sagte ohnehin nichts. Gar nichts. Weil sie es sich schließlich abgewöhnt hatte, mit den Menschen zu reden. Oder weil ihr die Sprache einfach abhanden gekommen war.

Sie hörte einfach nur zu. Hörte, wie Katha Ausflüchte suchte, während einer der Beamten immer wieder fragte, was sie nun wirklich dort draußen zu suchen gehabt hätten und in welcher Beziehung sie beide zu dem Mann standen, der vor Kurzem gefesselt, gefoltert, schwerst verletzt dort gefunden worden war.

„Gar nichts“, schrie Katha mehr, als dass sie sprach. „Gar nichts haben wir dort draußen gesucht. Wir wollten nur irgendwo im Auto hocken, Musik hören, uns unterhalten.“

„Mit ihr?“, sagte der Beamte und zeigte mit einer abfälligen Kopfbewegung auf die stumme Lonni. „Das machen Sie mir mal vor, wie Sie beide sich unterhalten.“

Katha sog ihre Lippen ein, wollte nichts mehr sagen – das aber immerhin sagte sie noch: „Dann sage ich halt gar nichts mehr.“

DREIZEHN

Der Morgen so hell und so licht!

Die Sonne schien durch das große Wohnzimmerfenster, tauchte die Möbel im neuen, noch nach Holz duftenden Haus in einen messingfarbenen Schimmer, die Herbstblumen in der Vase schienen sich dem Licht entgegenzurecken und Sebastian Haim genoss diesen beglückenden Moment.

Was hatte es ihm doch das Schicksal gut gemeint in den letzten Jahren. Die Frau, das Kind, der Job, das Haus, eins war zum anderen gekommen, alles hatte sich aufs Beste ineinander gefügt und hatte seinem Leben eine neue Richtung gegeben.

Stolz sah er auf den kleinen Jungen, der mit umgebundenem Lätzchen im Kinderstuhl saß und sich mit den winzigen Fingern Bananenstückchen in den Mund schob. Ein ziemliches Gemansche.

Mein Sohn, dachte Haim. Er strahlte übers ganze Gesicht, strahlte wie der frühe Tag.

Er schaute sich im luftigen Wohnzimmer um, sah durch die Panoramascheibe die Berge der Karwendel-Nordkette, die sich jenseits des Inntals hoch über Innsbruck erhoben, und sein Glücksgefühl erfuhr noch eine kleine Steigerung.

Eigentlich war das unfassbar: der Frühstückstisch mit frisch gepresstem Orangensaft, Brot vom Biobäcker, Sechskorn-Müsli mit Joghurt, Tee für Sabine, Kaffee (starken Kaffee!) für ihn.

Gesund, dachte er. Alles so gesund. Bis auf den Kaffee. Aber alles habe ich mir halt doch nicht nehmen lassen …

Dann kam Sabine ins Zimmer. Barfuß, groß, schlank und irgendwie so frisch wie der Morgen, obwohl sie doch erst eine halbe Stunde auf und noch nicht in der Dusche gewesen war. Er konnte sich nicht sattsehen an seiner Frau: an ihrer Figur, an den langen, blonden Haaren, die in diesem besonderen Licht noch mehr glänzten als sonst, an ihren Augen, die lustigerweise von dunklen Brauen beschirmt wurden, die zu ihrem hellen Typ gar nicht passen wollten, ihr aber gerade dadurch das gewisse Etwas verliehen.

„Die Zeitung“, sagte sie, seinen staunenden Blick missdeutend. „Ich hab nur eben noch die Zeitung hereingeholt.“

Sie legte den „Tiroler Stern“, den sie im Abonnement zeitig am Morgen in den Briefkasten geschoben bekamen, ans Ende des Tisches und setzte sich, um mit ihrer Familie zu frühstücken. Sabine hatte in der Tat etwas geradezu unglaublich Frisches, Erfrischendes. In ihrer kurzen Schlafanzughose und dem weiten Oberteil wirkte sie lässig, frech, auf unschuldige Art sexy. Ihre Augen waren munter – trotz der Morgenstunde, und alles an ihr strahlte positive Energie aus.

Die Frau, das Kind, der fein gedeckte Frühstückstisch, das Licht – Sebastian Haims Glück war perfekt. Zumindest so lange, bis er die Zeitung zu sich heranzog, immer wieder am Kaffee nippend die Seiten durchblätterte, die Schlagzeilen überflog, ein paar Bildlegenden las (viel mehr Zeit blieb ja auch gar nicht).

Plötzlich war es, als hätte sich eine Wolke vor die Sonne geschoben. Von einem Moment auf den anderen wurde das Licht fahl und alles hörte zu strahlen auf.

Haim konnte es nicht glauben. Obwohl es angenehm warm war im Haus – die großen Scheiben wirkten bei Sonneneinstrahlung wie eine natürliche Heizung –, fröstelte ihn.

„Ist was, Sebastian?“, fragte Sabine.

„Nichts … nein … Was soll denn sein?“, gab er zurück und merkte im nächsten Augenblick, dass er viel zu forsch geantwortet hatte, als dass seine Verneinung glaubwürdig hätte erscheinen können.

Vielleicht ist ja aber wirklich nichts, dachte er, um sich zu beruhigen. Vielleicht ist das nur …

Er lächelte Sabine an, doch sie lächelte nicht zurück.

Vielleicht rede ich mir da was ein, dachte er. Da darf ich mich nicht hineinsteigern.

Das aber, ruhig und sachlich zu bleiben, war einfach nicht möglich. Er wollte jetzt allein sein, dem häuslichen Glück entfliehen, wollte nur noch ins Auto steigen, losfahren, irgendwo halten, wo ihn niemand sah und ihn niemand störte, und dann die Zeitung wieder aufschlagen.

Was Haim jetzt wollte war, den Bericht zu lesen, ungestört, in aller Ruhe, unbeobachtet von Sabine. Zweimal, dreimal, vielleicht zehnmal zu lesen, ohne dass sie ihn mit ihrem unerträglich liebevollen Blick gefangen hielt, ohne dass der Kleine zu quengeln begann und ihn mit seiner durchdringend hohen Stimme nervte, ohne dass er mit allem um sich herum in jeder Minute daran erinnert wurde, dass er ein Nichts war, der alles nur Sabine und ihren selbstgefälligen Eltern zu verdanken hatte.

Ja, das wollte er: im Auto sitzen, wieder rauchen wie früher, den Bericht lesen und das verdammte Bild anschauen. Das Passfoto, das Mario Demhardter zeigte. Und darunter der Bildtext: „Gefangen, gefoltert, Gehirnblutung: Mario D. ringt mit dem Tod“.

***

Tesi kam früh ins Krankenhaus und bat auf der Station, bei Mario sein zu dürfen. Der Arzt, ein junger Mann – Frau Doktor Hillmeier war jetzt gerade nicht im Dienst –, gestattete es, allerdings mit der Einschränkung, dass sie zu verschiedenen Zeiten die Intensivstation verlassen musste, dann nämlich, wenn Patienten gewaschen oder umgebettet wurden oder wenn akutmedizinische Behandlungen vonnöten waren.

„Sein Zustand? Weiterhin unverändert. Stabil, das ja. Aber Prognosen kann man wirklich noch nicht abgeben.“

Tesi bekam einen Stuhl und setzte sich an Marios Bett. Sie streichelte ihm die Hand, die frei von Kanülen war, ganz sanft nur, zart, kaum spürbar. Sie sah die Apparaturen, die Schläuche, die Flüssigkeiten, und sie wusste, dass es eine künstliche Existenz war, ein Kokon aus Hightech-Medizin. Sie fühlte, dass die Chancen, ihn aus diesem Kokon befreien und in ein richtiges Leben zurückführen zu können, viel schlechter standen als jene, dass die Maschine ihn tot oder schwer behindert aus ihrer Umarmung entlassen würde.

Unablässig streichelte sie Marios Hand. Und hin und wieder beugte sie sich nach vorne und flüsterte in sein Ohr: „Das wird wieder, Mario. Das wird wieder. Du schaffst das. Glaub mir, du schaffst das.“

***

Tobs war erstaunt über die Wetterentwicklung. Dass es besser werden würde, war klar. Dass schon der heutige Tag derart strahlend begann, war doch eine Überraschung. Es wäre ein Traumtag fürs Gebirge gewesen.

Schade, dachte Tobs.

Aber dass es toll wäre, bereits morgen aufzubrechen …

Er beschloss, Phil im Laufe des Vormittags anzurufen und ihm vorzuschlagen, schon am Freitag loszufahren. Beinahe hätte er angefangen, sich auf diesen Trip in die Berge zu freuen. Als er dann aber im Bad vor dem Spiegel stand – er hatte das Badezimmer für sich allein, was er fast bedauerte, wenn er an die flüchtige Begegnung mit Sara dachte –, verflog die Beinahefreude ziemlich schnell.

Er streckte sich über das Waschbecken, bis die Nasenspitze beinahe das Spiegelglas berührte. Von seinem Atem beschlug die Scheibe, doch über dem Trüben sah er in seine Augen. Die Pupillen, das Weiße zu beiden Seiten, die langen dunklen Wimpern, die buschigen Augenbrauen. In einem Moment sah er die Augen des Kindes, im nächsten Augenblick die Augen des alten Mannes, der er einmal sein würde, wenn alles gut ginge.

Doch danach suchte er gar nicht. Vielmehr wollte er, dass seine Augen – Fenster zur Seele, wie er es irgendwo gelesen hatte – ihm etwas über seinen Charakter erzählten. Dass sie ihm sagten, was gut und was schlecht an ihm war.

Bin ich ein Freund?, fragte er den Spiegel. Oder bin ich ein Verräter? Ist es ehrenhaft, was ich da mache, oder bin ich einfach nur hinterhältig? Bin ich ein Mann? Oder bin ich ein Arschloch?

Als er den Kopf vom Spiegel zurückzog und noch ein paar Sekunden auf den Fleck starrte, wo sich sein Atem feucht abgesetzt hatte und der nun kleiner wurde, bis er völlig verschwand, war er so schlau wie zuvor. Er hätte nicht sagen können, ob er ein Kerl war, ein Mann mit Haltung, mit Rückgrat – oder eben doch nur ein Arschloch.

Er befürchtete, beides zu sein.

***

Hosp, der Beamte der Bundespolizei in Innsbruck, kam natürlich erst am Vormittag in die Klinik. Die diensthabenden Kollegen hatten ihn in der vorausgegangenen Nacht gar nicht erst zu erreichen versucht. Wissend, dass einer wie Hosp auch vierundzwanzig Stunden am Tag gefragt wäre, wenn man nicht dafür Sorge trüge, dass er irgendwann auch einmal Feierabend hatte.

„Mensch, Brunner, was hast du jetzt wieder angestellt“, sagte er zur Begrüßung im Krankenzimmer. Er duzte Brunner, weil sich in Tirol ziemlich jeder und alle duzten. Er duzte ihn aber auch, weil er ihn schon lange kannte, weil er wusste, dass er alles andere als ein polizeilich unbeschriebenes Blatt war, weil er sich aber zugleich auch sicher war, dass es sich bei diesem Jakob Brunner eigentlich um einen ganz passablen Menschen handelte.

„Du willst mich dringend sprechen“, sagte er. „Nun gut, hier bin ich.“

Dann wandte er sich an die Schwester, die ihn ins Zimmer gebracht hatte und noch dabeistand: „Bevor ich mit Herrn Brunner rede, wäre es mir lieb, Sie würden den freundlichen Herrn hier irgendwo anders zwischenlagern.“

Der freundliche Herr wollte protestieren, doch dazu kam es nicht, da ihn die Krankenschwester höflich, aber mit Nachdruck in Richtung Türe führte und Brunner mit dem Kommissar alleine ließ.

„Siehst nicht gut aus“, sagte Hosp. „Ich würde lügen, wenn ich etwas anderes behaupten würde.“

„Es geht mir auch nicht gut“, gab Brunner zurück. „Aber ich kann dir sagen: Meine Gesundheit, oder was davon übrig ist, ist dabei das kleinste Problem.“

Hosp zog einen der beiden Stühle heran, die an einem ungenutzten Tischchen standen, setzte sich hin und sagte: „Dann schieß los ...“

***

Haim fuhr zur nächsten Tankstelle und kaufte alle Zeitungen. Dann hielt er auf dem Parkplatz eines Einkaufszentrums am Ostrand von Innsbruck und blätterte jede Seite für Seite durch. Doch weder im „Standard“ noch in der „Tiroler Tageszeitung“ noch im „Kurier“ oder der „Kronenzeitung“ war Demhardters eigenartige Geschichte erwähnt. Nirgends als im „Tiroler Stern“ (den er sich nochmals gekauft hatte, weil es Sabine aufgefallen wäre, wenn er die Zeitung gegen seine sonstige Gewohnheit einfach so mitgenommen hätte) hatte die Sache eine Erwähnung gefunden.

Er zündete sich eine Zigarette an und es war ihm egal, dass Sabine es im Auto riechen würde. Sabine war jetzt nicht wichtig. Nichts mehr war wichtig, wenn diese Geschichte den falschen Verlauf nehmen würde.

Was er las, zum wiederholten Male jetzt, war für ihn so aufregend wie bestürzend. Dass Mario entführt worden und in einem bunkerartigen Verließ zwischen Schwaz und Jenbach gefangen gehalten worden war. Dass er fürchterlich geschlagen worden sein musste. Dass er mit schwersten Kopfverletzungen in der Innsbrucker Uniklinik lag. Dass sein Zustand lebensbedrohlich war. Und dass es noch nicht die geringste Spur zu dem Täter oder zu den Tätern gab. Es hatte ja alles nichts mit ihm selbst zu tun. Oder? Doch. Er spürte das.

Mario, dachte er, du verdammter Idiot. Was machst du da nur?

Er überlegte fieberhaft. Vor allem suchte er nach Argumenten, die seine panischen Vorstellungen ad absurdum führen konnten.

Doch je länger er über alles nachdachte, desto größer wurde die Panik.

Wer hat Mario entführt, gefangen gehalten, gequält, beinahe getötet? Wer, verdammt noch mal, wer?

Wenn es nun mit diesem Mädchen zu tun hatte, das sie damals nach der Disco im Wagen mitgenommen hatten und das sich dann blöd benahm, als er ihr ein bisschen an die Wäsche ging?

Das war in einem anderen Leben, dachte er. In einem Leben vor dieser Zeit. Das hat nichts mit meinem jetzigen Leben zu tun, darf einfach nichts damit zu tun haben.

Hat es doch selbst wollen, das blöde Miststück, dachte er. Und er erinnerte sich an die Disco, glaubte, die Musik gerade zu hören und die Bässe in seinem Bauch und seinen Eiern spüren zu können. Und er sah das Mädchen vor sich: zierlich, schlank, die langen Haare zu Zöpfen gebunden, was es noch jünger erscheinen ließ, als es wahrscheinlich war. Die Augen waren mit Kajal schwarz umrandet. Der Blick hatte etwas Schmachtendes, Verlangendes, und die Art, wie sie tanzte, musste jedem Mann, der nicht kastriert war, den Schwanz aufrichten.

„Die wollte es doch auch!“, schrie er und schlug mit der flachen Hand auf das schwarze Armaturenbrett seines Firmenwagens.

Er blickte hektisch um sich. Hatte ihn jemand gehört? Nein, die nahen Parkplätze waren immer noch frei, kein Mensch nahm Notiz von ihm.

Beruhige dich, dachte er und bewegte sogar die Lippen dabei. „Beruhige dich. Mario war immer ein Idiot. Wahrscheinlich hat das gar nichts mit dem Mädchen zu tun. Wahrscheinlich hat er sich mit irgendjemandem angelegt, hat betrogen, beschissen oder auch nur beleidigt, und dieser Irgendjemand war einer, dem man am besten im Leben nie begegnet.“

Das Handy spielte seine Melodie und Haim schrak fürchterlich aus seinen Gedanken.

„Beruhige dich", sagte er noch mal halblaut zu sich selbst.

Der Anruf bot keinen Grund zur Aufregung. Es war lediglich sein Schwiegervater, der ihn längst im Büro seiner großen Spedition erwartete und nun fragte, was los sei, wo er denn eigentlich blieb.

„Der Motor hat sonderbare Geräusche von sich gegeben", sagte er. „So eine Art Pfeifen. Gestern am Abend schon. Und heute Morgen beim Losfahren wieder. Ich bin deshalb schnell zu Alex in die Werkstatt. Der wirft grad einen Blick drauf, dann komme ich."

Er klickte seinen Schwiegervater, der zugleich sein Chef war, weg, zündete sich eine weitere Zigarette an und lehnte sich im Sitz zurück.

Ich darf jetzt keinen Scheiß bauen, dachte er. Muss ganz sachlich und nüchtern überlegen, was es mit dieser Angelegenheit auf sich hat, ob sie mir schaden könnte und wenn ja, was ich tun muss, um Probleme zu vermeiden.

Nach einer Weile des Nachdenkens stieg er aus, ging um den Wagen herum, holte alle Zeitungen heraus und trug sie zu einem Mülleimer in der Nähe. Er hatte seine Gedanken sortiert, die Panik begann zu weichen und einer zunehmenden Klarheit Platz zu machen. Er wusste jetzt, dass er nicht untätig bleiben durfte. Doch genauso wenig durfte er sich zu übereilten Schlüssen oder gar Handlungen hinreißen lassen.

Es wäre gut, wenn Mario nie mehr aufwachen würde, dachte er. Das würde garantieren, dass mein Name nie ins Spiel käme. Gesetzt den Fall, dachte er weiter, er erwacht aus dem Koma … Das Problem ist wohl, dass man in der Klinik nicht an ihn herankommt. Zumindest nicht, solange er auf einer Intensivstation liegt, wo gewiss rund um die Uhr wer ein Auge auf ihn hat.

Haim lehnte sich an sein Auto und sah den Leuten zu, die leere Einkaufswägen zu den Geschäften schoben oder mit gefüllten Wägen zu ihren Parkplätzen zurückkehrten. Mario war im Moment nicht das Hauptproblem. Er konnte es werden, keine Frage. Doch so, wie es im Zeitungsbericht stand, kam er weder im Moment noch in den nächsten Tagen für eine Vernehmung in Frage.

Ein bisschen Zeit bleibt mir.

Allerdings ist da ja noch diese Zeitungsschreiberin. Ihren Namen konnte er schon auswendig: Amelie Deschner.

Natürlich weiß die nichts, kann ja gar nichts wissen, dachte er. Aber sie ist die Erste, die an diese Story rankam. Wenn sie clever ist, wird sie weiter wühlen, wird im Dreck herumstochern und, wie es der Teufel manchmal will, könnte sie auf Umwegen und durch Zufälle dann doch auf mich stoßen.

Nein, dachte er und er grinste ein wenig dabei, wenn du clever bist, Mädel, lässt du einfach die Finger von der Sache und schreibst in deinem Scheißblatt stattdessen über Gemeinderatssitzungen und Vereinstreffen.

Sein Grinsen aber verschwand genauso schnell, wie es gekommen war. Denn er musste wieder an das Mädchen denken, das sie damals mitgenommen hatten. Es war zu befürchten, dass es ebenfalls das Bild von Mario in der Zeitung sehen und ihn wiedererkennen würde.

Doch wer war sie? Wo lebte sie? Was war aus ihr geworden?

Lauter Fragen.

Wann immer solche Fragen in ihm aufgetaucht waren, hatte er sie weggeschoben, verdrängt, weggesoffen bisweilen, auf jeden Fall nicht an sich herangelassen. Ein Stück Fleisch, zappelnd, schreiend, kein Mensch.

Das war in einem anderen Leben, dachte er.

Verfluchte Scheiße! Warum nur muss dieses andere Leben jetzt hereinschwappen in mein richtiges Leben? Warum kehrt dieses Weibsbild zurück. Es ist doch alles vorbei, vergessen, Vergangenheit.

Ruhig, dachte er. Bleib ruhig. Es geht alles durcheinander, und dann ist kein Ausweg aus dem Irrgarten zu sehen. Aber: Es gibt einen. Immer gibt es einen. Immer!

Die Schreiberin. Amelie Deschner.

Dich brauche ich, damit ich mehr erfahre. Damit ich herausbekomme, wie viel ans Licht gezerrt werden soll. Und wie ich verhindern kann, dass es ans Licht kommt.

Heiße Nummer, dachte er. Aber es ist die einzige Möglichkeit.

Haim stieg ins Auto und ließ den Motor an. Er musste in die Firma. Dem Alten würde er sagen, dass Alex irgendein Ventil eingestellt hatte. Lappalie. Freundschaftsdienst unter der Hand. Aus alter Verbundenheit, sozusagen.

Er steuerte den Wagen vom Parkplatz und fuhr nordwärts in Richtung Hall.

Dass er an der Wand stand, einem Erschießungskommando gegenüber, wusste er, und er spürte es mit jeder Faser seines Körpers. Seine ganze Hoffnung lag darin, dass alle auf ihn gerichteten Gewehre mit Ladehemmung blockieren würden. So etwas gab es nicht, das war ihm klar. Doch jetzt musste es so etwas geben.

Seine Überlegung war: Wenn die Gewehre also funktionierten, musste man die Menschen, die diese Waffen bedienten, unschädlich machen.

So oder so, dachte er. Ich komme da raus. Die kriegen mich nicht.

Als er aufs Firmengelände einbog, war er gefasst und ruhig. Er war in Gedanken auch noch Plan B durchgegangen, das Schlupfloch, das er sich seit Jahren immer offen gehalten hatte, falls ihn die Vergangenheit einholen sollte. Keine schönen Aussichten. Nicht die Zukunft, die er wollte und die mit Sabine bereits begonnen hatte. Aber besser, als im Gefängnis zu versauern und zu verdorren.

Das Schlupfloch als letzte Möglichkeit. Raus aus Österreich, ab nach Bosnien, untertauchen, verschwinden, vergessen werden. Und selbst alles vergessen. Die allerletzte Möglichkeit. Noch gab es andere.

Amelie, dachte er lächelnd. Wir werden uns kennenlernen, gewiss. Und vielleicht werden wir so etwas wie Freunde. Amelie. Ein schöner Name …

„Alles okay?“, sagte sein Schwiegervater, der ihm im Flur der Büro-Etage entgegenkam. „Mit dem Auto? Und mit dir? Du siehst irgendwie blass, mitgenommen aus.“

„Alles okay“, gab Sebastian Haim zur Antwort. „Wirklich alles okay.“

***

Amelie Deschner hatte einen Plan gemacht für diesen Tag, und ihr Chef, der heute zumindest um eine Nuance freundlicher war als sonst, hatte ihn einfach abgenickt. Sie würde die Mutter von diesem Demhardter aufsuchen, im Gespräch einiges herausfinden, was mehr Licht in diese mysteriösen Geschehnisse bringen konnte, und danach stand die Klinik in Innsbruck auf dem Programm – irgendetwas Neues würde sie dort erfahren, da war sie sich ganz sicher. Als sie im Begriff war, die Redaktion zu verlassen, hielt sie der Chefredakteur zurück.

„Hab ich ganz vergessen, dir zu sagen: Heute Vormittag hat jemand angerufen. Wollte dich sprechen. Wegen deiner Geschichte mit dem halb erschlagenen Typen.“

„Wer war es?“

„Keine Ahnung“, sagte der Chefredakteur. „Es war nicht weiter wichtig, also habe ich auch nicht nachgefragt. War einer, der dir ein Kompliment machen wollte. Ist hiermit weitergegeben …“

Dann wandte er sich ab.

„Danke“, sagte Amelie leise. Sie freute sich riesig.

Doch als sie dann schon beinahe zur Tür draußen war, sagte er noch einmal etwas: „Weißt du, was komisch ist?“

Sie drehte sich zu ihm um und schüttelte den Kopf.

„Komisch ist, dass jemand wegen so einer Gewaltgeschichte anruft. Normalerweise melden sich die Leute ja nur, wenn ihnen etwas nicht passt. Dann schreiben sie Mails oder Leserbriefe. Lob gibt's fast nie. Und wenn, dann geht es um Kultur oder Sport oder um eines der seltenen Interviews, die in der Zeitung mal mehr Platz bekommen.“

Er war tatsächlich viel besser gelaunt als noch am Vortag. Doch auch an dem, was er sagte, und wie er es sagte, nahm sie Veränderungen wahr – bei ihm und bei sich selbst.

Vielleicht hat er ja tatsächlich Schokoladenseiten, dachte sie und hätte beinahe losgeprustet. Denn „Schokoladenseiten" und „Arschloch", ihre heimliche Titulierung für ihren Chef, passten gar nicht und dabei irgendwie doch zusammen.

„Ich habe es noch nie erlebt, dass sich hier wer wegen der Berichterstattung über ein Verbrechen oder, wie im konkreten Fall, eine Entführung meldet. Du hättest so hervorragend recherchiert und den Bericht so gut geschrieben, dass der Mann – es war ein Mann, die Stimme war die eines jungen Mannes; dreißig vielleicht – gerne mehr von dir lesen würde ..."

Amelie lächelte und freute sich noch mehr. Sie freute sich über den Anruf in der Redaktion. Und sie freute sich darüber, dass der Chef es fertigbrachte, ihr davon zu berichten.

„Dass eine wie du wahrscheinlich in der Innsbrucker Redaktion arbeitet, hat der Typ gesagt. Hat sich dann richtig gefreut, als ich ihm sagte, dass du bei uns in Schwaz bist und dass er nun ja vielleicht noch mehr von dir zu lesen bekommt. Zumindest was diesen Mario angeht."

Amelie nickte. „Da habe ich schon noch einiges vor", sagte sie. „Ich halte Sie auf dem Laufenden."

„Das wird auch gut sein", sagte der Chefredakteur, ruppiger jetzt als eben noch. „Und jetzt mach dich auf den Weg. Es soll schließlich nicht Freitag nächster Woche werden, bis wir in dieser Sache wieder etwas bringen können."

Die Glastür schnappte hinter Amelie leise ins Schloss.

Sie grinste zufrieden. Und das „Arschloch", das sie dem Chef in Gedanken zurief, fiel weniger wütend aus als sonst.

Sie war an einer besonderen Geschichte dran. Und einmal mehr sagte ihr eine innere Stimme, dass diese besondere Geschichte ihr Leben auch auf besondere Weise verändern würde.

***

Sabine Haim sah liebevoll auf ihren kleinen Jungen, der auf dem polierten Holzboden herumkrabbelte, fröhlich vor sich hin brabbelte und immer wieder kieksend lachte. Ihr war nicht nach Lachen zumute. Sie machte sich Sorgen. Am Frühstückstisch hatte sich ihr Mann verändert. Es war ihr vorgekommen, als wäre er binnen weniger Minuten zu einem anderen geworden. Sie hatten nicht gestritten, es war nichts Besonderes vorgefallen, alles war ihr ein Rätsel. Eines aber wusste sie: An diesem sonnigen Herbstmorgen waren Wolken aufgezogen, hatten Sebastians Gesicht verhüllt, und als sie sich dann gelichtet hatten, war er nicht mehr derselbe gewesen. Der Mann, der das Haus verließ und zur Arbeit fuhr, war nicht der, in den sie sich verliebt und den sie geheiratet hatte.

Es war immer noch Sebastian Haim.

Doch es war nicht der, den sie kannte.

VIERZEHN

Nachdem Hosp mit den Kollegen in Schwaz telefoniert hatte, saß er eine Viertelstunde lang konsterniert an seinem Schreibtisch. Er musste nachdenken.

Eigentlich musste er es nicht. Die Sache lag klar auf der Hand und es gab nichts, was ein Zögern hätte rechtfertigen können.

Brunner hatte sich der Entführung, Freiheitsberaubung und Körperverletzung schuldig gemacht. Bei seiner Vorgeschichte würde das vor Gericht satt zu Buche schlagen.

Mehrere Jahre, dachte Hosp.

Er rechnete mit sechs Jahren Haft für den Mann, den er eigentlich mochte. Den er eigentlich verstehen konnte. Den er, ganz tief drinnen in seiner Brust, sogar ein bisschen bewunderte.

Dass Selbstjustiz nichts mit Rechtsstaatlichkeit zu tun hatte, so illegal war wie Waffenschmuggel, Raub und Vergewaltigung, war klar – und doch brachte der in die Jahre kommende Kommissar dafür immer einen Rest illegitimen Verständnisses auf.

Wenn ich eine Tochter hätte …, dachte er.

Und wenn ihr so etwas zugestoßen wäre …

Und wenn sie ein Wrack wäre seither …

Ich hätte ihm die Eier ausgerissen, dachte er.

Am liebsten hätte er seinen alten Freund und früheren Kollegen angerufen und sich auf ein Mittagessen mit ihm verabredet. Seinetwegen auch nur auf ein Wiener Schnitzel in der SOWI-Mensa. Die war wenigstens barrierefrei und hätte Paul Schwarzenbacher erlaubt, mit dem Rollstuhl bis an den Fressnapf, sprich: an einen der Tische heranzufahren. Doch Hosp verwarf den Gedanken, den aus Gesundheitsgründen aus dem Dienst ausgeschiedenen Ex-Kriminaler in die Sache einzuweihen und ihm das geradezu absurde Geschehnis zu schildern. Nein, dachte er, es muss auch so gehen.

Er stellte sich vor, wie er das Unfassbare erzählte – dass Brunner diesen Demhardter entführt hatte, war ja nur der eine Teil der Geschichte. Der andere, noch viel unglaublichere war, dass Brunners Tochter ein Bild des jungen Mannes zufällig auf Facebook entdeckt und es als Porträt eines jener Männer wiedererkannt hatte, von denen sie vergewaltigt worden war. Sie hatte es ihrem Vater gezeigt – und der hatte sich auf die Spuren des Vergewaltigers gesetzt. Die Beamten in Schwaz hatten das alles in Erfahrung gebracht – häppchenweise war es der Freundin von Brunners Tochter zu entlocken gewesen, während Leoni, so hieß die Tochter, nur geschwiegen, mit dem Kopf genickt beziehungsweise den Kopf geschüttelt haben soll.

Diese Leoni hatte immer beobachtet, was ihr Vater unternahm. Oft hatte ihr die Freundin dabei geholfen. Sie waren informiert über das Kidnapping, doch Brunner schien nichts davon zu ahnen. Er hatte Demhardter einschüchtern und gegebenenfalls mit Gewalt aus ihm herausholen wollen, wer der zweite Mann war, der Leoni vor Jahren missbraucht hatte. Brunner hatte ihn nicht töten wollen, hatte aber eingeräumt, dass es ihm so was von egal gewesen wäre, wenn die Drecksau krepiert wäre.

So hatten also Vater und Tochter gemeinschaftlich und doch unabhängig voneinander dafür gesorgt, dass Demhardter jetzt zwischen Leben und Tod schwebte.

Oh ja, gerne hätte er mit Schwarzenbacher, dem alten Fuchs und Menschenkenner, gesprochen. Doch es war nicht dessen Job, diesen Fall zu Ende zu bringen. Es war sein Job, die Aufgabe von Kommissar Hosp, mit all den belastenden Fakten klar zu kommen und zudem auch noch den zweiten Täter ausfindig zu machen, der höchstwahrscheinlich unbehelligt hier in Österreich oder in Deutschland lebte. Und das nach den Jahren, da ihm nichts geschehen war, im Glauben, er würde ungeschoren davon kommen.

Hosp rekapitulierte: Brunner, sechs Jahre für Entführung, Freiheitsberaubung, schwere Körperverletzung, seelische Grausamkeit.

Leoni, seine Tochter: Beihilfe zu allem, außerdem die gefährliche Körperverletzung, die sie nickend gestanden haben musste. Das Leid, das sie durch diesen Mann erfahren hatte, würde die Strafe mildern. Doch keine Frage, auch sie würde im Bau landen.

Und dann war da noch die Freundin: Beihilfe. Vielleicht auch Körperverletzung (woher sollte er das jetzt schon wissen). Wenn sie Glück hatte, sehr viel Glück, also einen Richter, der nicht so bescheuert war und sich wie ein besserer Mensch vorkam (was nun wirklich ein Glücksfall wäre, dachte Hosp), könnte sie mit Bewährung davon kommen.

Diese drei, Brunner, seine Tochter und ihre Freundin, hatten sich schuldig gemacht. Brunner hätte, nachdem er Demhardter ausfindig gemacht hatte, zu ihm kommen können. Wir hätten den Kerl drangekriegt und vor Gericht gezerrt. Aber Brunner ist es ja nicht um Gerechtigkeit gegangen. Um Rache ist es ihm gegangen. Nur darum.

Der Kerl, der jetzt zerschlagen auf der Intensiv liegt, wäre in der Untersuchungshaft gut aufgehoben gewesen. Und Brunner und die Mädchen hätten nicht diese Probleme, die unweigerlich auf sie zukamen.

Demhardter tat ihm beinahe ein bisschen leid. Vielleicht musste er sterben – was seinen Peinigern ein noch deutlich härteres Urteil einbringen würde. Vielleicht würde er wieder zu Bewusstsein kommen – und dann sein Leben lang als Depp herumlaufen. Was gut möglich war.

Hosp bekam beinahe so etwas wie Mitgefühl mit diesem jungen Mann. Doch er verscheuchte es wie eine arg lästige Fliege, die sich auf den Aktenstapel auf dem Schreibtisch hocken wollte.

Wer ist der andere Mann?, dachte er. So viel Leid ist mit dieser Tat verbunden, dass ich ihn unbedingt kriegen will. Koste es, was es wolle. Und da wäre es das Beste, Demhardter würde aus dem Koma erwachen, und sei es nur für zwei Minuten. Einfach nur lange genug, um mir sagen zu können, um wen es sich bei dem anderen Arschloch handelt.

Er entschied sich dafür, Leoni Brunner und ihre Freundin nach Innsbruck kommen zu lassen.

Da habe ich sie alle beisammen, dachte er. Und dann werden wir ja sehen, was die nächsten Tage bringen.

Als erfahrener Kriminalbeamter wusste er nur zu gut, dass er jetzt wahrscheinlich viel Geduld brauchen würde. Nichts überstürzen, nichts erzwingen wollen. Es ging schließlich nicht darum, ein Verbrechen zu verhindern, sondern darum, ein Stinktier aus dem Bau zu locken – und es dann zu erschlagen.

Ich krieg dich, dachte er. Wer du auch bist und wo du auch bist – es ist nur mehr eine Frage der Zeit, bis ich dich hinter Gittern habe. Und dann tun sie dir so viel Pulver in den Gefängnisfraß, dass dein Schwanz zu nichts mehr Lust hat. Außerdem – Hosp malte sich diese Situation ganz genüsslich aus – außerdem kommst du zu fünf Straßenschlägern in die Sechsmannzelle. Die haben in aller Regel etwas gegen Vergewaltiger und sonstige Sexualtäter. Nach zwei Tagen wirst du jeden Beamten anflehen, alles gestehen zu dürfen, wenn du nur in eine andere Zelle verlegt wirst. „Und weißt du was?" Er sagte das halblaut ins ansonsten leere Büro hinein. „Ich freu mich drauf, dich hier kriechen zu sehen."

***

„Ich kann mir das nicht vorstellen", sagte Phil. Er hatte sich freigenommen und genoss es, an diesem Vormittag länger liegen bleiben zu können. „Wie kommst du nur darauf?"

„Ich hab dir doch gesagt, dass dein Kletterspezi mir nachspioniert hat", sagte Julia, richtete dabei den Oberkörper auf, winkelte den Arm im Ellbogen ab und stützte den Kopf mit der flachen Hand ab. „Ich trau dem nicht. Früher wäre er mir egal gewesen. Ich hab ihn zwei- oder dreimal kurz gesehen, wenn er mit Peter verabredet war. Wie gesagt, er war mir eigentlich egal. Doch seit Peters Tod …"

Sie stutzte, atmete laut durch die Nase ein und wieder aus.

„Er ist mir nicht geheuer."

Phil drehte sich zu ihr, fuhr ihr mit dem Zeigefinger über die Brustwarze und massierte dann den dunklen Hof mit zarten, kreisförmigen Bewegungen.

„Es kann aber doch auch Zufall sein", sagte er. „Vielleicht hat er hier in der Gegend irgendwas erledigen müssen."

Julia schüttelte den Kopf. Sie schob seinen Finger, seine Hand weg und zog ihm die Decke über den Körper – sie war nicht in der Stimmung, sich seines schon wieder versteifenden Gliedes anzunehmen.

„Das wäre mir vielleicht ein Zufall", maulte sie. „Kannst du mir sagen, was das für Erledigungen wären, die er schräg gegenüber im Auto sitzend und später im Dönerladen zu tätigen hatte?"

„Okay, okay", sagte Phil. Er ließ sich auf den Rücken fallen und verschränkte auf dem Kopfkissen die Arme unterm Kopf. „Ich bin halt der Meinung, dass wir nach dieser Sache jetzt überall Gespenster sehen. Wir dürfen uns aber nicht verrückt machen lassen. Peter ist tot. Ein Unfall, wie er beim Klettern passieren kann. Die Ermittlungen sind eingestellt. Niemand will uns etwas. Nicht die Polizei, und, weil es um keine Lebensversicherungssummen geht, auch kein Versicherungsschnüffler. Ein paar Wochen noch, dann gehen wir hier weg und fangen ein neues Leben an. Unser Leben, verstehst du!"

Ruckartig wälzte sich Julia zur Seite, sprang aus dem Bett und klaubte die Kleidungsstücke zusammen, die am Vorabend hastig ausgezogen worden waren und verstreut umherlagen.

Sie schlüpfte in die weiße Bluse mit Halbarm und knöpfte jeden der vier Knöpfe penibel zu, obwohl sie doch erst noch in die Dusche wollte und weiter nichts anzog. Phil hatte das Gefühl, dass sie ihm in diesem Moment die kalte Schulter zeigte, seinen Beschwichtigungen keinen Glauben schenkte, mehr noch: sauer war, dass er ihre Sorgen nicht ernst nahm.

Sie ging zum Badezimmer, verschwand darin, kam jedoch nach kaum einer halben Minute wieder heraus.

„Dieser Thanner“, sagte sie, „hat mich beobachtet. Draußen auf der Straße, dann im Türkenladen. Wenn er nicht irgendwas im Schilde führen würde, wäre er zu mir hergekommen und hätte ‚Hallo‘ gesagt. Hat er aber nicht. Ein Heimlichtuer. Und jetzt sagst du, dass du mit ihm klettern gehen wirst.“

„Ich bin auch früher schon mit ihm unterwegs gewesen“, warf Phil zaghaft ein. „Ich glaube nicht …“

Doch Julia ließ ihn nicht ausreden.

„Du glaubst! Du glaubst! Genau das ist dein Problem: Du glaubst. Das hilft in unserer Situation aber nichts. Wir müssen wissen, woran wir sind. Und wir dürfen nicht den Fehler machen, uns sicher zu fühlen. Peters Eltern haben mich immer schon gehasst. Du hättest sie bei der Beerdigung sehen sollen … wie die mich angeschaut haben … der vorwurfsvolle Blick seiner Mutter … so, als hätte ich ihn umgebracht …“

„Hast du doch auch“, sagte Phil. „Irgendwie …“

Julia ging nicht darauf ein.

„Du warst nicht dort, konntest dich ja drücken, weil die Beisetzung dich nervlich zu stark mitgenommen hätte … Ich aber, ich habe mich nicht drücken können … Und anders als du habe ich den Hass in den Augen von Peters Vater gesehen. Allerdings nicht nur den Hass, sondern auch die Entschlossenheit, mir einen Strick zu drehen. Vielleicht verstehst du jetzt, dass ich das Gefühl habe, von den Alten verfolgt zu werden. Die wissen, was wirklich geschehen ist. Und jetzt hetzen sie uns diesen Thanner auf den Hals. Hast du nicht erzählt, dass der Privatdetektiv oder so etwas Ähnliches sein soll?“

Eine Antwort war nicht nötig.

„Und da hältst du es für eine gute Entscheidung, mit ihm klettern zu gehen? Mir wäre es lieber, du würdest es nicht tun …“

Phil, der sich mittlerweile im Bett aufgesetzt hatte und seine Finger massierte und dehnte, sah sie schweigend an. Auch sie sagte jetzt nichts mehr. Die Stille, die sich im Zimmer ausbreitete, hatte etwas Bedrohliches an sich. Unter Umständen hätte sich diese Stille noch lange gehalten und hätte die Bedrohlichkeit weiter gesteigert, wenn nicht von irgendwoher eine dicke

Fliege angebrummt gekommen wäre und lautstark nach dem Ausgang gesucht hätte.

„Ich habe ohnehin umdisponiert“, überwand Phil das Schweigen. „Habe ihm eine SMS geschickt, dass ich nicht klettern will – nach dem tragischen Erlebnis –, sondern dass ich lieber eine Gletschertour unternehmen würde. Etwas Leichteres. Da habe ich Gelegenheit, mit ihm zu reden und herauszufinden, ob er was im Schilde führt. Ganz blöd bin ich schließlich auch nicht.“

Julia kam wieder ans Bett zurück. Sie setzte sich neben Phil auf die Bettkante und fuhr ihm nachdenklich mit der Hand übers Haar. Als sie jetzt wieder sprach, hatte ihre Stimme alle Härte verloren.

„Wir müssen vorsichtig sein. Verdammt vorsichtig. Wir sind einen so schweren Weg gegangen, wir dürfen uns jetzt von nichts und niemandem in Gefahr bringen lassen.“

Sie fasste ihn am Kinn und zwang ihn sanft, ihr in die Augen zu schauen.

„Ich will mit dir leben“, sagte sie. „Ich liebe dich nämlich.“

Und dann fügte sie noch an:

„Versprich mir, dass du es nicht zulassen wirst, wenn dieser Thanner unsere Liebe kaputt machen will.“

Phil schaute von Julias Gesicht über ihre Bluse hinab bis zu ihren nackten Oberschenkeln. Er sah den kleinen, sauber gestutzten Streifen ihres Schamhaars, sah die Lippen, die ihm nicht erst seit Peters Tod wieder und wieder größte Lust bereiteten – doch jetzt sah er das alles, ohne es zu erfassen.

In seinen Gedanken sah er den Fels der Plattendirettissima an der Kleinen Halt. Peter kam zu ihm heraufgeklettert, seilfrei. Das Gelände war leicht, aber steil. Dann die Finger, die sich vom Griff lösten, der Körper, der vornüber kippte, der Sturz …

Und er sah noch etwas in seinen Gedanken: Tobs Thanner und sich selbst im Spaltengewirr eines Gletschers in den Zillertaler Alpen. Weltabgeschieden, völlig alleine. Niemand war hier. Niemand konnte sie sehen. Alles konnte geschehen.

„Was hast du?“, fragte Julia in Phils Gedankenspiele hinein.

„Nichts“, sagte er, noch immer geistesabwesend. „Nichts.“

***

Erlösung.

Ja, Erlösung war das vorherrschende Gefühl, nachdem Brunner sich dem Innsbrucker Kommissar Hosp offenbart und er erfahren hatte, dass Mario Demhardter, sein Opfer, gefunden worden und in einer Klinik untergebracht war (was er nicht wissen konnte, weil Hosp es ihm verschwiegen hatte, war erstens, dass Demhardter schwerstverletzt war; zweitens, dass er wie Brunner in der Innsbrucker Uniklinik lag; und drittens, dass Lonni in Untersuchungshaft saß).

Erlösung.

Die Erkrankung hatte ihn aus der Bahn geworfen. Doch dieses Aus-der-Bahn-geworfen-Sein hatte mit sich gebracht, dass er einen anderen Blick auf die Dinge gewinnen konnte. Sein Bedürfnis nach Rache war einer Schwäche gewichen, wie er sie nie zuvor erlebt hatte. Seine Lust, den jungen Mann zu quälen und damit zu bestrafen, war verflogen. Er hasste ihn, noch immer hasste er ihn, aber es war ein kraftloses und ohnmächtiges Gefühl. Und in dieses Gefühl mischte sich immer wieder der Gedanke, froh zu sein, dass Demhardter lebte, überlebt hatte – und dass er, Jakob Brunner, nicht bis zum Äußersten gegangen war (beziehungsweise von den Umständen noch zuvor aus dem Verkehr gezogen worden war).

Brunner lag in seinem Krankenzimmer, er war noch immer nicht verlegt worden. Der Alte war noch da, doch wenigstens hatte er irgendwann aufgegeben, gegen die Mauer des Schweigens, die Brunner um sich errichtet hatte, anzureden. So lag er also nun da, noch schwach, mitgenommen, gleichwohl auf dem Weg der Besserung. Zum Nachdenken hatte er Zeit genug. Oft aber war schon das Denken derart anstrengend, dass er immer wieder in den Schlaf sank.

Wenn er sich jedoch wach halten konnte, drifteten seine Gedanken dorthin, wo er Jahre verbracht hatte. Das Gefängnis stand ihm unweigerlich bevor.

Sie werden mich auf Jahre hin einbuchten, dachte er.

Er dachte es beinahe emotionslos.

Die Freiheit, sie ist weg.

Die Hütte ... ja, verdammte Scheiße, sie wird mir fehlen. Und doch ...

Er überlegte, wollte seine Gedanken genau formulieren können.

Und doch bin ich froh, dass ich diesen Kerl leiden gesehen habe. Das allein ist's beinahe schon wert, wieder einzurücken.

Aber Lonni. Was wird aus ihr? Und warum kommt sie nicht? Sie weiß doch, dass ich hier flachliege. Bestimmt weiß sie es. Hoffentlich ist alles okay bei ihr ...

Der andere fiel ihm ein. Der zweite Mann, der sich an seiner Tochter vergangen hatte und der wahrscheinlich frei herumlief. Er wusste, dass er kaum mehr Gelegenheit dazu bekommen würde, dieses Schwein zu suchen und zu stellen. Dass er in ein paar Jahren, wenn sie ihn wieder rausließen, wahrscheinlich auch gar nicht mehr die Kraft hätte, den Mann zu überwältigen, ihn fertigzumachen. Und mit der Kraft würde auch die unbändige Wut schwinden, davon ging er aus.

Seine Hoffnung ruhte auf Hosp, dem er alles, restlos alles erzählt hatte. Und der, so gut glaubte er ihn zu kennen, die Spur aufnehmen würde. An seinen Augen hatte er das sehen können. Sie drückten Verärgerung darüber aus, dass Brunner sich zu dieser Tat hatte hinreißen lassen. Sie zeigten zugleich so etwas wie Mitgefühl mit ihm und tiefstes Bedauern für Lonni. Und dazu Verachtung, abgrundtiefe Verachtung für den Kerl, den es noch ausfindig zu machen galt.

Brunner hatte ihn gefragt, ob aus Demhardter nichts herauszubekommen sei. Es müsste doch zu schaffen sein, dass er den Namen seines Mittäters preisgab. Würde sich doch strafmildernd auswirken, oder? (Wer jahrelang im Knast gesessen war, kannte sich mit den Gesetzen meist besser aus als ein verzogenes Anwaltssöhnchen, das zu des Vaters Freude auch wieder Jurist geworden war).

Doch Hosp hatte darauf nichts gesagt, hatte sein Ansinnen einfach ignoriert. War Brunner, und das wurde ihm jetzt bewusst, ausgewichen.

Irgendetwas stimmte nicht.

Er dachte nach und dachte nach, versuchte herauszufinden, wo die weißen Flecken in seinen Überlegungen lagen, doch er fand sie nicht.

Bis in den Schlaf hinein verfolgte ihn diese Leere. Und sie quälte ihn noch in seinen unruhigen Träumen.

***

Tesi saß am Krankenbett und hielt Mario die Hand, während er den tiefsten Schlaf schlief. Von seiner Vergangenheit wusste sie nichts. Sie fragte sich auch gar nicht, was geschehen war und warum es geschehen war. Sie wollte nur seine Hand halten und ihm bisweilen etwas ins Ohr flüstern, weil sie einmal gelesen hatte, dass Hirnstrommessungen bei Komapatienten Reaktionen auf die Anwesenheit nahestehender Menschen angezeigt haben sollen.

Wenn sie von Ärzten oder vom Pflegepersonal der Intensivstation hinausgebeten wurde, schlief sie eine halbe Stunde erschöpft auf einem der Stühle im Flur, oder sie trank einen großen Braunen in der nahen Cafeteria, und einmal aß sie lustlos eine Streuselschnitte dazu, um das flaue Gefühl im Magen in den Griff zu bekommen.

Doch dann saß sie wieder bei ihm. Sie nahm keine Notiz davon, wie die Stunden verrannen, wie aus dem kalten Licht des Vormittags ein spätsommerlicher Tag hervorging, wie der Nachmittag einen Goldschimmer auf die Berge über Innsbruck und auf die Gebäude der Klinik zauberte und wie schließlich mit dem Verschwinden der Sonne im Westen und der damit einhergehenden Abkühlung das Frösteln machende Ende des Tages begann. Alles sah sie, wenn sie für kurze Zeit die Station verließ, doch sah sie es, ohne es wahrzunehmen. Das Frösteln freilich nahm sie wahr. In ihrem Fall war es mehr als nur der Beigeschmack des Herbstes, es ergriff in ihrer Angst vor der nächsten Nacht völlig Besitz von ihr.

„Überlebe!“, flüsterte sie. „Überleb die Nacht, Mario. Ich bitte dich. Ich flehe dich an. Hörst du mich? Bestimmt hörst du mich. Ich liebe dich. Weißt du das? Wenn du es weißt, dann überleb das hier. Und dann wach wieder auf. Wach bitte wieder auf.“

„Frau Reiter.“

Tesi schrak auf, zuckte förmlich von Mario zurück.

Es war die Ärztin, Doktor Hillmeier, die an sie herantrat.

„Ich muss Sie bitten, mit mir zu kommen.“

Tesi sah fragend auf. Verzweiflung und Hoffnung, beides lag in ihrem Blick. Doch es ging nicht um medizinische Belange. Es gab keine neuen Erkenntnisse zu Marios Zustand.

„Ein Herr von der Bundespolizei möchte mit Ihnen reden.“

Die Ärztin ließ Tesi gerade genug Zeit, um den Satz verstehen und einordnen zu können.

„Er hat mich gefragt, ob Ihnen das zuzumuten sei. Ich habe ihm gesagt: ja.“

Wieder ein, zwei, drei Sekunden des Schweigens, zu dem die Geräusche der Überlebensmaschinen einen die Luft durchschneidenden Soundtrack abgaben.

„Ich glaube, es wäre gut, wenn Sie mit ihm sprächen. Der Beamte muss noch mehr wissen über Herrn Demhardter. Und für Sie ist auch besser, mit ihm zu reden, anstatt nur hier zu sitzen. Verstehen Sie mich nicht falsch, es ist schon gut, dass Sie viel da sind und sich um ihn kümmern. Doch zwischen kümmern um jemanden und selbst verkümmern ist ein großer Unterschied. Hören Sie auf meinen Rat.“

Tesi folgte ihr, ging an Betten vorbei, wo Menschen lagen, denen es offenbar ähnlich schlecht ging wie ihrem Mario.

Sie schaute sich diesmal aber nicht nach ihm um. Sie versuchte, sich zu sammeln und die Herausforderung anzunehmen. Denn eine Herausforderung war es.

Ein Gespräch. Über Mario. Ihren Freund.

Mit jedem Schritt, der sie dem Polizisten näher brachte, wurde ihr deutlicher, dass sie wenig über Mario wusste.

Ja, es war erstaunlich. So sehr sie ihn liebte und so sehr sie sich auch von ihm geliebt fühlte – sein Vorleben war ihr wie hinter einem Schleier verborgen geblieben. Zwar wusste sie, dass er aus einfachen Verhältnissen stammte, dass er in seiner Jugend nicht gerade ein Musterschüler gewesen sein soll und später auch nicht das war, was man Everybody's Darling genannt oder was als Traum aller Schwiegermütter gegolten hätte. Doch seine Vergangenheit war ihr im wahrsten Sinn des Wortes schleierhaft geblieben.

Als sich Kommissar Hosp in einem kleinen Besprechungszimmer am Ende des langen Flurs vom Stuhl erhob und ihr die Hand entgegenstreckte, war ihr bewusster denn je, dass sie Mario, ihren Mario, nicht so gut kannte, wie sie bisher geglaubt hatte.

***

Amelie hatte einen weiteren bewegten und überaus euphorisch stimmenden Arbeitstag hinter sich. Doch sie hörte nicht auf zu arbeiten. Zwar war sie nach Hause gefahren, hatte sich umgezogen und war zu einer kleinen, nicht übermäßig anstrengenden Joggingrunde aufgebrochen. Doch dabei hatte sie ihre Gedanken unentwegt kreisen lassen, hatte die verschiedenen Optionen, die in dieser Geschichte verborgen schienen, abgewägt und für gut oder besser befunden, war in ihren Überlegungen den noch losen Handlungssträngen gefolgt, war in Sackgassen geraten und wieder umgekehrt, hatte dann aber, ganz allmählich, das Gefühl bekommen, immer mehr Puzzleteile würden zueinanderpassen und sich ineinander fügen.

Mehr so ein Gefühl, hatte sie gedacht.

Was ihr am meisten unter den Nägeln brannte war, an Demhardters Mutter heranzukommen. Weder auf Anrufe noch auf das Läuten an der Haustür hatte es irgendeine Reaktion gegeben. Dass die Frau psychisch krank sei, länger schon, hatte sie in der geschwätzigen Nachbarschaft erfahren. Das Foto, das sie von Demhardter in der Zeitung gebracht hatten, war über den Fußballverein zu bekommen gewesen, wo er mal ohne viel Engagement und Erfolg gebolzt hatte.

Zu Hause hatte sie geduscht, lange, ausgiebig, zuerst heiß, dann kalt. Als sie dann, nass und nackt noch, auf dem Fliesenboden vor ihrem Waschbecken stand, läutete es an der Tür.

Amelie erwartete niemanden. Sie lebte sehr zurückgezogen. Ihre Kontakte beschränkten sich auf Chatrooms, E-Mails und natürlich auf ein Date ab und an. Sie ließ niemanden allzu nahe an sich heran – außer beim Sex, doch das war in ihren Augen ohnehin eine andere Sache, da spielte sie Rollen, war nicht sie selbst, also konnte ihr auch niemand wirklich nahe sein.

Sie schlüpfte in den Bademantel und wand sich ein Handtuch um die nassen Haare. Sie erwartete nichts und niemanden. Doch sie war neugierig. Den Bademantel band sie fest zu, barfuß ging sie in den winzigen Flur, drückte den elektronischen Öffner (die Türsprechanlage hatte noch nie richtig funktioniert) und machte die Tür auf, um zu sehen, wer die Treppe heraufkam.

Fast wäre sie zurückgeprallt. Denn direkt vor ihrer Tür, die Fußspitzen beinahe schon an der Schwelle, stand bereits jemand. Ein Mann, den sie nicht kannte, nie zuvor gesehen hatte. Sofort spürte sie die Gefahr. Ein Gefühl, das ihr vom Hinterkopf über den Nacken den Rücken entlang hinabwanderte und alle ihre winzigen Härchen auf der Haut aufzustellen schien.

„Ja?“, sagte sie, ihre Angst unterdrückend und gar nicht erst den Versuch machend, die Tür einfach zuzuschlagen. Sie hatte gewusst, dass man als alleinlebende junge Frau vor Zudringlichkeiten nicht sicher sein konnte. Sie hatte sich des Öfteren schon ausgemalt, was geschehen konnte. Alle möglichen Szenarien waren ihr durch den Kopf gegangen, vor allem solche, die mit Gewalt und Blut zu tun hatten. Bilder, die Entsetzen hervorriefen und die eine junge Frau hilflos, machtlos, wehrlos machen konnten. Nicht so Amelie.

Gut, dass ich immer schon auf alle Eventualitäten vorbereitet war, dachte sie und sagte noch einmal: „Ja?“

Der Mann – er war jung, sah nicht übel aus, war geschäftsmäßig gekleidet und wirkte nicht unfreundlich, im Gegenteil – sah sie durchdringend an. Er schien die Situation mit allen Sinnen zu scannen: dass sie fast nackt war; ob sie allein war; was sich in den nächsten Sekunden und vielleicht Minuten hier abspielen würde …

„Sie sind Frau Amelie Deschner, die Journalistin?“, fragte der Mann. Amelie merkte sofort, dass es keine Frage war, dass der Mann genau wusste, wer sie war. Immerhin schien es etwas mit der Story zu tun zu haben, an der sie saß und in die sie aufgrund der durchsickernden Gerüchte – Vergewaltigung, zwei Frauen, Rache – immer tiefer hineingesogen wurde.

Die Angst allerdings (keine lähmende, sondern eine, die den Sinnen noch zusätzliche Schärfe verlieh), die blieb.

„Bin ich“, sagte sie so trocken, dass man ihre ablehnende Haltung knistern hören konnte. „Aber hier ist nicht die Redaktion. Dort können Sie mich morgen antreffen, von halb zehn bis um fünf. Ich rate Ihnen aber, vorher anzurufen und einen Termin …“

Ein Lächeln auf dem Gesicht des Mannes. Keines, das ihn für sie eingenommen hätte. Irgendwie kalt.

„Nicht morgen. Jetzt“, sagte der Mann. „Ich möchte mit Ihnen über diesen Mann reden, der im Bunker gefunden worden ist. Sie haben darüber berichtet.“

Noch einmal versuchte Amelie es. „Morgen in der Redaktion“, sagte sie.

Sie dachte daran, die Tür mit Schwung zuzuschlagen. Doch sie sah an der Körperspannung des Mannes, dass er darauf gefasst sein würde, dass sie keine Chance mehr hatte, ihn loszuwerden, ohne mit ihm zu sprechen.

„Nicht weit von hier ist das Café Huslak“, sagte sie. „Dort könnten wir uns treffen. In einer Viertelstunde. Ich muss nur …“

„Nicht morgen in der Redaktion und nicht in einer Viertelstunde im Huslak“, fuhr der Mann sie an. Alle Freundlichkeit war aus seinem Gesicht verschwunden, sogar das Lächeln, das kalte, war weg. „Du redest jetzt mit mir. Jetzt und hier.“

Er machte einen Schritt nach vorne, schob sie dabei in ihre kleine Wohnung, drückte die Tür hinter sich zu und bellte sie an: „Hier rede ich mit dir, du kleines, eingebildetes Journalisten-Miststück.“

Und dann versetzte er ihr mit dem Handrücken einen derart wuchtigen Schlag ins Gesicht, dass sie nach hinten taumelte, sich an einem der Möbelstücke einzuhalten versuchte, allerdings keinen Halt mehr fand und seitlich zu Boden fiel. Vom Schlag auf die Nase schossen ihr die Tränen in die Augen. Sie konnte das Blut schmecken, das ihr aus der Nase in den Mund lief.

Der Mann, den sie nicht kannte, zerrte sie brutal in die Höhe. Das Handtuch rutschte vom Kopf, der Bademantel ging auf – war sie zuvor schon schutzlos gewesen, so war sie jetzt nackt.

Doch bei aller Angst und aller Verzweiflung hatte sie nur einen einzigen Gedanken. Und dieser Gedanke stempelte sich ihr Wort für Wort in Herz und Seele: Ich bringe dich um.

Ich. Bringe. Dich. Um.

FÜNFZEHN

Hosp hatte Tesi alles gesagt.

„Unter Vorbehalt, natürlich. Noch bedarf es der gründlichen Überprüfung der Aussagen, die mir vorliegen. Aber … so leid es mir tut … ich muss im Moment davon ausgehen, dass es so, wie ich es Ihnen berichtet habe, den Tatsachen entspricht."

Es war, als würde Tesi durch die Stimme des Kommissars aus ihrer Trance herausgeholt. Sie kam sich vor, als wäre sie in einem trüben Gewässer untergegangen und würde nun langsam auftauchen, das Wasser wurde heller und heller und plötzlich war sie draußen, sah alles klar und klarer – und hatte doch nur den einen Wunsch: wieder untergehen, hinunter bis auf den tiefsten Grund, und dort sterben und vermodern und verfaulen. Weg sein.

Ihr Pensionszimmer in der Nähe der Klinik hatte sie noch. Dorthin war sie gegangen, unterwegs hatte sie eine Flasche Cognac gekauft.

Den Schnaps hatte sie aus der Flasche getrunken, in großen Schlucken, und als nach zehn Minuten die Flasche nur mehr halbvoll war, hatte sie lachen können. Nicht über die Situation, nicht über die Welt, wie sie war oder hätte sein sollen. Nein, nur über sich selbst.

Wie lächerlich das alles war. Sie hatte sich ausgezogen und stand am Fenster, einem schmalen hohen Fenster, wie sie in den Altbauten oft zu finden waren. Draußen die Stadt, die Lichter der Geschäfte, die Lichter in den Häusern, die Lichter des Straßenverkehrs. Schräg gegenüber … War da nicht einer, der herüberschaute zu ihr? Und jetzt noch einer. Sie winkte den beiden mit der Flasche, lachend, und trank wieder einen Schluck. Heiß, wärmend, wohltuend lief der Cognac durch ihren Körper.

Die Männer winkten zurück.

Tesi lachte.

Sie stellte sich vor, wie es wäre, es hier am offenen Fenster mit einem dieser Männer zu machen. Wie sie sich einhielt, links und rechts am Fensterstock, leicht gebückt, und er hinter ihr stände mit heruntergelassenen Hosen.

Wieder lachte sie. So laut lachte sie, dass sie sich selbst hören konnte.

Und dachte, wie es wäre, wenn ihr der Mann in dem Moment, da sie aufschrie in ihrer Lust, einen Stoß mit der Hand geben würde, sodass sie vornüberkippte, aus dem Fenster hinaus, und drei Stockwerke tiefer auf das Straßenpflaster klatschte.

Jetzt lachte Tesi nicht mehr. Ganz ernst wurde sie. Sie musste die Überlegung zu Ende denken.

Sich selbst einen Stoß geben?

In ein paar Sekunden, dachte sie, in ein paar Sekunden ist alles vorbei.

Und wenn nicht? Wenn nicht alles vorbei ist? Wenn es mir nur die Knochen bricht oder das Rückgrat und ich die Schmerzen noch spüren kann, minutenlang, stundenlang, das restliche Leben lang?

Nein, nicht so. Anders.

Tesi wankte durch das kleine Zimmer, barfuß über den abgewetzten Teppichboden, zum fensterlosen Badezimmer. In ihrer Waschtasche würde sie alles finden: neben der Zahnbürste, der Zahncreme, der Seife, den Tampons, dem Parfüm und dem Deodorant, neben dem Kamm und der Haarbürste auch mindestens einen Einwegrasierer, womit sie sich üblicherweise die Achseln kahlrasierte oder die Schambehaarung zurechtstutzte.

Das Rasiermesser …

Doch im Bad war nichts. Nur die benutzten Handtücher und eine Flasche mit Flüssigseife, beides von der Pension gestellt.

Da fiel ihr erst ein, dass sie ja ohne alles gekommen war, ohne jegliches Gepäck, mit nichts dabei als dem, was sie anhatte und was sie in ihrer modisch voluminösen, dabei doch kaum gefüllten Handtasche mit sich trug.

„Du stinkst“, sagte sie zu sich selbst und sah in den fleckigen Spiegel über dem Waschbecken. Ihre Kleidung lag auf dem gefliesten Boden.

„Ja, glotz nicht so blöd, du stinkst.“

Sie nahm einen weiteren Schluck aus der Flasche und stellte sie dann auf dem Keramikbord unterm Spiegel ab, stützte sich auf den Waschbeckenrand und stierte ihre Doppelgängerin an.

Sie war entsetzt, wie alt, wie verlebt sie aussah. Und sie sah sich bestärkt in dem Entschluss, dem Leben, das ihr ohnehin nichts mehr wert war, ein Ende zu machen.

Doch wie?

Während sie noch darüber nachdachte, begann sie sich mit der Flüssigseife zu waschen. Unter den Armen, im Schritt, in der Pofalte. Dann versuchte sie, einen ihrer Füße ins Waschbecken zu hieven. Doch das misslang. Tesi war nicht mehr in der Lage, auf einem Bein zu stehen. Selbst auf zwei Beinen torkelte sie, wenn sie sich nicht ans Waschbecken klammerte. Sie gab es auf.

Ich habe es versucht, dachte sie.

Was habe ich versucht?

Versucht, keine stinkende Leiche zu sein.

Sie trank nochmals einen Schluck, schüttete den Rest ins Waschbecken und schlug die Flasche mit Schwung gegen den Beckenrand. Sie brach ein Stück unterhalb des Halses. Tesi hatte einen Griff mit einer zackigen Krone aus scharfem Glas in der Hand. Genau das, was sie brauchte.

Sie kehrte ins Zimmer zurück, mehr fallend als gehend, und in der Tat wäre sie beinahe gestürzt, was dann zur fatalen Folge hätte haben können, dass sie sich die Zackenkrone in die Brust oder den Bauch gerammt hätte. So aber wollte sie auch nicht sterben.

Sie warf sich aufs Bett, drehte sich auf den Rücken und starrte zum Plafond. Durchs geöffnete Fenster drang der Straßenlärm zu ihr herein. Sie hörte Automotoren und Hupen, von irgendwoher kam Musik, türkisch oder arabisch.

Von weit her ein Martinshorn, das sich näherte und lauter wurde, sich dann aber wieder entfernte.

Über dem Bett hing ein Lampenschirm aus Glas: schalenförmig mit hellgelbem Streifenmuster. Ein Kranz aus Stuck schien die Lampe zu rahmen. Tesi starrte zur Decke. Die Lampe schien sich zu bewegen, sanft zu kreisen, ein paar schwarze Flecken schimmerten durchs Glas, die Leichen dicker Fliegen, die im Schein der Glühbirne ihr Glück gesucht und ihr Unglück gefunden hatten.

Die Lampe drehte sich, die toten Fliegen fuhren Karussell und Tesi, die nackt auf dem Bett lag, musste lachen. Leise losprustend, dann immer lauter und heftiger, schallend.

Lachen: über das Letzte, was sie in ihrem Leben sehen sollte. Über den vergilbten Stuck in diesem abgelebten Pensionszimmer, über diese Lampe, die so aus der Zeit war, dass sie schon beinahe Kultcharakter ausstrahlte, und über die schwarzen Überreste der Fliegen, die vom Milchglas pietätvoll in Unschärfe gehalten wurden. Sie musste derart heftig lachen, dass es ihr den Leib zusammenkrümmte, sie sich zur Seite rollte und die Knie an ihren Oberkörper heranzog. Sie musste lachen, bis sie nicht mehr konnte, und bis dieses Lachen in Schluchzen und Weinen überging.

Sie lag auf der Seite, hatte den Arm, auf dem ihr Kopf ruhte, ausgestreckt, sie sah die Hand, den Unterarm, sah die Adern, die zum Handballen führten.

Tesi spürte eine heftige Übelkeit in sich aufsteigen. Es war lange her, dass sie so viel Schnaps getrunken hatte. Beinahe ein Kind war sie damals noch gewesen. In ihrer Clique hatte es dazugehört, sich wenigstens einmal bewusstlos zu trinken – wer am schnellsten umkippte, genoss die höchste Bewunderung.

Ich will nicht kotzen, dachte sie.

Ich will, dass alles vorüber ist.

Sie sah die Glaskrone in ihrer Rechten.

Nicht quer schneiden, dachte sie. Querschneider wollen gefunden und gerettet werden. Längs musst du schneiden, die

Venen einige Zentimeter lang aufschneiden, dann geht das auch schnell, dann ist alles bald vorüber.

Ein bisschen Angst hatte sie. Nicht vor dem Tod, sondern vor dem Schmerz, den der Schnitt mit sich bringen würde.

„Leck mich am Arsch!“, brüllte sie und fuhr sich im selben Augenblick mit dem scharfen Glas in ihren Unterarm. Das Blut spritzte dunkelrot auf den Boden, das Bett und auf ihren Körper.

Auch wenn ihr Blick nicht mehr auf die Lampe fiel, so dachte sie doch an nichts anderes als an die toten Fliegen.

***

Amelie Deschner wusste eines ganz genau: Sie würde diesen „Besuch“ nicht überleben, wenn es ihr nicht gelang, diesem Kerl zuvorzukommen. Er hatte sie überfallen, gefesselt, hatte sie in seiner Gewalt – und sie würde ihn genau beschreiben können, würde ihn jederzeit wiedererkennen, würde ihn anzeigen und vor Gericht zerren und dafür sorgen, dass er eingebuchtet wurde, am besten gleich auch noch in der Psychiatrie, wo er ihrer Ansicht nach hingehörte.

Sie wusste nicht, was der Mann von ihr wollte. Aber sie wusste, dass ihre Chancen nicht gut standen: Sie hockte mit auf den Rücken gefesselten Händen und zusammengebundenen Füßen am Boden, ihr Bademantel stand offen und gab ihre Scham und ihre Brüste preis, wogegen sie sich durch nichts schützen konnte, und der Kerl saß auf der Kante eines Stuhls und sah sie einfach nur an. Es kam ihr vor, als würde er überlegen, was er eigentlich hier wollte.

Ich weiß genau, was du willst, du Sau. Du willst nicht nur über meine Zeitungsberichte reden. Ich seh es dir an den Augen an. Du genießt es, mich in deiner Gewalt zu haben. Und du willst es noch viel mehr genießen. Okay, lass uns schauen, wer am Schluss der Stärkere ist. Wer bereit ist, dem anderen ein Auge so lange in die Höhle zu drücken, bis der Augapfel platzt.

Amelie wusste, dass sie sich mit diesen Gewaltphantasien selbst Kraft und Hoffnung suggerierte. Den Gedanken, von diesem Mann vergewaltigt und erwürgt oder erstickt zu werden, verdrängte sie sofort, indem sie immer daran dachte, ihn ihrerseits zu quälen, ihm die größten Schmerzen zuzufügen, die sie sich nur vorstellen konnte.

Sie hätte schreien können. So laut und schrill, dass es einfach von jemandem gehört werden musste. Doch sie war sich hundertprozentig sicher, dass sie tot wäre, noch bevor jemand ihre Hilferufe als solche einordnen und vielleicht orten konnte. Der Mann hatte das Klappmesser, mit dem er die Schnüre für ihre Fesseln geschnitten hatte, offen vor sich auf dem Tisch liegen. Drei Sekunden, höchstens, würde sie schreien, dann hätte sie das Messer im Hals stecken.

Ich muss mich ihm anbieten, dachte sie. Muss ihn anlocken. Aber nicht zu deutlich, nicht, dass er den Braten riecht oder die Lust verliert. Ich muss ihn locken und ihm gleichzeitig das Gefühl geben, dass er mich beherrscht, dass ich ihm ausgeliefert bin, dass er die Regeln diktiert. Aber, verdammt noch mal, als Erstes muss ich die Hände frei haben.

„So kommst du nicht in mich rein, das kann ich dir sagen. Bin ja gefesselt, dass ich die Beine gar nicht mehr rühren kann“, sagte sie. „Da wirst du wenig Spaß haben.“

Der Mann starrte sie nur an. Noch immer schien er nachzudenken, was er mit ihr anfangen wollte. Offensichtlich war er kein Sexualtäter, der sich jetzt begierig auf sie stürzte. Offensichtlich wollte er wirklich etwas anderes, etwas, das mit der Zeitung zu tun hatte. Aber er war eben auch ein Kerl, vor dem sie nackt am Boden kauerte, der Gewalt gegen sie angewendet hatte und der es auch in sexueller Hinsicht tun würde, ob er das nun vorgehabt hatte oder nicht.

Plötzlich schien der Mann seine Gedankenverlorenheit abzuschütteln. Er schaute Amelie verächtlich an.

„Ich bin nicht wegen deiner kleinen Fotze hier“, sagte er. „So toll, wie du dir vorkommst, bist du nämlich auch wieder nicht.“

Er stand auf, ging zum Kühlschrank, ohne Amelie dabei aus den Augen zu lassen. Bier war keines darin, die angebrochene Flasche Weißwein interessierte ihn nicht. Er nahm eine Dose Cola, riss den Verschluss auf und trank in großen Schlucken.

„Erzähl mir was“, sagte er, ein Rülpsen unterdrückend. „Was weißt du über den Kerl, den sie in Stans gefunden haben? Lebt er noch?“

Amelie nickte.

„Er lebt also noch. Und wie lebt er? Wie schwer ist er verletzt? Liegt er im Koma oder was? Red schon …“

Amelie sagte ihm, was sie wusste. Aber sie sagte ihm nicht alles. Dass Demhardter im Koma lag, das ja. Dass zwei junge Frauen festgenommen worden waren, das auch. Von Vergewaltigung sagte sie nichts. Nichts von Rache und schon gar nichts davon, dass sie gehört hatte, Demhardter solle gemeinsam mit einem anderen Mann eine der jungen Frauen missbraucht haben.

„Und warum ist das alles so interessant für Sie?“, stellte sie jetzt ihrerseits eine Frage. Sie bewegte sich so, dass er ihre Brüste wippen sehen musste.

„Warum mich das interessiert? Das geht dich einen Scheißdreck an. Aber ich bin mir sicher, dass du mir noch lange nicht alles gesagt hast, was du weißt.“

Er trat an sie heran, blieb dicht vor ihr stehen und kippte ihr den Rest aus der Coladose übers Gesicht. Sie drehte sich angewidert weg, erlangte aber gleich wieder ihre Fassung zurück. Zu ihm aufschauend sagte sie: „Turnt dich das an, deinen Saft auf eine gefesselte Frau zu spritzen?“

Der Mann schien irritiert. Amelie sah ein Flackern in seinem Blick, eine Unsicherheit, die ihr die Hoffnung gab, auf dem richtigen Weg zu sein. Ein Weg, der über Leben und Tod entscheiden musste, das wusste sie nur zu genau. Sie wusste aber auch, dass alles besser war, als sich tatenlos ins Schicksal zu fügen.

Der Mann holte aus und schlug ihr ein weiteres Mal ins Gesicht. Weniger fest als beim ersten Mal, doch so stark, dass sie gänzlich zur Seite fiel. Sie ahnte mehr als dass sie es sah, wie der Mann sich zu ihr niederbückte, sie auf den Bauch drehte, was fürchterlich schmerzhaft war, weil sie dabei aufs Gesicht fiel, und wie er sich an seiner Hose zu schaffen machte. Sie hörte, wie der Gürtel aus der Schließe gefädelt wurde, und sie hörte den Reißverschluss des Hosenschlitzes.

Panik stieg in ihr auf. Die mörderische Angst, von hinten vergewaltigt und von hinten erdrosselt zu werden. Sie war völlig wehrlos. Sie hatte nur mehr eine Chance – und die bestand darin, in den nächsten Sekunden die richtigen Worte zu finden …

***

„Ich könnte mitkommen“, sagte Gendi, als er Tobs beim Packen antraf.

„Ich dachte, du wolltest mit einem Kumpel ins Elbsandstein.“

Gendi zuckte mit den Schultern. „Klappt nicht. Er hat jetzt doch keine Zeit. Deshalb wollte ich eh fragen, ob ich vielleicht noch ein paar Tage bei dir …“

„Frag nicht so blöd“, gab Tobs zurück. „Das Haus steht leer. Platz genug.“

Grinsend fügte er hinzu: „Und da du nicht gegen die Hausordnung verstößt … zumindest nicht gravierend …“

Gendi legte die Stirn in Falten und sah Tobs fragend an.

„Schau nicht so“, sagte Tobs. „Kiffen in Mutters Wohnzimmer verstößt halt doch gegen die Vorschriften. Genauso wie der Umstand, dass ich mitten in der Nacht im Bad auf ein wildfremdes und splitternacktes Mädchen treffe. Also: Diese Missstände müssen abgeschafft werden. Zum Kiffen könnte man ja auch den Hausherrn einladen, und was das Mädchen betrifft – Sara, glaube ich –, sollte man auch nicht Partys feiern, ohne mich dazu …“

„Tolle Kletterin“, unterbrach Gendi ihn. „Wirklich ganz famos. Irres Bewegungstalent, kann ich dir sagen.“

Tobs' Gedanken waren zwar bei Sara und ihrem Bewegungstalent, jedoch nicht beim Klettern. Doch Gendi riss ihn heraus aus den Phantasien eines sexuell im Hintertreffen befindlichen Mannes.

„Also, was ist nun? Soll ich mitkommen? Kann ich mitkommen? Ihr wollt auf den Gletscher, hast du gesagt. Da wären wir zu dritt besser aufgehoben als in einer Zweierseilschaft, findest du nicht? Und außerdem …" Gendi zögerte.

Tobs fragte: „Was, außerdem?"

„Außerdem wäre es vielleicht gar nicht schlecht, dich nicht mit diesem Phil allein zu lassen. Wenn mich nicht alles täuscht, willst du doch die Gelegenheit nutzen und ihn zur Rede stellen …"

Tobs nickte. Er sah auf den Haufen Bergausrüstung zu seinen Füßen: Seile, Gurte, Bergstiefel, Eisäxte, Steigeisen, Helm – alles lag in einem einzigen großen Durcheinander. Er dachte an Ricardo, seinen allerbesten Freund, mit dem ihn so viel mehr verband als gelegentlich das Seil. Ricardo hatte ihm geraten, allein mit Phil aufzubrechen, ein Gespräch unter vier Augen zu suchen. Doch das war zu einem Zeitpunkt gewesen, als Tobs' Zweifel an dem Unfallhergang noch geringer waren als jetzt.

„Okay", sagte er zu Gendi. „Morgen geht's los. Wir hatschen zur Berliner Hütte hinauf, übernachten dort. Am nächsten Tag zum Großen Möseler. Müssen halt schauen, was dort geht."

„Kenn ich nicht", sagte Gendi.

„Du kennst die Berliner Hütte nicht?"

„Die schon", sagte Gendi. „War da mal, vor ewigen Zeiten. Aber den Berg … Wie heißt er gleich wieder?"

„Großer Möseler."

„Den kenn ich nicht. Schwierig?"

„Nein. Aber es kommt natürlich drauf an, was wir machen. Ich habe keine Ahnung, ob es das Firndreieck noch gibt. Du weißt ja: Klimawandel, Gletscherschmelze. Aber daneben führt der Waxeckgrat hinauf. Kombiniertes Gelände, sieht rassig aus, habe ich schon lange auf dem Plan."

„Ein Problem gibt es“, sagte Gendi. „Ich habe keine Steigeisen hier.“

Doch diese Sorge war unbegründet. Tobs war sicher, in seinem üppigen Fundus an Bergsteigerausrüstung und Kletterzeug noch ein weiteres Paar zu finden. Ein älteres Modell zwar, aber gewiss noch brauchbar.

Sie würden also gemeinsam aufbrechen – und Phil damit überraschen, dass noch jemand mit von der Partie war.

Eine Frage brannte Tobs allerdings noch unter den Nägeln.

„Das Mädchen“, sagte er. „Sara.“

„Was ist mit ihr?“

„Gehört sie zu dir?“

Auf Gendis Gesicht erschien ein Lächeln, das sich immer mehr ausbreitete.

„Sara“, sagte er schließlich, „gehört niemandem. Sara gehört nur sich selbst.“

***

In der Nacht gab es erste Anzeichen, dass Mario Demhardter aus dem Koma erwachen würde. Mehrfach öffnete er für wenige Momente die Augen. Bald war es möglich, die Beatmungsmaschine abzuschalten. Sein Körper erholte sich; ob auch sein Gehirn jemals wieder normal arbeiten würde, blieb vorerst weiter fraglich.

Für das Team auf der Intensivstation war die Verbesserung von Demhardters Zustand das Highlight der Woche. In den letzten vierundzwanzig Stunden waren zwei der Patienten verstorben, der eine war noch ein Kind gewesen, ein elfjähriger Bub, der vor ein Auto gelaufen war.

Die in dieser Nacht diensthabende Ärztin Hillmeier war so glücklich, nach zweimal Exitus nun wieder einen Erfolg zu haben, dass sie sich für ein paar Minuten von der Station verabschiedete, um im Eingangsbereich des Gebäudetrakts eine Zigarette zu rauchen. Jetzt war sie überzeugt, dass dieser Patient durchkommen würde. Wie sein weiteres Leben verlaufen würde, war eine andere Frage – sowohl vom medizinischen wie vom juristischen Standpunkt her. Auf ihrer Station war jeder kleine Erfolg ein großer Erfolg.

Wenn ich wieder auf die Welt komme, dachte sie, werde ich Orthopädin. Oder ganz etwas anderes, was nichts mit Medizin zu tun hat, vor allem nichts mit kaputten Schädeln.

Mario Demhardter hingegen, der zu diesem Zeitpunkt und noch lange nicht wissen konnte, dass es ihn gab, hätte später viel dafür gegeben, nie mehr aus dem tiefen Schlaf erwacht zu sein. Sein Leben sollte fortan eines sein, das er nicht mehr haben wollte. Zum Glück sollten die lichten Momente, in denen er davon etwas mitbekam, selten sein.

SECHZEHN

Was er hier eigentlich tat, ob das Sinn machte oder nicht, ob er sie töten musste oder am Leben lassen konnte – er hatte nicht die geringste Ahnung. Er war in die Wohnung eingedrungen, hatte dieses Mädchen überwältigt und stand plötzlich mit einem Bein im Gefängnis.

Während er die Cola getrunken hatte, war er der Frage nachgehangen, ob er diesen Überfall eigentlich vorgehabt hatte. Es musste so sein – er hatte das Klappmesser und die Paketschnur parat gehabt. Und doch kam es ihm vor, als wäre er einfach plötzlich in der Wohnung gestanden, ohne Plan, wie ferngesteuert.

Ich habe mich hinreißen lassen, dachte er. Ich habe die Kontrolle verloren, wieder einmal.

Am liebsten wäre er aus der Wohnung gerannt, ins Auto gestiegen, davongefahren. Doch das war keine Lösung. Nicht mehr.

„Du tust mir weh“, sagte das Mädchen, das vor ihm lag.

Sie hat eine richtige Mädchenstimme, dachte er. Ja, wie ein Schulmädchen. Und sie sah auch noch wie ein Schulmädchen aus.

„Du brauchst mir doch nicht dauernd wehzutun“, hörte er ihre Schulmädchenstimme. „Ich weiß was viel Besseres, als mich so zu behandeln. Ich bin eine Frau, verstehst du. Ich hab seit Monaten keinen Mann mehr gehabt. Du musst mich nicht schlagen, um mich zu bekommen.“

Sie wälzte sich herum, kam auf der Seite zum Liegen, schaute von unten zu ihm herauf.

Sie lächelt, dachte er. Verdammt noch mal, sie lächelt.

„Du musst mir wirklich nicht weh tun.“

Jetzt war ihre Stimme ein Flüstern, ein lockendes Flüstern.

Er griff zum Messer und schnitt ihr die Fußfesseln mit einem einzigen Ruck entzwei.

Ich will sie ja gar nicht umbringen. Habe doch nie jemanden umgebracht. Vielleicht …

Seine Gedanken schweiften ab, für Momente sah er seine Frau, sein Kind, das schöne Zuhause. Doch jetzt war das eine vergangene Welt, in die er wahrscheinlich nicht mehr zurückkehren konnte. Vieles, nein, alles hing von diesem Mädchen ab, das nackt vor ihm lag und dabei war, sich mühsam aufzurichten.

Ja, sie war ein Mädchen. Viel jünger wirkte sie, als sie eigentlich war. Ihre Augen hatten etwas Kindliches, mit ihrem Mund schmollte sie ihm, weil er sie ... na ja ... ein bisschen härter angefasst hatte, und ihr Körper ... ihr Körper ...

Er konnte sich nicht sattsehen und seine Erregung war so groß, dass sein erigiertes Glied beinahe schon schmerzte.

Was er sah, war der burschikose Körper einer Vierzehn- oder Fünfzehnjährigen. Die Brüste waren klein und spitz und wirkten so, als wären sie noch nicht ausgereift. Das Gesicht des Mädchens war freundlich, schön anzusehen trotz des Blutrinnsals, das ihr aus der Nase zum rechten Mundwinkel lief. Sie war die Verkörperung jener Phantasien, die er als Jugendlicher gehabt hatte. Jener Sehnsüchte, die nie in Erfüllung gegangen waren. Schlimmer noch: die ihm zur Qual geworden waren, weil diese Miststücke ihn gelockt und geil gemacht, sich dann aber immer von ihm abgewendet hatten. Andere Typen hatten sie bekommen, er nicht. Unzählige Male hatte er sich gefragt, woran es lag, was er falsch machte, doch er hatte nie eine Antwort gefunden. Wie er sie gehasst hatte, diese Drecksgören, die mit ihm spielten, sich einen Spaß daraus machten, ihn an der Nase herumzuführen.

Und jetzt kauerte diese Kleine vor ihm, nackt, ein Lächeln im Gesicht und offenbar ganz scharf darauf, es mit ihm zu tun. Was hätte er dafür gegeben, so etwas vor fünfzehn Jahren erlebt zu haben.

Und wenn es eine Falle ist?, dachte er. Wenn auch sie nur versucht, mich an der Nase herumzuführen? Wenn sie das einfach nur macht, damit sie mir entkommt?

„Willst du etwa nicht?“, sagte sie jetzt und schien noch mehr zu schmollen. „Bin ich hässlich? Bin ich nicht dein Typ? Dein

Schwanz steht doch auf mich … Und außerdem …“, fügte sie hinzu, „und außerdem steh ich auf Sex mit wildfremden Männern.“

Er sah an sich hinunter. Sein Glied streckte sich weit aus der geöffneten Hose. Er musste nur in sie eindringen. Doch als er sich nach vorne beugte und ihr die Beine auseinanderdrücken wollte, wurde sie aggressiv. Sie strampelte und ihre Augen schienen geradezu Feuer zu sprühen.

„Das macht dir wohl Spaß, eine gefesselte Frau zu packen“, plärrte sie. „Mir aber macht das keinen Spaß. Ich will auch was von der Sache haben, nicht nur du! Verstehst du? Ich will mich bewegen können, unter dir und auf dir. Und ich will mit den Händen was machen können, was du auch magst. Aber so … so kannst du mich bestenfalls am Arsch lecken!“

Was sollte dieses Mädchen ihm tun können? Sie war klein, zierlich, nicht halb so stark wie er. Er trat hinter sie und schnitt ihr die Schnur von den Handgelenken.

„Schon besser“, sagte sie, während sie sich die Knöchel rieb. „Ein Problem gibt es noch. Kein großes. Nur so ein Frauenleiden. Ich kann noch so geil sein, ich bleibe immer trocken.“

Er brauchte ein paar Sekunden, ehe er verstand, von was sie sprach.

„Wie gesagt, nur ein kleines Problem. Ich habe eine Creme. Mit der flutscht es richtig.“

„Ich gehe weg von hier“, hörte er sich sagen. „Noch heute Nacht.“ Und nach kurzem Zögern: „Du könntest mitkommen “

Sie sah ihn an, fragend, prüfend. Und dann lächelte sie wieder, genau wie vorhin, dieses betörende Schulmädchenlächeln, das ihn so unheimlich in Fahrt gebracht hatte, dass er es jetzt nicht mehr erwarten konnte, sie zu spüren, sich in ihr zu spüren.

„Vielleicht“, sagte sie neckisch. „Bevor du weggehst, gehst du aber erst mal ins Bad. Auf der Konsole liegt eine Cremetube. ‚Ami’s little Helper‘ steht darauf. Und dann … dann zeigst du mir, was du drauf hast.“

Er konnte sein Glück nicht fassen. Seine Hose hochhaltend, tat er die paar Schritte zum Badezimmer, suchte und fand die Creme in wenigen Augenblicken und warf ihr die Tube zu.

Hastig zog er sich aus. Zuerst die Schuhe, dann die Hose und die Unterhose. Und dann, nach einem kurzen Zögern, auch noch Pulli und Hemd. Begierig sah er sie dabei an und genoss es, wie sie die Creme, die ihn in sie hineingleiten lassen würde, zwischen den Daumen, Zeigefingern und Mittelfingern beider Hände verrieb.

„Komm her", sagte sie. Sie spreizte die Beine weit. „Du musst mir helfen."

Beinahe zitternd kniete er sich vor sie hin. Sie war ein Mädchen, eines, wie er es immer hatte haben wollen. Er verspürte ein ungekanntes Glück in sich, während sie noch immer die Creme in den Fingern verrieb.

„Komm näher", sagte sie.

Er beugte sich über sie, war so nah, dass sein Penis über ihren Schenkel strich.

„Aah ..."

Das Mädchen stöhnte auf und er fühlte sich dem Himmel so nah.

Doch es war nicht der Himmel, es war die Hölle.

***

Lonni sah durch ein Fenster, das aus Glasbausteinen bestand, die draußen noch von einem Gitter gehalten wurden, den Tag zu Ende gehen. Sie war nicht allein, sie teilte die Zelle im Untersuchungsgefängnis mit einer anderen Frau. Diese Frau war um die dreißig und hatte zunächst versucht, mit Lonni ins Gespräch zu kommen. Weil die aber keine Antwort gegeben hatte, sah man einmal von Nicken oder Kopfschütteln ab, war es ihr zu blöd geworden. Sie hatte sich auf ihre in der Wand verankerte Liege geschmissen und einiges vor sich hingemurmelt, was etwa so klang wie „Wer nicht will, der hat schon" oder auch „Du kannst mich mal".

Lonni hockte stumm auf der ihr zugeteilten Pritsche in der spartanisch ausgestatteten Zelle. Sie fragte sich die ganze Zeit, wie es ihrem Vater ging. Und Katha? Man hatte sie in einer anderen Zelle untergebracht und es gab keine Chance, mit ihr in Kontakt zu treten.

Nach einiger Zeit legte sie sich auf die braune Decke mit der Aufschrift „Justiz“ und drehte sich zur Wand, die über und über bekritzelt und mit eingeritzten Zeichen versehen war. Namen waren fahrig hingeschrieben: Paul, Anna, King. Striche waren geritzt, die wohl die Tage markieren sollten, die jemand hier hatte verbringen müssen. Herzen waren mit Kugelschreiber oder Bleistift auf den bleichen Putz gezeichnet, manche mit Pfeil darin, manche ohne, ein paar recht gekonnt, andere in künstlerischer Hilflosigkeit. Doch es gab nicht nur Herzen, sondern auch solche Kritzeleien, die den körperlichen Aspekt dessen, was unter Liebe verstanden wurde, zum Ausdruck brachten: mehrere Penisse, halb schlaff oder steif oder eine gestrichelte Fontäne von sich gebend, genauso wie schematisierte Vulven, deren Behaarungen wie Kaktusstacheln aussahen. Und dann waren da ja noch alle möglichen Sprüche, etwa „Fuck the Jail“ oder „Ich liebe dich, M.“ oder „Wenn ich hier rauskomm, bring ich euch alle um“ oder auch Texte in Sprachen und Schriften, die ihr nicht geläufig waren.

Lonni lag einfach nur da und schaute die Zeichen an, die der Wand neben ihrer Pritsche ein eigenartiges Muster verliehen. Sie verspürte eine ganz eigene Faszination von diesen Hieroglyphen ausgehen. Etwas, das sie an Zeiten „erinnerte“, die lange vor ihrer Geburt lagen: Urzeiten.

Sie strich mit den Fingerspitzen über Linien, Kurven und Buchstaben. Der Putz war rau und fühlte sich kühl an. Sie stellte sich vor, wie es wäre, alles detailgetreu abzuzeichnen. Oder, besser noch, zu fotografieren. Sie wandte den Kopf und sah hinüber zu ihrer Zellengenossin. Die hatte Papier und einen Kuli. Doch Lonni wollte nicht fragen.

Wieder widmete sie ihre Aufmerksamkeit den archaischen Graffiti. Sie las jetzt mit der Fingerspitze ihrer rechten Hand, fuhr Buchstaben um Buchstaben nach und begann, lautlos, mit ihren Lippen die Worte zu formen: Sch…wul…e…Sa…u… Wer…will…fi...cke…n…Hier…ist…die…Hö…lle…

Sie überlegte, wie sie es anstellen konnte, nach ihrer Entlassung, die zwar in weiter Ferne lag (das war ihr schon klar), die Genehmigung zu bekommen, in verschiedenen Gefängnissen Österreichs diese Hinterlassenschaften von Untersuchungsgefangenen und verurteilten Häftlingen fotografieren zu dürfen.

Die Relikte ihres Höhlendaseins.

Das war es, was sie derart beeindruckte: Die Herzen und die Genitalien, die verzweifelten und die unflätigen Äußerungen waren nichts anderes als Höhlenmalereien.

***

Zur selben Zeit lag Brunner in seinem Krankenbett, die Arme hinter dem Kopf verschränkt, die Augen auf die weiße Zimmerdecke gerichtet, und hing seinen qualvollen, erdrückenden Gedanken nach. Hosp war noch einmal vorbeigekommen, hatte ihn über Neuigkeiten in der Sache Mario Demhardter informiert. Nein, er hatte ihn nicht informiert – er hatte versucht, ihm etwas schonend beizubringen. Es war gut gemeint, doch schonend zu sein, gelang Hosp mit dieser Botschaft nicht.

Brunner hatte erfahren, dass seine Tochter Lonni in den Fall verwickelt war. Dass sie Demhardter halb totgeschlagen hatte. Dass man nicht wusste, was aus dem jungen Mann werden würde.

Zwar aus dem Koma erwacht, dachte Brunner, aber nicht richtig im Kopf.

Er empfand kein Mitleid für Demhardter. Es wäre ihm egal gewesen, ob er tot war, ein auf immer schwer behinderter Pflegefall oder ob er wieder zurückkehren würde ins Leben – hätte nicht vor allem für Lonni zu viel davon abgehangen. Mit ihrer Vorgeschichte bekam sie wahrscheinlich ein milderes Urteil, aber es machte einen gehörigen Unterschied, dass jemand überlebte, anstatt gestorben zu sein.

Dem Alten mit den weißen Haaren und dem Rauschebart ging es nicht gut. Er röchelte im Schlaf und wälzte sich umher.

Wenigstens schwafelt er nicht mehr die ganze Zeit, dachte Brunner. Und er ärgerte sich darüber, dass sich die Schwester nicht darum gekümmert hatte, ihn oder den Alten in ein anderes Zimmer zu verlegen.

Wenn ich auf der Hütte gestorben wäre, hätte ich alles hinter mir, dachte er. Aber was würde dann aus Lonni? Sie braucht mich, hat mich immer gebraucht. Jetzt kommt sie ins Gefängnis und ich auch. Verfluchte Scheiße, was soll aus uns nur werden? Welche Drecksgene stecken in uns, dass wir uns in einen derartigen Sumpf manövrieren? Warum Lonni? Warum ich? Warum das alles?

Besonders die Vorstellung, dass dieses Krankenzimmer seine letzte Station vor dem Gefängnis war, deprimierte ihn und machte ihn gleichzeitig wütend.

Wenn ich Hosp frage?, dachte er, als er sich wieder ein wenig beruhigt hatte.

Viel Hoffnung hatte er nicht. Doch fragen kostete nichts. Mehr als eine Absage konnte er nicht bekommen. Er beschloss, es wenigstens zu versuchen.

Und mit diesem Hoffnungsschimmer schlief er ein, ungeachtet der störenden Geräusche, die der alte Mann verursachte, den er einmal für Gott gehalten hatte.

Ich werde ihn fragen. Hosp. Morgen, hat er gesagt, kommt er wieder vorbei.

Ich werde ihn fragen. Morgen.

Fragen.

***

Zur selben Zeit beugte sich Haim über Amelie. Sie fühlte seinen feuchten Penis auf ihrem Schenkel, und sie spürte sein grenzenloses Begehren, seine Gier.

Liebe macht blind, dachte sie.

Es war an ihr, das unter Beweis zu stellen.

Sie schnellte mit den Händen nach vorne, packte den Mann an den Ohren und drückte ihm im selben Moment die Daumen mit aller Kraft in die Augen.

Er stöhnte auf, war im ersten Augenblick nicht in der Lage, die Situation zu erfassen. Und im nächsten war es bereits zu spät. Der Mann begann zu schreien, griff nach ihr, nach ihren Handgelenken, riss sie von sich weg. Doch ihre Angst, dass er sich jetzt auf sie stürzen würde, war unnötig. Schreiend drückte er seine Handballen in die Augenhöhlen. Er heulte wie ein gequälter Hund. Sein Glied wurde schlaff, der ganze Körper begann zu zittern, dennoch rappelte der Mann sich auf, schreiend, immer weiter und lauter schreiend, und torkelte mit den Händen im Gesicht durchs Zimmer. Er stieß gegen Möbel und Wände, und Amelie sah das gebannt mit an.

„Was hast du gemacht, du Schlampe", brüllte der Mann. „Du dreckige Hure, ich bring dich um, ich bring dich um!"

Er nahm die Hände von den Augen, versuchte etwas zu sehen, doch wie es schien, sah er nichts. Er stürzte über einen der Stühle, schlug mit der Schulter auf und schrie noch mehr.

Amelie realisierte, dass sie selbst handeln musste. Die Salbe, die sie samt „Gebrauchsanweisung" bei einer Reise nach Indonesien von einem Jungen namens Satria bekommen hatte („It's very good for a young girl like you!", hatte er zu ihr gesagt. „A strong weapon against every enemy."), war gut. Doch sie hatte sie nie zuvor anwenden müssen und wusste deshalb nicht, ob es dieser sonderbaren, Augen und Schleimhäute angreifenden Chemiewaffe gelingen würde, den Mann unschädlich zu machen.

Mach ihn fertig, befahl sie sich. Mach ihn fertig – und denk dran: Er hätte dich umgebracht, egal, was er herumschwadroniert hat.

Auf dem Tisch stand eine schwere Glasschale, ein Geschenk ihrer Eltern. Ein runzliger Apfel lag darin. Sonst nichts.

Amelie nahm die Schale und beobachtete den Mann, der sich schluchzend und jammernd und unverständliches Zeug fluchend aufzurichten versuchte.

Als er, ganz offensichtlich nicht in der Lage, auch nur einen halben Meter weit zu sehen, so weit hochgekommen war, dass sein Kopf etwa in Höhe von Amelies Bauchnabel war, schlug sie zu. Mit beiden Händen und mit aller Kraft wuchtete sie die Schale auf den Hinterkopf des Mannes.

Die Schale barst. Zu Amelies Überraschung zerbrach sie nicht in viele kleine Stücke, sondern nur in zwei ungefähr gleich große Teile.

Der Mann verstummte in dem Moment, als ihn der fürchterliche Schlag traf. Das Schreien, Schluchzen, Jammern, Fluchen – alles war vorbei. Nur mehr der Aufschlag des Körpers am Boden und dann das pfeifende Geräusch, mit dem die Luft aus den Lungen wich.

Amelie wusste nicht, ob er tot war oder nur bewusstlos. Sie sah Blut aus seinem Ohr laufen und tendierte zu Ersterem. Sie trat einen Schritt zurück und sah sich den Mann an, den sie scheinbar getötet hatte. Er lag da mit einem blöden Gesichtsausdruck und um die Augen war er, soweit sie das sehen konnte, heftig rot verfärbt. Der runzlige Apfel rollte noch durchs Zimmer.

Ich muss mir die Hände reinigen, dachte sie. Gründlich.

Und sie war erstaunt über sich selbst: Wie ruhig sie war, nachdem sie sich doch gerade erst aus akuter Lebensgefahr befreit und dabei diesen Mann getötet hatte.

Besser so als anders, dachte sie.

Auf dem Weg zum Bad schaute sie sich noch einmal um. Der Mann lag da wie ein gefällter Baum. Nichts regte sich. Sie ließ die Badezimmertür offen, um den Toten im Blick zu haben, während sie ihre Finger erst mit Seife und Nagelbürste, dann mit Nagellackentferner und schließlich noch einmal mit Seife reinigte. Alles blieb ruhig.

Erst ganz allmählich stellte sich die Erleichterung, ja das Gefühl der Erlösung bei ihr ein. Der Mann hatte sie missbrauchen und höchstwahrscheinlich auch töten wollen. Sie hatte sich gewehrt und war als Siegerin aus diesem Kampf auf Leben und Tod hervorgegangen. Sie war stolz auf sich.

Auch hatte sie keinerlei Gewissensbisse, den Mann erschlagen zu haben. Geschieht ihm ganz recht, dachte sie. Geschieht ihm ganz recht. Ich werde mir etwas anziehen und dann die Polizei verständigen. Notwehr.

Ihre Hände zitterten jetzt, auch die Knie begannen zu zittern. Sie ließ sich auf das Klo fallen und entleerte ihre Blase in einem langen und lauten Strahl.

Als sie wieder stand, die Toilettenspülung betätigte und ins Zimmer hinausblickte, wurde sie vom puren Entsetzen gepackt. Der Mann, den sie getötet zu haben glaubte, lag nicht mehr da.

Was, wenn er wieder auf die Beine gekommen war und nun, für sie nicht sichtbar, im Flur neben der Badezimmertür auf sie wartete? Sie würde nicht einmal die zwei Schritte bis zur Wohnungstür schaffen.

Das gibt es doch nicht, dachte sie.

Das kann es doch gar nicht geben. Er war tot. Und wenn nicht tot, dann doch gewiss nicht mehr in der Lage, auf die Füße zu kommen und, während die Klospülung rauschte, ans Badezimmer heranzuschleichen, um nun darauf zu warten, dass er sich an ihr rächen konnte.

Sie sah sich nach etwas um, was sie als Waffe nutzen konnte. Das Einzige, was sie auf Anhieb fand, war eine Nagelschere. Besser als nichts, aber wirklich nicht viel besser.

Bevor sie mit dem Mut der Verzweiflung hinausstürmte, fischte sie erst noch eine Unterhose und ein Shirt aus der miefigen Schmutzwäschebox, die neben der Dusche stand. Sie hielt es nicht aus, noch länger nackt zu sein. Es kam ihr beinahe vor, als würde schon die dürftigste Bekleidung einen Schutzschirm um ihren zitternden Körper bilden.

Amelie war einmal mehr entschlossen, den Mann zu töten (soweit das mit einer Nagelschere überhaupt möglich wäre). Und wenn nicht zu töten, so ihn immerhin doch so schwer zu verletzen, dass er ihr nicht mehr folgen konnte, wenn sie aus der Wohnung lief.

Doch sie musste ihn weder töten noch neuerlich verletzen.

Der Mann lag in der Tat nicht mehr dort, wo sie ihn zurückgelassen hatte. Er musste auf die Knie gekommen und ein kleines Stück weit gekrochen sein. Jetzt saß er, halb liegend, mit dem Rücken gegen die Wand gelehnt. Sein Kopf hing auf die Brust, Erbrochenes bildete einen großen, gelbgrünen Flecken auf seiner kaum behaarten Haut. Er war still. Doch er war nicht tot. Er musste gehört haben, dass Amelie den Raum wieder betreten hatte, denn er hob den Kopf und versuchte etwas zu sagen.

Sein Anblick war fürchterlich.

Er war so weiß wie ein Toter in einem Fernsehkrimi. Nein, fahler noch. Blut lief ihm aus einem Ohr und aus einer im Haar verborgenen Wunde am Kopf. Das Schlimmste aber war die Augenpartie. Statt der Augenhöhlen und der sie beschattenden Brauenzonen, wölbten sich hier ungeheure, fleischrote Schwellungen. Auch wenn das in diesem Moment lächerlich wirkte und nicht im Geringsten zur Ernsthaftigkeit der Situation passte: Amelie fiel kein besserer Vergleich ein als der mit den roten, abstrus verschwollen Hinterteilen von Pavianen.

Der Mann schien zu ahnen, wo Amelie sich befand. Er reckte den Kopf in ihre Richtung, schien etwas sagen zu wollen, rülpste aber nur einen weiteren Schwall seines Mageninhaltes hoch.

Amelie wollte sich schon umdrehen und aus der Wohnung fliehen, als sie von seiner Stimme oder vielmehr dem, was davon noch übrig war, zurückgehalten wurde. Diese Stimme schien aus den Tiefen der Erde zu kommen, es waren Worte aus dem Grab.

„Hiiilf…miir…Huu…re.“

Und nach Würgen und Stöhnen noch einmal:

„Hiilf…hiiilf…Dok…tor…schnäää…ll.“

Amelie wandte sich um und rannte in den Flur. Sie riss das Ladegerät aus der Steckdose neben der Wohnungstür, nahm das Handy, fingerte den Autoschlüssel vom Schlüsselbord (ein Geschenk ihres kleinen Bruders; er hatte es selbst gebastelt), griff sich den kurzen Mantel, der an der Tür hing, und stürmte aus dem Haus.

Sie fuhr bis nach Schwaz, hielt vor der Polizeidienststelle und wählte die Notrufnummer. Sie zitterte am ganzen Körper, sie hörte ihre Zähne klappern.

„In meiner Wohnung sitzt ein fast toter Mann“, sagte sie, sobald ihr Anruf entgegengenommen wurde. Auf die Rückfragen, wer sie sei und wo sie sich befände, gab sie ihren Namen an und sagte: „Ich stehe vor der Polizei in Schwaz. Mit dem Auto. Direkt davor. Ich habe die Scheinwerfer an.“

Zwanzig Sekunden später traten hintereinander zwei Polizeibeamte aus dem Licht des Eingangsbereiches in den Strahl der Fahrzeugscheinwerfer.

Amelie hatte es überstanden.

SIEBZEHN

Als Brunner von der Schwester geweckt wurde, die resolut die Vorhänge im Zimmer aufzog und den beiden Männern laut, beinahe energisch einen guten Morgen wünschte, merkte er, dass er im Schlaf oder im Traum geweint hatte. Er konnte sich nicht erinnern, wann bei ihm das letzte Mal Tränen geflossen waren. Alle sagten, dass er ein Mensch sei, der seine Gefühle nicht gerne zeigt. Wenn alle das sagten, musste das ja wohl stimmen.

Erinnern konnte sich Brunner an das, was seine Träume beherrscht hatte: die Hütte. Das kleine Sommerdomizil unterhalb der Brunnsteinspitze. Es war ihm in den letzten Jahren zur eigentlichen Heimat geworden. Von Ende Mai bis Mitte oder Ende September war er glücklich; während der anderen Monate nagte er an seiner Vergangenheit herum. Und er war zerfressen gewesen von seiner Gier nach Vergeltung für das Leid, das seiner Tochter Lonni angetan worden war.

Er hatte geträumt.

Ein Tag war zu Ende gegangen, der Himmel hatte ein Farbenspiel von Gelb über Rot bis Violett geboten, die Luft war kühl geworden und es war ein Genuss gewesen, sie zu atmen. Die Schafe, die er mit seiner Tochter zusammen zu betreuen hatte, waren nahe bei der Hütte. Sie hatten Salz geleckt und trotteten glockenbimmelnd umher, unablässig fressend und dabei ein wahrhaft idyllisches Bild abgebend.

Brunner hatte sich eine Jacke geholt und war dann mit Lonni auf der grob gezimmerten Bank an der Hüttenwand gesessen. Das Holz gab noch die am Tag gespeicherte Wärme ab. Schweigend hatten sie lange in die vereinsamt daliegende Berglandschaft und in den müder werdenden Himmel geschaut, wo allmählich ein Stern nach dem anderen aufleuchtete, und zumindest er war sich bewusst gewesen, dass diese Stunde ein Geschenk an sie beide war.

Gerne hätte er gewusst, wie Lonni darüber dachte, doch er vermied es, sie zu fragen. Er hatte Angst, dass sie ihm eine

Antwort auf einen Zettel schrieb, die ihm alle Freude wieder nahm. Und so war er genauso stumm geblieben wie sie.

Erst als die Abendkühle durch die Jacke und die Hose drang, hatte er zu Lonni gesagt: „Lass uns reingehen und uns was zu essen richten."

Sie hatten Bratkartoffeln gemacht, Karotten, Zwiebeln, Salami dazu gegeben und am Schluss ein Stück allzu hart gewordenen Hartkäse darüber gerieben – eine Art Bauern- oder Hirtenpfanne mit ziemlich allem, was gerade weg musste, weil es am nächsten Morgen schon nicht mehr genießbar sein konnte.

Hier war der Traum gerissen wie ein Film. Zumindest konnte Brunner sich nicht erinnern, dass es an dieser Stelle in seinem Unterbewussten weitergegangen wäre. Irgendwie war es, als hätte er eine Folge einer Daily Soap verpasst, allerdings ohne wirklich etwas verpasst zu haben. Denn das Wesentliche kam in der Fortsetzung, die er träumend durchlebte.

Barfuß stapfte er durch das taunasse Gras eines Herbstmorgens. Die Täler waren von watteweißem Nebel erfüllt. Die Bergspitzen leuchteten, von der Sonne angeschienen. Kleine, strahlend weiße Wolken schienen am Himmel zu segeln. Der Boden war kalt, eisig kalt, und doch genoss Brunner jeden Schritt, der ihn über raues Gras und harten Fels führte. Er lief hinauf in Richtung Brunnsteingipfel, entschlossen, nicht umzukehren, bevor er nicht ganz oben stand. Das Kreuz sah er vor sich; es glänzte silbern im Schein der Morgensonne, und er war allein hier am Berg, ein Privileg, das er ganz besonders genoss. Bisweilen bohrte sich schmerzhaft ein Steinchen in seine Fußsohlen, aber er ignorierte das, wollte nur laufen, laufen, laufen.

Als er dann jedoch nur mehr fünfzig oder ein paar mehr Meter vom höchsten Punkt entfernt war – 2180 Meter stand für die Brunnsteinspitze in den Karten – und er sich noch einmal umwandte, sah er seine Tochter ihm nacheilen. Sie lief schnell, nicht barfuß, sondern in Turnschuhen, und ihre schweren Rastalocken schienen ihr um den Kopf zu fliegen. Keuchend kam sie bei ihm an, ganz geschafft von dem Sprint bergauf, und doch schien sie glücklich. Ihre Augen zeigten eine geradezu kindliche Freude, einen Ausdruck, wie er ihn seit ewigen Zeiten an ihr nicht mehr gesehen hatte.

Das Unglaubliche geschah: Sie, die Berührungen scheute wie heiße Herdplatten, nahm ihn bei der Hand und ging so mit ihm weiter zum Gipfelkreuz. Oben angekommen, standen sie Hand in Hand da und betrachteten das 360-Grad-Panorama, das sie beide natürlich genau kannten, jede einzelne Bergspitze, jeden Taleinschnitt, und das sie doch vielleicht nie zuvor und nie mehr danach derartig intensiv wahrnahmen.

Draußen die Bayerischen Voralpen, im Westen das Wettersteingebirge, im Osten das Karwendel, zu dem die Brunnsteinspitze ebenfalls gehörte, und im Süden die vergletscherten Dreitausender der Stubaier Alpen. Alles ganz klar, in bestem Licht und einfach ungeheuer schön.

„BrunnerPa“, sagte Lonni.

Dieses Kosewort, drei Silben nur, durchschnitt die Stille. Wäre jenseits des nebelverhüllten Tales die Große Arnspitze geborsten und in sich zusammengestürzt, es hätte nicht lauter sein können in seinen Ohren.

Lonni sprach!

Sie sprach. Ein Wort nur, aber das war tausend Mal mehr, hunderttausend Mal, Millionen Mal mehr als das, was er in den letzten Jahren erhofft und in seinen ziellosen Gebeten erfleht hatte. BrunnerPa.

Er umarmte seine Tochter, natürlich umarmte er sie, wollte jetzt selbst etwas sagen, brachte aber kein Wort heraus. Stattdessen liefen ihm die Tränen über die Wangen, Tränen der Freude, des unfassbaren Glücks.

Doch in der Phase des Erwachens und des allmählichen Erkennens der Wirklichkeit mussten sich die Freudentränen in Tränen der Verzweiflung verwandelt haben. Der wunderschöne Traum war zerplatzt wie eine Seifenblase. Das Einzige, was sich herübergerettet hatte aus der anderen, der heileren Welt – waren die kalten Füße.

***

Auf einen herrlichen Herbstmorgen war ein wundervoller Vormittag gefolgt. Tobs, Phil und Gendi hätten später aufbrechen können, doch weil Letzterer in aller Regel früh aufstand, um zu meditieren, hatte er die beiden anderen überzeugt, schon vor dem morgendlichen Berufsverkehr loszufahren und zeitig in Ginzling zu sein, dem Ort, den sie als Ausgangspunkt gewählt hatten.

Tobs erging es wie so oft in seiner alpinistischen Laufbahn: Das Aufstehen zu nachtschlafender Zeit hatte er verflucht, die Anreise war ihm auf die Nerven gegangen. Doch als er dann die Gebirgskette sah, die ihr Ziel bildete, verflüchtigte sich das Gefühl immer mehr. Und als sie dann das Auto abgestellt und die Rucksäcke geschultert hatten, wich die Trägheit gänzlich der Unternehmungslust. Die Berge begannen eine geradezu unwiderstehliche Anziehungskraft auszuüben. Jeder Blick nach oben, dorthin, wo Fels- und Firngrate die scharf geschnittenen Trennlinien von Erde und Himmel markierten, machte Lust, weckte die Begehrlichkeit und das Verlangen, diese Höhen zu erobern – nicht im Sinn von kriegerischem Landgewinn, eher im Sinn einer amourösen Eroberung.

Kurz nach sieben gingen sie beim Ginzlinger Gasthof Breitlahner los. Drei Stunden Aufstieg lagen vor ihnen, und sie ließen sich Zeit. Bummelten mit ihren prallen Rucksäcken beinahe gemächlich taleinwärts, meist nahe am Zemmbach entlang, der mit seinem kristallklaren Wasser, das rauschend, tosend, wispernd und wurrlend daherkam, als eine Art Vorbote auf die tausend Meter weiter oben wartenden Gletscher erschien.

Als sie bei der Berliner Hütte ankamen, die nichts von einer Hütte an sich hatte, eher schon wie ein monströses Berghaus wirkte, riesengroß und den Charme einer lange vergangenen Zeit ausstrahlend, fühlte sich Gendi unwohl.

„Zu viel gekifft in den letzten Tagen?“, fragte Tobs, als er sicher war, dass Phil nichts davon mitbekam.

„Quatsch“, gab Gendi zurück. „Die Buttermilch, die ich auf der Alm unterwegs getrunken habe.“

„Hab ich auch getrunken. Mir fehlt nichts.“

„Ist bei mir manchmal so“, sagte Gendi. „Milch und ich – da herrscht ein gespanntes Verhältnis. Ich mag sie, aber ich vertrag sie nicht immer. Ich werde aber auch nicht schlauer … Schmeckt mir einfach zu gut.“

„Ich sag ja, du kiffst zu viel“, sagte Tobs grinsend.

Gendi übergab sich zweimal auf der Toilette in der Berliner Hütte, keine großen Mengen, kaum mehr, als er zuvor an Buttermilch getrunken hatte. Er fühlte sich jedoch weiterhin mies. Und so verzichtete er darauf, am unterwegs ausgeheckten Plan teilzunehmen und nachmittags der Zsigmondyspitze noch einen Besuch abzustatten.

„Macht ihr das. Ich lege mich ins Lager und versuche, mich zu erholen. Dann bin ich bestimmt morgen wieder fit.“

Für den nächsten Tag hatte Tobs einen Plan gefasst. Bei der Tour zum Großen Möseler würde er Phil auf den Zahn fühlen, würde ohne Umschweife mit ihm reden, würde ihm auf den Kopf zusagen, dass auch bei ihm der Verdacht gewachsen sei, er hätte Schuld, große Schuld am Tod Peter Hennings. Darauf aber, mit Phil jetzt allein unterwegs zu sein und mit ihm über etwas derart Existenzielles sprechen zu müssen, hatte er keine Lust. Doch es gab ja einen Ausweg: Der Aufstieg zur Zsigmondyspitze über die Südwestkante, Genusskletterei mit Stellen im fünften Schwierigkeitsgrad, ließe sich als Zweierseilschaft schließlich noch komfortabler und schneller bewältigen als zu dritt. Die Möglichkeit, das Zur-Rede-Stellen vertagen zu können, lag im Tempo.

„Was hältst du davon, dass wir das Ganze im Laufschritt absolvieren?“, fragte er Phil.

Der schien einen Moment lang nachzudenken, nickte dann und sagte: „Nur Seil, drei Expressen und zwei Fruchtschnitten – so in dem Stil, oder?“

„Genau so. Und unsere Trinkflaschen deponieren wir am Einstieg.“

„Okay“, sagte Phil. „Wie lange brauchen wir?“

„Im Führer steht: zweieinhalb Stunden zum Einstieg, eineinhalb Kletterei zum Gipfel. Dann abseilen und abklettern und auf dem Anstiegsweg wieder zurück zur Hütte. Normalerweise also etwa fünf bis sechs Stunden. Wir könnten es relaxt angehen und in vier Stunden und ein bisschen drüber durchkommen. Aber wenn schon Dauerlauf, dann richtig. Mehr als drei Stunden fünfzehn Minuten wären eine schwere persönliche Niederlage."

Den letzten Satz sagte er mit einem Grinsen im Gesicht.

Gendi, der blass neben ihnen stand und wissen wollte, was sie nun vorhatten, verstand die Ironie – oder auch nicht. Jedenfalls fügte er an:

„Am Limit, oder? Wahrscheinlich bekommt ihr in der Höhenluft der Zillertaler Alpen zu wenig Sauerstoff ins Gehirn und redet bald so unsinniges Zeug wie die Huberbuam oder früher der Messner oder all die anderen, die mit ihren Pseudo-Philosophien die Welt zu beglücken glauben."

Ein Wortschwall, der ihn sichtlich mitnahm. Er war noch fahler nach dieser vielleicht nicht ganz ernst gemeinten und doch nicht ohne ernsten Grund gehaltenen Philippika. Und er sagte nur noch: „Macht doch, was ihr wollt …"

***

Julia war an diesem Tag nicht zur Arbeit gegangen. Sie hatte sich krankgemeldet, Magen-Darm-Geschichte, „bestimmt irgend so ein blöder Infekt". In der Tat ging es ihr nicht besonders. Das hatte aber nichts mit einem Infekt zu tun, nichts mit Übelkeit, Erbrechen, Durchfall. Es war eine heftige innere Unruhe, die ihr zu schaffen machte. Eine Erregtheit, die sie an den Morgen ihrer ersten Abiturprüfung erinnerte, das war lange her, und das jetzt war noch viel, viel schlimmer.

Ich darf keine Fehler machen, dachte sie. Das Ganze ist ein Kartenhaus und ich muss nun die Spitze daraufsetzen. Die kleinste Unsicherheit und alles, wirklich alles stürzt in sich zusammen.

Es ging um nicht weniger als ihre Zukunft.

Ruhig, dachte sie. Ganz ruhig den nächsten Schritt überlegen. Phil ist mit Thanner und dieser zwielichtigen Gestalt namens Candy oder so ähnlich bis mindestens morgen Abend fort. Ich habe noch ein bisschen Zeit.

Sie holte sich einen Kaffee an der kleinen Tabs-Maschine, die in der Küche stand.

Durch die geöffnete Balkontür drangen die Geräusche der Stadt zu ihr herein. Normalerweise genoss sie das; sie war ein Stadtmensch und hatte nie verstehen können, was jemand in der Einsamkeit des Gebirges suchte.

An diesem Tag nahm sie jedoch nichts vom städtischen Flair wahr. Sie vertiefte sich in ihre Überlegungen, suchte nach der richtigen Entscheidung, die sie unbeschadet aus dem Minenfeld herausführen würde, und sie zwang sich, dabei die Ruhe zu bewahren, jeden Gedanken gründlich abzuwägen und alle Eventualitäten in Betracht zu ziehen.

Sie benötigte Zeit, mehrere Stunden, und viele Tassen Kaffee, ehe sie wusste, wie sie vorgehen sollte. Überlegungen dazu hatte sie schon lange angestellt, doch erst jetzt, da dieser Thanner aufgetaucht war, hatte sie sich gezwungen gesehen, einen nächsten Schritt zu planen. Erst jetzt war es nötig geworden, den Kopf aus der Schlinge zu ziehen.

Wenn Phil in den Strudel gerät, dachte sie, muss ich längst in sicherem Fahrwasser sein …

Die letzte Tasse Kaffee war zu viel. Sie schüttete ihn in die Spüle. Dabei bemerkte sie, dass sie trotz morgendlicher Dusche und Körperpflege verschwitzt roch. Sie duschte noch einmal und fühlte sich besser, ja, in jeder Hinsicht gereinigt, nachdem das warme Wasser minutenlang ihre Haut massiert hatte.

Sie frisierte sich vor dem Spiegel betont bieder, steckte die Haare hinten mit einem unauffälligen Gummi zusammen und schlüpfte dann in die dunkle Trauerkleidung, die sie für Peters Beerdigung gekauft hatte.

Sie hatte aus der Beisetzung und den Blicken seiner Eltern ihre Lehre gezogen. Sie verzichtete auf die schwarzen Pumps mit den hohen Pfennigabsätzen, entschied sich stattdessen für anthrazitfarbene Ballerinas. Auch die Schminke ließ sie weg, nicht einmal Lippenstift trug sie auf.

Fertig angekleidet, trat sie vor den großen Spiegel im Schlafzimmer und begutachtete sich kritisch. Alles befand sie für passend, ganz dem Zweck entsprechend und die Wirkung unterstreichend, die sie erreichen wollte. Sie wusste genau, welche Effekte sie erzielen wollte.

Ich bin die trauernde Witwe, dachte sie. Wir waren zwar nicht verheiratet, aber Witwe ist ja doch das richtige Wort.

Ein Lächeln konnte sie sich nicht verkneifen.

Noch war sie allein und unbeobachtet.

Noch konnte sie sich das Lächeln erlauben.

***

Sie lagen gut in der Zeit. Waren von der Berliner Hütte zum Schwarzsee hinaufgestürmt und weiter zum Einstieg ihrer Tour. Der Schwierigkeitsgrad und die Kletterei im grobblockigen Urgestein stellten an keinen der beiden größere Herausforderungen, sodass sie aufs Anseilen verzichten konnten. Phil band sich das aufgeschossene Fünfzig-Meter-Seil auf den Rücken, dann kletterten sie los, völlig ungesichert, jeder auf sich gestellt.

Tobs hatte am Start darauf geachtet, als Erster wegzukommen, und er hatte ein höllisches Klettertempo vorgelegt. Er ließ Phil nie bis zu sich herankommen, war ihm immer ungefähr eine halbe Seillänge voraus, und da er der bessere Kletterer war, hatte er kein Problem, das durchzuhalten. Selbst in den Hauptschwierigkeiten am steilen Gipfelaufschwung benötigte er keine Verschnaufpause, sondern war schon mittendrin in den exponierten Fünferstellen, als Phil diesen Teil der Route erst erreichte.

Tobs mochte diese Art der Kletterei. Zugleich war er sich ständig der Gefahren bewusst: Er konnte einen Fehler machen und abstürzen. Oder er konnte einen anderen Fehler machen

– und Phil würde ihn hinunterstoßen, so wie Peter an der Kleinen Halt …

Wenn es denn so war, dachte er. Wenn es so war. Sind doch immer noch alles nur Vermutungen, Verdächtigungen. Heilfroh wäre ich, wenn sie sich als haltlos und unbegründet herausstellen würden.

Tobs saß auf dem kleinen Gipfelplateau der 3089 Meter hohen Zsigmondyspitze und wartete auf Phil, der zwanzig, dreißig Meter tiefer die letzten Schwierigkeiten bewältigte. Eine ähnliche Perspektive musste Phil eingenommen haben, während Peter Henning heraufgeklettert kam. Und dann war etwas passiert, ein Unfall oder ein Mord, aber im Anblick der wundervollen Berglandschaft, die ihn umgab, mehr noch, in deren zentralstem Punkt er sich zu befinden hätte glauben können, wollte er von Mord nichts mehr wissen. Es war einfach nicht möglich.

Hier, auf dieser Spitze, von wo er bei klarstem Wetter einen unglaublichen Blick auf die Gletscherberge genoss, war eine solche Gewalttat einfach nicht mehr vorstellbar. In der Stadt – dort ja. In den Häuserschluchten, den Hinterhöfen, den finsteren Parks, den schäbigen Spelunken, den kärglichen Wohnungen – dort überall. Genauso aber in den protzigen Villen oder in den auf nobel getrimmten Puffs – alles denkbar. Hier aber?

Es war eine Landschaft, die man hätte träumen können. Ein Panorama, zu dem man eine ebenso gewaltige wie gefühlvolle Musik als Soundtrack hätte hören wollen. Es war, als wäre man um Jahrtausende in der Zeit zurückversetzt worden, als die Welt noch keine Technik kannte und jeder Weg nur mittels Körperkraft zurückzulegen war.

Tobs fühlte sich in diesen Minuten wie ein Überlebender der Sintflut, mit der Gott die Erde gestraft hatte. Hier oben hatte er überleben können, weil das große Wasser nicht so weit heraufgestiegen war. Und nun war die Flut gewichen, das Land lag frei, und Gott mochte eben erst gesagt haben, dass es wieder von Tieren wimmeln solle auf der Erde, dass sie fruchtbar sein und sich mehren sollten.

Nein, er war kein religiöser Mensch. Vielleicht suchte er so etwas Ähnliches wie einen Glauben. Doch davon wusste er nichts. Die Geschichte von Noah und seiner Arche aber war ihm vom schulischen Religionsunterricht haften geblieben, sie hatte ihn tief beeindruckt und er brachte sie immer wieder mit der Urnatur, die er auf seinen Touren in die Berge erleben durfte, in Zusammenhang.

Ein Mord in dieser Welt? Das Alte Testament war voll davon …

„Wahnsinn hier", sagte Phil, als er den Gipfel erreichte und sich neben Tobs auf den Boden setzte. Sie sahen beide dorthin, wo sich die vergletscherten Bergriesen aneinanderreihten.

„Kennst du dich aus?", fragte Tobs.

„Ziemlich", gab Phil zurück. „Da drüben der Möseler, rechts daneben das Schönbichler Horn, ein Dreitausender mit Fußweg, also ohne Gletscherberührung. Da bin ich schon als Kind mit meinem Vater rauf. Weiter östlich der Turnerkamp. Das wäre auch mal was: die Gratüberschreitung Turnerkamp-Möseler. Soll nicht ohne sein …"

Er zeigte mit dem ausgestreckten Arm direkt nach Süden.

„Dort vorne der Schwarzenstein und dann, ein Stück weiter links, der Große Löffler."

„Eindrucksvoll", sagte Tobs. „Wirklich verdammt eindrucksvoll. Auch wenn es bestimmt früher noch eindrucksvoller war, als die Gletscher noch größer waren und weiter heruntergereicht haben."

Phil nickte. Stumm saßen sie da und starrten auf die Berge, die einen gezackten Horizont bildeten. Sie aßen still ihre Fruchtschnitten. Zwei Stunden und drei Minuten waren seit ihrem Aufbruch bei der Berliner Hütte vergangen. Sie waren im grünen Bereich. Wenn nichts dazwischenkam, würden sie das selbst gesetzte Ziel erreichen können. Oder es knapp verfehlen, was schließlich aber auch egal wäre.

Sie machten sich an den Abstieg. Leichte, jedoch ausgesetzte Kletterei, bei der man sich keine Fehler erlauben durfte.

Tobs ließ Phil vorangehen. Ein Stück weiter unten war ein großer Abseilhaken. Phil zog das Seil durch, warf es aus und ließ sich wenig später daran ab, dabei mehrfach die Seilenden von Felszacken lösend und den Seilverlauf begradigend.

Phil tat alles ruhig und zuverlässig. So kannte ihn Tobs von früher her. Und doch hatte er das Gefühl, dass er sich verändert hatte.

Er ist auf der Hut, dachte er. Er weiß, dass ich ihm nachspioniere. Nur, dass er es nicht zu zeigen versucht.

Jetzt war es an Tobs, sich abzuseilen, hinunter zu dem Felsabsatz, wo ihn Phil schon erwartete. Der Rest war Absteigen und Abklettern in leichtem Gelände. Sie konnten den deutlichen Spuren folgen, die von den Kletterern im Lauf der Jahrzehnte in den Gesteinsschutt zwischen dem festen Fels eingeprägt worden waren. Und dann gab es da ja auch noch das eine oder andere neckische Steinmandl, das der Orientierung diente.

Als sie zurück am Einstieg waren, wo sie die Flaschen deponiert hatten und nach einer kurzen Trinkpause nur mehr hinabzurennen hatten zur Hütte, ließ Tobs die Rekordjagd Rekordjagd sein. Phil stand leicht gebückt über seinem Rucksack, im Begriff, das Seil zu verstauen.

Tobs hatte das, was jetzt geschah, so nicht vorgehabt. Er war bis zu diesem Augenblick unschlüssig gewesen, wie er Phil am besten auf die Tragödie ansprechen konnte. Eigentlich hatte er ihn erst einmal nur beobachten wollen. In Erfahrung bringen, ob das der Phil von früher war, dem er vertraut hatte. Oder ob das ein anderer Phil Reichhardt sein würde, einer, dem er einen Mord zugetraut hätte.

Wahrscheinlich lag es daran, dass er auf dem Weg ins Zillertal, dann hinauf zur Berliner Hütte und schließlich zur Zsigmondyspitze rauf und wieder runter, gedanklich keinen Schritt weitergekommen war. Er wusste so wenig wie zuvor, was er von der Sache halten sollte. Und, was noch schlimmer war, er wusste auch nicht, wohin sein Denken, sein Fühlen, seine Intuition tendierten.

„Phil“, sagte er. „Was ist geschehen an der Kleinen Halt? War das wirklich ein Unfall? Oder war es …“

Er zögerte.

„Oder war es etwas anderes?“

Die Stille des Gebirges war in diesem Moment geradezu körperlich spürbar. Sie lag schwer über dem Chaos der felsigen Landschaft und über den Gletschern, die nun in einem müden Licht dösten. Das Licht, die Lautlosigkeit und die völlige Einsamkeit erzeugten ein Gefühl tiefer Unbehaglichkeit. Doch jetzt gab es für Tobs kein Zurück mehr.

„Sag mir, was wirklich geschehen ist.“

Phil richtete sich ganz langsam auf. Ein paar Augenblicke lang blieb er so stehen, stand da mit dem Rücken zu Tobs und wirkte so, als würde er noch einmal das großartige Panorama betrachten. Dann drehte er sich auf dem Absatz um, schnell, sehr schnell, und noch schneller als diese Bewegung sauste sein Arm durch die Luft.

Tobs sah das alles, doch es ging so unglaublich schnell, dass die Erkenntnis vom Ereignis überholt wurde.

Ein Schlag mit der fast noch vollen Trinkflasche aus eloxiertem Metall traf Tobs genau an der linken Schläfe. Er sah einen Blitz, dann gleißendes Gletscherweiß, er glaubte noch, einen Schmerz zu verspüren, es fühlte sich an, als ob sich der Knochen über seinem Auge in sein Gehirn bohrte, doch dann kam das Nichts, eine schwere Woge, die alles überrollte.

***

Julia läutete einmal, zweimal und wartete geduldig. Sie befürchtete schon, niemanden anzutreffen und diesen schweren Gang vergeblich angetreten zu haben. Doch dann hörte sie Geräusche aus dem Innern des Hauses. Schritte, die sich näherten.

Als die Haustür aufging, stand sie mit leicht hängenden Schultern da, in Schwarz gekleidet, und sie schaute mit einem bittenden Blick hinauf zu dem Mann zwei Stufen höher, der sie fassungslos ansah.

„Herr Henning“, sagte sie mit gepresster Stimme, und sie siezte den Mann wieder, der ihr Schwiegervater hätte sein können. „Herr Henning, ich muss mit Ihnen sprechen.“

„Wer ist denn da?“, hörte sie aus dem Haus die ekelhaft leidend klingende Stimme von Peters Mutter. „Heinrich, sag, wer ist da?“

Der alte Henning gab seiner Frau keine Antwort. Er starrte nur auf Julia herab, anscheinend nicht in der Lage, mit seinen Gedanken und Gefühlen klarzukommen.

„Ich muss Sie sprechen“, sagte Julia, jetzt etwas kraftvoller, nachdrücklicher. „Und ich bin mir ganz sicher, dass Sie das auch alles wissen wollen, was ich Ihnen mitzuteilen habe. Lassen Sie mich rein. Bitte.“

Henning trat, die Hand am Türgriff, einen halben Schritt zur Seite – die stumme Aufforderung, Julia solle hereinkommen. Leise, noch immer kein Wort sagend, schloss er die Tür hinter ihr.

ACHTZEHN

Alles erzählte sie. Nichts blieb verschwiegen. Julia machte bei den Hennings reinen Tisch. Es war eine einzige große Beichte, abgelegt im Wohnzimmer von Peters Eltern, wo seine Mutter auf der Couch saß, mühsam gegen ihre Tränen ankämpfend und ständig ein Taschentuch in den Händen knetend, und wo sein Vater auf und ab ging, nicht in der Lage, das alles still an einem Platz sitzend zu ertragen.

Ihre rückhaltlose Offenheit schien Peters Eltern, die doch so grundlegend gegen sie eingestellt waren, den Wind aus den Segeln zu nehmen. Sie waren entsetzt, das ja. Doch sie spürten auch, dass Julia wahrhaft ihr Innerstes nach außen kehrte und sich ihnen offenbarte.

Sie machte das so gut, dass aus den starken Zweifeln geringe Zweifel wurden und diese sich dann ganz auflösten. Was sie zu hören bekamen, war derart intensiv und erschütternd, dass sie es einfach für unmöglich halten mussten, belogen zu werden, einer gekonnten schauspielerischen Leistung auf den Leim zu gehen.

„Ich kann nicht mehr“, sagte Julia. Es war mehr ein Flüstern, doch in dem Zimmer, in dem es außer den Schritten Hennings auf dem Teppichboden und außer dem Ticktack einer altmodischen Wanduhr keine Geräusche gab, klang selbst leise Gesprochenes wie ein Schrei – vor allem in diesem Zusammenhang.

„Ich muss alles sagen, bevor noch mehr passiert. Ich hatte ein Verhältnis mit Phil Reichhardt. Sie können mir glauben oder nicht: Ich habe Ihren Sohn geliebt, immer geliebt. Das mit Phil war etwas ... Ach, ich weiß nicht, wie ich das sagen soll ... Er war so anders, hatte eine Seite, die ich an Peter nicht kannte. Er hat mich erobert, hat mich einfach überrannt, irgendwie. Und ich dachte: schlimm. Schlimm, was ich da angestellt habe, aber es ist jetzt auch aus und vorbei. Ein Fehltritt, der nicht zu verzeihen war, der unsere Beziehung, also

Peters und meine, nicht gefährden durfte. Ich habe ihm nie etwas davon erzählt …"

Sie begann zu schluchzen, fasste sich nach einiger Zeit wieder und fuhr fort:

„Für mich war es ein Fehltritt, den ich durch nichts entschuldigen kann. Für Phil Reichhardt aber war es mehr. Viel mehr. Für ihn war ich offenbar die große Liebe. Er hat mich bedrängt, wieder und wieder, Peter zu verlassen. Aber das wäre für mich doch nie infrage gekommen, das dürfen Sie mir glauben. Phil hat alles versucht, doch ich habe ihn abgewiesen. Dass er dann so weit gehen würde, das hätte ich mir nicht vorstellen können …"

Sie hielt inne, suchte mit ihren Augen den Blick von Peters Mutter einzufangen (die allerdings beharrlich auf ihre knetenden Finger schaute), wandte sich dann Peters Vater zu, der tatsächlich stehen blieb und sie ansah.

„Ich weiß, dass Sie immer mir die Schuld an Peters Tod gegeben haben."

Sie sah von Henning zu seiner Frau und wieder zurück.

„Und irgendwie haben Sie damit sogar recht. Mit meinem Fehltritt hat alles begonnen, dadurch ist alles erst ausgelöst worden. Doch sagen Sie mir bitte, wie hätte ich ahnen sollen, dass er zum Äußersten bereit war?"

Henning stand wie erstarrt, kein Laut mehr außer dem enervierenden Ticktack. Dann ein Schluchzen von Peters Mutter, zweimal, dreimal, bevor wieder Stille eintrat.

„Ich habe nichts davon geahnt. Habe Peters … Tod …"

Julia stockte, rang um Fassung.

„Ich habe seinen Tod für einen tragischen Unglücksfall gehalten. Alles andere wäre für mich unvorstellbar gewesen, völlig absurd. Und ich habe seither in diesem Glauben gelebt. So oft ich eine Rose auf Peters Grab gelegt habe in den vergangenen Monaten, war ich der Überzeugung, dass er das Opfer eines Unfalls geworden ist."

Jetzt schaute zum ersten Mal Peters Mutter auf und schenkte ihr einen Blick. Ob Glauben oder Verständnis oder sogar ein Hauch Mitgefühl darin lag, hätte Julia nicht sagen können. Doch sie spürte, dass sie auf dem richtigen Weg war. Vom Ziel jedoch war sie immer noch ein gutes Stück weit entfernt.

„Ich kann es nicht wagen, Sie um Verzeihung zu bitten“, sagte sie. „Ich weiß, es gibt nichts, wodurch das wiedergutzumachen wäre. Ich möchte Sie nur bitten, mir weiter zuzuhören. Denn, so schwer es mir fällt, das zuzugeben: Es kommt noch schlimmer …“

***

Ricardo Casula, Tobs’ sonst so ruhiger und gelassener Kletterfreund, war auf eine Art nervös, die er eigentlich kaum kannte. Nachdem er tags zuvor in einer Münchner Zeitung gelesen hatte, dass der Wirt der Tiroler Hütte zuerst todkrank aufgefunden worden war und kurz darauf eines Verbrechens verdächtigt wurde, hatte er mit Tobs darüber sprechen wollen. Er hatte ihn auf dem Handy angerufen. Doch der Anruf wurde nicht angenommen. Er versuchte es bei ihm zu Hause, doch auch da ging niemand ran. Es gab so viele Erklärungen für Tobs’ Unerreichbarkeit wie Ricardo Finger hatte. Mindestens. Doch was schwerer wog: Es gab ein ungutes Gefühl. Ganz irrational, durch nichts zu erklären, durch nichts zu belegen.

Bergsteiger, vor allem solche, die abenteuerliche Touren unternahmen, die in Bigwalls herumstiegen, die zu ihren Erfolgen nicht nur Können, sondern oft auch eine ordentliche Portion Glück brauchten, kannten dieses Gefühl. Eine Art siebter Sinn, der sie bei herrlichstem Sonnenschein (und besten Wettervorhersagen) vor einem verheerenden Unwetter warnte. Oder der sie sozusagen im Urin spüren ließ, dass ein als völlig lawinensicher geltender Hang besser nicht mit Ski befahren werden sollte – weil er sich nämlich schon einige Augenblicke später in Bewegung setzte und Schneemassen, auf dreihundert Metern Breite alles mit sich reißend, alles zerstörend, zu Tal donnerten.

Nicht ganz so, aber doch immerhin so ähnlich fühlte sich die Sorge an, die Ricardo plagte und die, auch das ohne erklärbaren Grund, von Stunde zu Stunde noch wuchs. Das Einzige, was er wirklich wusste, war, dass Tobs mit Phil Reichhardt eine Tour unternehmen wollte. Beim letzten Telefonat vor einigen Tagen war von der Knapp-Köchler auf der Südseite des Wettersteingebirges die Rede gewesen. Aber wann genau das geplant war, ob sie das vielleicht schon hinter sich hatten oder erst im Begriff waren, dorthin zu fahren, wusste er nicht.

Am Abend rief er bei Mel an. Zwar wohnte sie Hunderte von Kilometern von den Alpen entfernt und es erschien nicht auf Anhieb realistisch, dass sie über Tobs' Terminkalender wirklich informiert war. Andererseits wusste Ricardo um das eigenwillige Verhältnis der beiden: zuerst stürmische Liebe, dann die bei seinem Freund aufkommende Bindungsangst und dazu die vergeblichen Versuche von Mel, wieder an ihn heranzukommen.

Es war erst ein paar Monate her, dass sie in München Station gemacht hatte, um Tobs wiederzutreffen – was ihr auch gelang, allerdings unter solch dramatischen Umständen, dass ein neuerliches Aufflammen ihrer Liebe kaum möglich war.

„Wahrscheinlich bin ich die Letzte, die von Tobs' Vorhaben irgendetwas erfahren würde", sagte Mel am Telefon. „Er hat mir zwar kürzlich noch eine Mail geschrieben, aber wirklich aussagekräftig war die nicht."

Es trat eine kurze Pause ein. Nichts als das Knistern im Netz.

„Bis du noch da?", fragte Ricardo.

„Was? Ja, natürlich bin ich noch da. Hab nur einen Moment gebraucht, um die passenden Worte zu finden für das, was ich sagen will."

Nochmals das Knistern im All.

„Was ich sagen will, ist das: Ich habe Tobs abgeschrieben. Nicht, dass du denkst, das würde mir leicht fallen. Aber ich glaube nicht, dass es Sinn hat, noch mehr Versuche zu unternehmen, ihn aus seinem Schneckenhaus herauszukitzeln. Irgendwann macht man sich nur noch zum Deppen – und da habe ich wirklich keine Lust mehr dazu."

Ricardo fragte noch, wie es ihr mit dem verletzten Knie ging. Sie sagte ihm, dass sie sich am Meniskus operieren lassen musste, was sie gehörig nervte – nicht wegen des an sich unproblematischen Eingriffs, sondern weil sie damit endgültig aus dem Trainingsrhythmus kam und eine ganze Reihe von Kletterwettkämpfen abschreiben musste.

Ricardo bat sie, mit ihm in Kontakt zu bleiben; Mel freute sich darüber und versprach es fest.

Ansonsten war Ricardo so schlau wie zuvor: Er hatte nichts gefunden, was ihm seine Sorge wenigstens ein klein bisschen genommen hätte.

***

„Was jetzt kommt, werden Sie nicht verstehen können. Sie werden mich verurteilen und mich hassen dafür. Aber ich habe lange mit mir gerungen und bin zu dem Schluss gekommen, dass ich Ihnen nichts, aber auch wirklich gar nichts vorenthalten darf. Ich muss Ihnen die ganze Wahrheit sagen."

Jetzt sah auch Frau Henning zu ihr her. Sie schien Julias Lippen zu fixieren, hochkonzentriert, damit ihr nur kein Wort entginge.

„Nach Peters Tod war Phil für mich da. Er hat sich um mich gekümmert, ich war ja so allein, so hilflos in dieser Situation. Heute glaube ich, dass er das einfach ausgenützt hat … Was heißt da, ich glaube es … Ich weiß es … Es war sozusagen der letzte Teil seines Planes, davon bin ich jetzt überzeugt."

Und sie schilderte in die geradezu atemlose Stille hinein, wie Phil sie für sich gewonnen hatte, wie er ihr Halt und Stütze gewesen und dann zum Liebhaber geworden war, der vom künftigen gemeinsamen Leben träumte und ihr alles in den schönsten Farben ausmalte. Wie sich dann aber, nach und nach, kaum merklich zunächst, dann aber immer beißender, Zweifel einschlichen. Zweifel, die sie nicht zulassen wollte, die an ihr nagten, sie quälten und sich immer mehr in ihr Denken, ihr Herz und ihre Seele verbissen.

„Ich kann Ihnen nicht sagen, was mich letztlich überzeugt hat. Ob es daran lag, dass er nicht wirklich unter dem Bergunfall litt? Dass er eigentlich nicht ernsthaft um seinen Kletterpartner – meinen Lebensgefährten! Ihren Sohn! – trauerte? Dass er ruhig schlafen konnte, nachts nicht schreiend aufwachte, eigentlich die ausgeglichenste Person war, die man sich nur vorstellen kann. Zumindest so lange, bis dieser Thanner auftauchte …"

Henning begann wieder auf und ab zu gehen. Seine Frau saß versteinert, nicht einmal die Hände bewegte sie noch. Sie hing mit ihrem Blick an Julias Gesicht, begierig, mehr und mehr und alles zu hören.

„Ich habe es mir lange nicht vorstellen können", sprach Julia mit kaum mehr vernehmlicher Stimme weiter. „Es ist ja auch jenseits von allem, was man in den schlimmsten Albträumen durchleidet. Aber heute bin ich mir sicher, dass Phil Reichhardt Peter auf dem Gewissen hat. Er hatte gespürt, dass ich Peter nicht verlassen würde. Und so war es ja auch. Ich habe Peter geliebt, trotz meiner Schwächen, trotz meiner Verfehlung …"

Sie weinte, tat es fast lautlos und wischte sich die Tränen mit den Handrücken aus den Augen. Henning trat an sie heran und reichte ihr ein Papiertaschentuch.

„Und jetzt?", sagte er.

Es klang hart, aber nicht barsch. In seiner Stimme lagen weder Wut noch Hass. Julia sah zu ihm auf, rieb sich die Wangen mit dem Papiertaschentuch trocken und begann dann ihrerseits, das feuchte Taschentuch in den Händen zu kneten.

„Jetzt?", sagte sie. „Jetzt ist Phil mit diesem Thanner, der ja ein Privatdetektiv sein soll, zu einer Bergtour aufgebrochen. Die beiden kennen sich von früher her. Doch das ist keine Garantie – wenn Phil herausfindet, dass Thanner ihm auf die Schliche gekommen ist, dann tötet er auch ihn."

„Aber…das kann doch nicht… das darf doch nicht sein …", stammelte Peters Mutter. Sein Vater wirkte gefasster. Er fragte, ob sie wusste, wohin die beiden gefahren waren, welcher Berg, welche Hütte als Ziele galten, und sagte dann:

„Wir müssen die Polizei verständigen.“

Julia sah ihn dankbar an. „Jetzt? Mitten in der Nacht?“

Er nickte und ging zum Telefon im Flur. Seine Frau erhob sich schwer von der Couch, stützte sich mit den Händen im Kreuz und sagte:

„Sie werden … ich meine, du wirst bestimmt etwas trinken wollen …“

***

Gendi knipste seine Stirnlampe an und sah auf die Armbanduhr. Kurz vor elf. Das Matratzenlager war nicht voll belegt, doch immerhin hatten genug Bergsteiger hier Quartier bezogen, dass die Luft zum Schneiden war.

Irgendein Idiot ist immer dabei, der glaubt, die Fenster zumachen zu müssen, dachte er.

Doch der Mief und der Sauerstoffmangel im Nachtlager waren beileibe nicht das Schlimmste. Das war die Erkenntnis, dass Tobs und Phil abgängig waren. Die Schlafplätze neben dem seinen waren unberührt. Da standen zwar am Fußende die Rucksäcke der beiden, doch die Decken lagen noch immer so ordentlich zusammengefaltet wie bei der Ankunft am Nachmittag.

Gendi verfluchte sich. Wie konnte ich nur derart tief schlafen, dass ich nichts davon mitbekommen habe, wie die anderen Leute sich hingelegt haben und, schlimmer noch, nicht mitbekommen habe, dass die Meinen nicht aufgetaucht sind. Es muss etwas passiert sein. Irgendwas. Und ich muss verdammt schnell etwas unternehmen.

Er wand sich aus seinem Hüttenschlafsack, einem dünnen Stück Tuch, das jeder Hüttengast aus hygienischen Gründen unter den Decken zu verwenden hatte. Die Decken schlug er zurück, er stand auf, stellte sich in den schmalen Flur zwischen den Schlaflagern, klatschte in die Hände und rief:

„Alle mal herhören!“

Er hätte auch „Feuer!“ schreien können oder „Es brennt!“

Die panikähnliche Unruhe, die in den nächsten Sekunden entstand, hätte kaum größer sein können. Es wurde durcheinandergerufen, manche sprangen aus ihren Schlafkojen im „Parterre“, andere kletterten von den Stockbetten herunter.

„Was ist los? ... Was ist passiert? ... Ist was passiert? ... Gibt's Frühstück am Bett? ... Was will der Idiot?... Raus hier, raus!!! ... Wer weckt mich da mitten in der Nacht? ... Der Weihnachtsmann, du Penner ... Was jetzt? ... Nun sag schon einer was! ... Leckt mich doch am Arsch ...“

Ein wildes Hin und Her, niemand wusste, was eigentlich los war, und so dauerte es beinahe eine Minute lang, bis alle so weit waren, ihre Stirn- oder Taschenlampen angeschaltet hatten und sich ein Bild von der Situation machten.

Gendi stand einfach da und wartete, bis es ruhiger wurde. Seine Stirnlampe hatte er ausgeschaltet, um selbst gesehen zu werden und nicht nur die anderen zu blenden. Als einer vortrat, ein etwas Älterer mit kurz gestutztem, grauem Bart, und nach dem Grund für dieses Wecken fragte, sagte Gendi so laut, dass es alle verstehen konnten: „Es fehlen zwei.“

Diese drei Worte genügten, um im Schlafraum für völlige Ruhe zu sorgen. Es waren anscheinend nur erfahrene Bergsteiger da, nicht unbedingt Extreme, aber wohl solche, die mit Hochtouren im vergletscherten Dreitausenderbereich bestens vertraut waren. Denn die für kurze Zeit einsetzende Stille belegte, dass sich ein jeder ganz bewusst war, was Gendis Weckruf so kurz nach dem Einschlafen zu bedeuten hatte.

Es fehlen zwei.

Gendi konnte die fragenden Augen nicht sehen, weil eine ganze Reihe von grellen Stirnlampen ihn blendete. Aber er fühlte die Blicke auf sich gerichtet. In knappen Worten schilderte er den anderen Bergsteigern die Sachlage: Zsigmondyspitze; zwei Kletterer; sehr gut, sicher seilfrei aufgestiegen; hätten schon am frühen Abend wieder da sein müssen; er selbst habe von nichts etwas mitbekommen, weil mit Übelkeit flachgelegen und irgendwann tief geschlafen. Die blöde Buttermilch nicht vertragen.

„Und jetzt? Geht's besser?", fragte eine Stimme, die für Gendi nicht zuzuordnen war. Sie kam von irgendwoher, gehörte zu irgendjemandem, zu wem, war letztlich egal.

„Mir ist nicht mehr übel", sagte er. „Zum Glück. Ich bin nur ganz außer mir vor Sorge."

„Kann es nicht sein", fragte eine jüngere Stimme aus der Dunkelheit hinter dem blendenden LED-Licht, „dass die beiden einfach unten in der Gaststube sitzen und sich ein letztes Bier gönnen?"

„Nichts ist unmöglich, aber das ist mehr als unwahrscheinlich." Es war eine Frauenstimme. „Es ist Hüttenruhe, im Gastraum ist das Licht doch längst ausgemacht worden. Da sitzt niemand mehr, das garantier ich euch."

So verwirrend alles in den ersten Minuten war, so schnell entstand dann so etwas wie eine geordnete Organisation. Einige der Bergsteiger bekamen die Aufgabe, im Gastraum und vor dem Haus nachzusehen und vor allem die Wirtsleute oder deren Mitarbeiter ausfindig zu machen und über die Situation zu informieren.

Der Rest, es waren, Gendi eingerechnet, fünf Männer (der jüngste davon noch ein Junge von vielleicht vierzehn Jahren) sowie drei Frauen, kleidete sich an, packte die Rucksäcke und schlüpfte im Eingangsbereich der Hütte in die Trekking- oder Bergstiefel.

Die Wirtsleute hatten noch nicht geschlafen. Sie kümmerten sich sofort darum, die Bergrettung zu informieren sowie ihre Mitarbeiter aus den Federn zu holen, damit die sich dem Suchtrupp anschließen sollten.

„Es sind ja noch jede Menge Leute auf der Hütte", sagte die Chefin des Hauses. „Aber ich glaube nicht, dass es Sinn macht, noch mehr Unruhe zu stiften und alle loszuschicken. Ihr seid erst mal genug. Wir halten hier die Stellung, ihr haltet uns telefonisch auf dem Laufenden. Die Hütte ist sozusagen die zentrale Anlaufstelle für alle Informationen."

Wenig später machte sich Gendi mit sieben Leuten aus dem Matratzenlager sowie vieren von der Belegschaft an den nächtlichen Aufstieg zum Schwarzsee und weiter in Richtung Wandfuß der Zsigmondyspitze.

Die starken Stirnlampen tasteten den Steig und das Gelände ringsumher ab. Alle, die aufgebrochen waren, um zu helfen, hatten die Hoffnung, die beiden Vermissten bald zu finden. Alle – bis auf Gendi.

Er war sich ganz sicher, dass etwas anderes als ein Bergunfall passiert war. Er glaubte nicht daran, die beiden Männer oder auch nur einen von ihnen rasch finden zu können. Es würde ein weiter Weg werden. Und da er als Einziger wusste, dass die beiden nicht nur alpinen Gefahren ausgesetzt gewesen waren, hatte er auch große Angst vor dem, was ihn erwartete.

Gendi hätte viel darum gegeben, sich erst einmal hinsetzen und in eine zehnminütige Meditation versinken zu können. Es war eigentlich genau das, was er jetzt brauchte. Doch es war ihm klar, dass alle anderen ihn für verrückt erklären würden. Er versuchte, in seiner Erinnerung eine Zen-Weisheit zu finden, die ihm die nächsten Stunden erträglicher machen würde. So viele hatte er schon gelesen oder aufgeschrieben, war ihnen gedanklich nachgehangen oder hatte über ihren tiefen Sinn meditiert.

Jetzt aber, da er wirklich eine gebraucht hätte, fiel ihm nicht eine ein.

Er schaltete seine Stirnlampe aus und blickte in den Nachthimmel. Er sah die Milchstraße, die sich als schier endlose, breite Sternenautobahn dahinzog. Ein Anblick, der wunderschön gewesen wäre – unter anderen Umständen.

Er suchte nach Sternbildern, die ihm vertraut waren. Er entdeckte den Kleinen Wagen, den Großen Wagen und Kassiopeia. Und plötzlich fiel ihm doch noch ein Zen-Spruch ein, der zwar nichts mit dem Himmel und den Sternen zu tun hatte, dafür aber umso genauer seine augenblickliche Stimmung traf:

„Das Leben ist, wie in ein Boot zu steigen, das aufs Meer hinausfährt und sinkt.“

NEUNZEHN

„Was mache ich bloß mit dir?“

Tobs hörte die Stimme von Phil, konnte ihn aber nicht sehen, er musste irgendwo hinter ihm sein, wahrscheinlich hockte er in den Steinen und sah ihn an. In dieser Höhe, wo es keine Bäume, keine Latschen, einfach nichts mehr gab, war jede Nacht hell genug, dass man auch ohne Mond und ohne Lampe alles gut wahrnehmen konnte.

Er lag auf eine ganz eigenartige, ihm unergründliche Art gefesselt auf dem felsigen Untergrund. Es fühlte sich an, als wäre er nicht nur an Armen und Beinen gebunden, sondern als wäre der gesamte Körper …

Wie gefangen von einer Spinne, die ihr Opfer gänzlich mit ihrem Faden umhüllt, dachte er.

Es dauerte lange, ehe ihm das volle Ausmaß der Misere bewusst wurde. Er war mit Phil Reichhardt auf die Zsigmondyspitze gestiegen. Dann, als sie wieder unten waren, hatte Phil ihn niedergeschlagen. Tobs spürte einen dumpfen Schmerz im Kopf, ähnlich dem nach einem schweren Alkoholrausch, wie er ihn zuletzt siebzehnjährig durchlitten hatte. Immerhin war der Schmerz erträglich, so lange er den Kopf nicht bewegte. Was allerdings ohnehin kaum möglich war – beim geringsten Ruck glaubte er, eine Schlinge würde sich um seinen Hals zuziehen.

Panik stieg in ihm auf. Die Fesselung erzeugte ungeheure Platzangst und, mehr noch: Todesangst.

„Was soll das?“, schrie er. „Mach mich los, Phil. Hör auf mit dem Scheiß.“ Doch schon das Schreien verengte die Seilschlinge an seinem Hals, was seine Angst ins Unermessliche steigerte.

„Bitte, Phil“, fügte er hinzu, leiser jetzt. Doch er bekam keine Antwort.

Lange Zeit war da nur das Rauschen des nächtlichen Gebirges. Oder war es ein Rauschen in seinen Ohren, herrührend vom Schlag, den er auf den Kopf bekommen hatte?

„Bitte."

Weil er Phil nicht mehr hörte und nicht mehr sah, gab er sich der winzigen Hoffnung hin, er wäre weggegangen und hätte ihn gefesselt liegen gelassen. In dieser Lage war das alles andere als angenehm – und doch würde in den Morgenstunden jemand kommen, ihn finden und befreien. Es konnte aber ebenso sein, dass Phil etwas ganz anderes mit ihm vorhatte. Nur: Warum hatte er ihn dann nicht gleich umgebracht? Einen Felsbrocken auf den Kopf, während er bewusstlos dagelegen war, und alles wäre vorüber gewesen …

Es war nicht das Einzige, was er nicht verstehen konnte. Auch die Tatsache, dass er am späten Nachmittag oder frühen Abend niedergeschlagen worden war und er erst jetzt, in tiefer Nacht, erwachte, gab ihm Rätsel auf. Was war geschehen? Wie konnte das geschehen? Und was hätte anders sein können, wenn er nicht auf die blöde Idee gekommen wäre, mit Phil so nebenbei noch die Zsigmondyspitze zu erklettern?

Plötzlich hörte er etwas. Schritte auf Stein oder im Geröll. Sie kamen näher. Kamen ganz nahe an ihn heran. Sehen konnte er Phil nicht, aber Tobs hatte keine Zweifel, dass er es war. Wer hätte es auch sonst sein können?

„Was soll ich mit dir machen?", hörte er die Frage, die er vor Langem, vor Minuten oder Stunden auch schon vernommen hatte, ein zweites Mal.

Ein deutliches Ausatmen. Phil schien sich hingesetzt zu haben, nicht weiter von ihm entfernt als zwei oder drei kurze Schritte. Und dann begann er in die fürchterliche Einsamkeit des nächtlichen Hochgebirges hinein zu sprechen.

„Ich liebe Julia", sagte Phil. „Ich liebe sie, wie ich noch keine Frau geliebt habe. Für sie würde ich alles tun. Und ich habe für sie alles getan. Und dann …"

Phil schien auszuspucken.

„Und dann kommst du daher und zerstörst einfach alles. Es war ein ganz normaler Bergunfall. Menschliches Versagen, von Henning und von mir. So etwas passiert nun mal. Und es passiert gar nicht so selten. Kein Mensch hatte Zweifel am

Unfallgeschehen. Nicht die Polizei, nicht die Leute von der österreichischen Bergrettung, niemand. Gut, die Alten von Henning, die wollten sich nicht abfinden mit seinem Tod. Ist ja irgendwie verständlich. Aber die hätten nicht leicht jemanden gefunden, der ihrem dummen Geschwätz Glauben geschenkt hätte. Da musstest schon du daherkommen. Der Privatdetektiv Tobias Thanner."

Den letzten Satz sagte er sehr verächtlich. Besonders das Wort „Privatdetektiv" klang so, als sei es das Synonym für etwas absolut Ekliges, Widerliches.

Es folgten Minuten der Stille. Tobs war mit seiner Todesangst wieder ganz alleine. Er versuchte, diese Angst in den Griff zu bekommen. Beim Klettern gelang ihm das meist: Wenn er in einer alpinen Route weit überm letzten Sicherungspunkt in Schwierigkeiten geriet, sei es, weil der Fels kleinsplittrig und brüchig war, sei es, weil er von der idealen Linie abgekommen und ins ziemlich unwegsame Terrain geraten war, hatte er es bisher immer geschafft, sich an den eigenen Haaren aus der Misere zu ziehen – also durch tiefes Atmen seinen Herz- und Pulsschlag zu verlangsamen, ein Zittern gar nicht erst aufkommen zu lassen, die Nerven zu beruhigen, um dann, mental gestärkt, die Schwierigkeiten zu überwinden, die ja beileibe nicht nur klettertechnischer Natur waren, sondern von geradezu existenzieller Tragweite. An solch einer Stelle zu stürzen, hätte gebrochene Knochen bedeutet. Mindestens.

„Du bist ein Idiot", hörte er Phils Stimme wieder. „Ein richtiger Idiot. Was mischst du dich ein in Sachen, die dich nichts angehen und die du nicht verstehst? Geben dir die alten Hennings Geld dafür? Und wenn ja, wie viel? Wie viel haben sie dir in die Hand gedrückt? Komm, red schon! Es würde mich wirklich interessieren, wie viel sie berappen müssen, dass du hier jetzt vor die Hunde gehst …"

Tobs überlegte fieberhaft, wie er aus dieser teuflischen Falle entkommen konnte. Denn eines war klar: Phil würde auch ihn töten. Er spielte nur noch mit ihm – so wie eine Katze mit einer schon halb zerbissenen Maus.

Die Hände kann ich nicht rühren, dachte er. Die Beine kann ich nicht bewegen. Meine ganze Kraft hilft mir hier im Moment nicht weiter. Also …

„Was ist nun?“, fragte Phil. „Sagst du es mir jetzt endlich oder soll ich dir mit einem kleinen Steinchen auf die Sprünge helfen?“

Das Geräusch, das ein Stein verursachte, der vom felsigen Grund aufgehoben wurde, war unverkennbar.

Also muss ich mit Worten kämpfen, dachte Tobs. Ich darf nicht schweigen. Muss ihn in ein Gespräch verwickeln, so wie er mich ins Seil gewickelt hat.

„Zweitausend“, sagte er. „Zweitausend plus Spesen.“

Er hatte keine Ahnung, ob das realistisch war. Aber das spielte auch gar keine Rolle. Hauptsache, Phil Reichhardt glaubte es.

Und der schien den Köder zu schlucken. Lauthals lachte er los. Sein prustendes Lachen schien durch die gesamten Zillertaler Alpen zu hallen. Tobs vermeinte, nur ein paar Sekunden warten zu müssen, bis von irgendwoher ein Echo zurückkam. Oder, was viel besser wäre, eine Antwort. Irgendwer musste das doch hören. Doch es hörte niemand.

Als Phil sich nach langem Lachen, von dem er anscheinend geschüttelt wurde, allmählich beruhigte, sagte er zu Tobs: „Du bist ein noch viel größerer Idiot, als ich es für möglich gehalten habe.“

Erneut musste er lachen, gewann jedoch gleich wieder die Kontrolle über sich. „Wenn du davon ausgegangen bist, dass ich ein Mörder bin, dann musstest du auch davon ausgehen, dass deine Ermittlungen …“

Er setzte „Ermittlungen“ stimmlich in Anführungszeichen.

„… dass deine Ermittlungen auch verdammt gefährlich werden können. Sich das für zweitausend anzutun, zweitausend plus Spesen genaugenommen, ist doch mehr als hirnrissig. Zugegeben: Du hättest auch von zehntausend nichts. Denn, wie heißt es doch so schön: Mitnehmen kann man nichts.“

Tobs wollte ihn schon fragen, warum er dann nur niedergeschlagen und gefesselt worden war. Warum Phil ihn nicht gleich getötet hatte. Doch er entschied sich anders. Er wollte nicht über seinen Tod sprechen, sondern über den Tod von Peter Henning.

„Wenn ich schon sterben muss“, sagte er, „würde ich wenigstens gerne wissen, warum Peters Tod nötig war. Hättest du nicht einfach mit Julia durchbrennen können? Hätte sie ihn nicht einfach verlassen können? Hättet ihr nicht …“

„Hätte, hätte, hätte!“, fuhr Phil ihn an. Er schien aufgestanden zu sein, Tobs hörte Schritte auf festem und in losem Gestein, konnte Phil aber nicht sehen. „Es gibt Dinge im Leben, da hat man keine Wahl mehr.“

„Das kannst du mir nicht erzählen“, bohrte Tobs weiter, ahnend, dass er eine wunde Stelle erwischt hatte. „Peter hätte nicht sterben müssen.“

„Halt dein blödes Maul!“, schrie Phil.

„Das hörst du nicht gerne, ja? Dass du ihn getötet hast, weil es die vermeintlich leichteste Lösung war. Stimmt's?“

„Du sollst das Maul halten. Halt endlich dein Maul oder ich hau dir einen Steinbrocken in deine blöde Fresse.“

Doch Tobs schwieg nicht. Er wusste und spürte, dass sein Leben in der nächsten Minute zu Ende sein konnte, doch er schwieg nicht.

„Du hattest Angst, dass er um Julia kämpfen und sie zurückerobern würde. Ist es das? Dass deine Beziehung zu ihr nicht tragfähig genug war, um dir eurer Sache ganz sicher sein zu können. Du hast befürchtet, dass Julia einen Rückzieher machen würde, seinem Drängen nachgeben und zu ihm zurückkehren würde. Aber so weit war es doch noch gar nicht, oder?“

Er rechnete jeden Augenblick damit, einen brutalen Schlag auf den Kopf zu bekommen. Aber noch geschah nichts.

„Du hast sie geliebt. Das glaube ich dir. Richtig fest geliebt. Und du wolltest auf Nummer sicher gehen: Wenn Peter tot war, stand dir und deiner Liebe nichts mehr im Weg …“

„Nein! Nein! Nein!“

Phils „Neins!“ kamen verbissen, dabei aber weniger wütend, eher verzagt.

„Nein? Wenn es nicht so war, wie ich’s mir denke, dann sag mir, wie es wirklich war. Du willst mich eh umbringen, dann tu mir den Gefallen, sag mir, warum das alles.“

Schweigen. Stille.

Tobs lauschte, vor Angst zitternd, auf irgendein Geräusch, das dem Schlag auf seinen Kopf vorausgehen musste. Doch er hörte nichts dergleichen. Stattdessen Phils Stimme, die jetzt näher und doch auch leiser geworden war.

„Ich sag dir gar nichts. Es geht dich nichts an. Auch wenn du glaubst, dich überall einmischen zu müssen – es geht dich einen Scheißdreck an.“

Wieder Stille. Davor fürchtete sich Tobs am meisten: Dass die Phasen der Stille seinem Gegner (und in früheren Tagen gelegentlichem Kletterfreund) die Zeit geben würden, sich endgültig für Tobs’ Tod zu entscheiden. Er überlegte fieberhaft, wie er weiter argumentieren konnte, jedes Wort und jeder Satz ein Drahtseilakt mit besten Chancen, in den Tod zu stürzen.

„War es anders?“, fragte er.

Er fror. Die Nacht auf dieser Höhe war kalt. Er fror aber nicht nur wegen der Höhe. Es war auch die ungeheure Angst, die ihn frösteln ließ.

„War es Julia, die dich anstachelte? Hat sie es gewollt? Warum …“

„Du sollst aufhören!“

Phils Stimme war wieder laut, schrill.

„Du sollst aufhören.“

Aber Tobs machte weiter.

„Nein“, sagte er. „Sie hat dich nicht aufgefordert, Peter zu töten. Warum auch. Ich kenne sie kaum, aber sie hat auf mich immer einen unterkühlten Eindruck gemacht. Sie ist klug, habe ich recht?“

Schweigen.

„Wenn diese Frau gewollt hat, dass du ihrem Freund den entscheidenden Schubs gibst, dann hat sie es dir nicht sagen müssen. Ich schätze sie so ein …“

Etwas gänzlich Unerwartetes geschah. Phil schrie nicht, wurde nicht laut, im Gegenteil. Mit beinahe weinerlicher Stimme flehte er: „Hör auf. Bitte … hör auf …“

„Hat sie dich manipuliert? Hat sie die Leidende gespielt, leidend darunter, dass sie es nicht schaffte, Peter wegzuschicken? Das hat sie, stimmt's? War sie verzweifelt und hat ihre Sorgen bei dir ausgeheult? Das hat sie, ich bin mir sicher. Und wahrscheinlich hat sie dir wieder und wieder gesagt, dass sie sich nicht entscheiden kann, dass sie einfach nicht in der Lage ist, sich zu trennen, so sehr sie dich liebt und eigentlich ja nur dich liebt und einzig mit dir zusammen sein will. Wenn du das abstreitest, belügst du dich doch selbst …“

In einem Atemzug mehr zu sagen war ihm einfach unmöglich. Die Fesselung mit dem Kletterseil und die unbequeme Lage nahmen ihm die Luft. Sein Atem ging schwer.

„Kann es sein …“, fuhr er fort, nachdem er die kalte Luft begierig eingesogen hatte, „kann es sein, dass sie es genossen hat, einen Mann wie dich derart abhängig von sich zu wissen? Dass es ihr eine Lust war, dass du alles für sie getan hast …“

„Nein.“ Es war nicht zu überhören: Phil weinte.

„Doch. Es war ihr eine Lust, dich zu beherrschen. Und du hast alles für sie getan, sogar getötet.“

Phil schluchzte und konnte sich nicht beruhigen. Mehrmals versuchte er, etwas zu sagen, aber sein Weinen erstickte die Stimme. Es verging gewiss mindestens eine Minute, ehe er in der Lage war, seine Sicht auf die Tat und ihren Hintergrund zu artikulieren.

„Wir hatten eine Beziehung, Julia und ich. Über einige Monate, während sie mit Peter zusammen war. Ich glaube, nein, ich bin mir sicher, dass er nie etwas davon mitbekommen hat. Es hatte nichts mit Liebe zu tun. Sie war eine Eroberung, mehr nicht. Später hat sie mir gestanden, dass es ihr genauso ergangen war. Sie war mir sympathisch, ich fand sie attraktiv, und gerade die Unterkühltheit, die du ihr nachsagst, hat unheimlich anziehend auf mich gewirkt. Mit ihr zu schlafen war das Beste, was ich je erlebt habe … Aber das geht dich eigentlich überhaupt nichts an."

„Phil", sagte Tobs. „Wir kennen uns lange …"

„Sei still", gab Phil zurück. „Sei still und hör zu. Julia …"

Er zögerte.

„Julia trifft an all dem keine Schuld. Es geschah einfach so. Aus unserer flüchtigen Beziehung ist mehr geworden. Wir hatten beide geglaubt, nur den Sex zu wollen und dabei das Abenteuer zu genießen. Aber dann … wenn ich sie zwei Tage nicht gesehen habe, war ich verzweifelt. Und ihr ist es anscheinend ähnlich ergangen. Wir konnten nicht mehr ohne einander. Wir haben uns gequält, ich habe Julia bedrängt, Peter zu verlassen. Bisweilen war sie so weit. Dann zog sie ihre Entscheidung zurück. Sie wollte mit mir leben, aber irgendwie wollte sie auch nicht ohne ihn leben. Es sind Monate vergangen. Das Pendel schlug immer mehr zu meinen Gunsten aus. Und doch wusste ich, dass sie umkippen würde, wenn Peter sie anflehen würde, zu ihm zurückzukehren. Ich habe angefangen, ihm für alles die Schuld zu geben. Er hatte keine Ahnung. Und ich habe angefangen ihn zu hassen. Er, nur er, der Julia eh nicht verdient hatte, er stand meinem großen Glück im Weg …"

„Deshalb musste er sterben", sagte Tobs.

Phil schluchzte, hatte sich diesmal aber schneller wieder im Griff.

„Ich liebe Julia", sagte er. „Das verstehst du doch, oder? Ich liebe sie, liebe sie, liebe sie!"

„Und sie dich auch", sagte Tobs. „Ihre Trauer um Peter kann nicht allzu groß gewesen sein. Sie hat ja jetzt dich gehabt."

Er setzte alles auf eine Karte.

„War sie im Bett jetzt noch besser, noch leidenschaftlicher, wenn sie es mit dem Mann machte, der ihren Freund ermordet hatte? Ihretwegen …"

Tobs hatte das Gefühl, dass Phil aufsprang, nach einem Stein griff, ein paar Schritte hin und her machte, so, als wäre er noch immer unentschlossen. Vielleicht kostete ihn das Töten beim zweiten Mal mehr Überwindung …

Tobs schrie. Er brüllte die Worte heraus, so laut er nur konnte:

„Sie hat es gewusst! Julia hat gewusst, dass du Peter umgebracht hast! Und sie weiß auch, dass du mich umbringst!“

Kein Stein, kein Schlag.

Phil musste sich ein Stück von Tobs entfernt haben, seine Stimme kam von weiter her als zuvor.

„Julia … Julia ist nicht so, wie du sagst … Sie wollte nicht, dass Peter … aber ich … ich habe keine andere Möglichkeit gesehen … Julia hat es zunächst auch für einen Unfall gehalten … natürlich … Nach und nach aber … Man kann ihr nichts verheimlichen …“

„Phil“, sagte Tobs. „Warum bindest du mich nicht los? Wir steigen gemeinsam ins Tal ab. Du hast einen Freund von mir getötet. Ich werde nie mehr was mit dir zu tun haben wollen. Aber du hättest die Chance, in ein paar Jahren ein neues Leben zu beginnen. Mach dich nicht unglücklicher, als du schon bist. Wenn du jetzt noch mehr Scheiß baust, zerstörst du alles.“

„Dich losbinden? Absteigen? Kannst du überhaupt laufen? Ich hab dir die Trinkflasche über den Kopf gezogen. Erst, als du mich zur Rede stellen wolltest. Und dann noch zwei Mal, immer dann, wenn du aufgewacht bist. Ich habe die Zeit gebraucht, um mit mir ins Reine zu kommen. Deshalb habe ich dafür gesorgt, dass du weiterschläfst. Es wäre mir … ja, es wäre mir egal gewesen, wenn du die Augen nicht mehr aufgeschlagen hättest. Aber dafür braucht es wohl schon einen Stein, einen richtigen Brocken.“

Er ist nicht mehr klar im Kopf, dachte Tobs. Ich frage mich, ob er überhaupt noch weiß, was er sagt und tut.

„Sie suchen nach uns“, hörte er Phils Stimme. „Da unten sind Lichter, lauter kleine Lichter. Stirnlampen wahrscheinlich.“

Tobs Herz begann vor Aufregung zu rasen. Lichter, Menschen, Hoffnung, Rettung!

„Sie sind noch weit weg“, sagte Phil.

Tobs versuchte, sich in seinem Kokon aus Seil zu bewegen, damit er etwas davon sehen konnte, doch er sah nur den Himmel, einen wunderschönen Sternenhimmel, hinter dem irgendwo ein Gott wohnen sollte, dem alles scheißegal war.

Er wollte schreien, um Hilfe rufen.

Doch was hilft mir das?, dachte er. Noch vor dem nächsten Atemzug wäre ich tot.

„Du musstest ins Reine kommen“, sagte er stattdessen und horchte in der darauf folgenden kurzen Stille auf die Geräusche sich nähernder Schritte oder Stimmen. Für einen Moment glaubte er auch wirklich, etwas gehört zu haben, aber dann …

„Ich habe lange nachgedacht, was ich mit dir tun soll. Wärst du beim Abstieg von der Zsigmondy gestürzt, hätte es nach einem Unfall ausgesehen. Aber die Polizei hätte Zweifel gehabt. Es wäre der zweite Absturz in kurzer Zeit, bei dem ich dabei war. Die Chance, davonzukommen, war schon da nicht groß. Wie gesagt, die Polizei hätte ermittelt, hätte sich festgebissen, hätte Julia mit hineingezogen, und irgendwann wäre alles kaputtgegangen. Es sind nur zwei Möglichkeiten geblieben …“

Er schien wieder auf und ab zu gehen; das Gelände hier war nicht steil.

„Da du der Einzige bist, der geahnt hat, was an der Kleinen Halt wirklich geschehen ist, musstest du verunglücken. Ich habe damit geliebäugelt, dich in einer Gletscherspalte zu versenken. Aber dann hast du ja diesen ausgeflippten Gendi mitgebracht. Vorbei war es mit dem gut ausgedachten Vorhaben. Natürlich hätte auch in diesem Fall die Polizei ermittelt. Aber so ein Spaltensturz … Man hätte mir nichts nachweisen können. Als ich dir dann hier oben eins über die Birne zog, war das nicht geplant. Es geschah sozusagen im Affekt. Als du mich auf Peter angesprochen hast, da musste ich handeln.“

„Ich denke, es kommen Leute, die nach uns suchen“, warf Tobs ein.

Er hatte jetzt nur noch Angst. Angst, dass ihn Phil in seiner Verzweiflung – denn aus seinen Worten und dem Klang seiner

Stimme war vor allem Verzweiflung herauszuhören – töten würde. Sinnloserweise – sie würden ihn bald fassen und er würde ja ohnehin im Gefängnis landen.

„Bind mich los. Phil, bind mich los“, flehte er. Doch Phil ging nicht darauf ein.

„Ich hatte große Lust, dich zu erschlagen“, sprach Phil weiter. „Du bist es, der mein Leben, mein Glück, meine Liebe zerstört hat. Allein dafür hättest du es verdient, dass ich dir einen riesigen Stein auf deinen blöden Kopf fallen lasse.“

„Warum tust du es dann nicht?“, brüllte Tobs so laut er nur konnte, hoffend, auch die Suchmannschaft würde ihn hören.

„Warum ich es nicht tue?“ Phil lachte. Es klang grauenvoll. „Wir sind zusammen geklettert“, sagte er. „Das verbindet irgendwie doch auch, oder?“

Peter hat das nichts geholfen, dachte Tobs, schwieg aber und horchte auf die Geräusche von Schritten, die er sich nicht mehr nur einbildete. Doch er wusste auch, dass die Rettung noch weit weg sein konnte.

„Ich habe nachgedacht. Während du hier herumgelegen hast wie eine abgestochene Sau, ist mir klar geworden, dass ich verloren habe. Bringe ich dich um, dann verende ich im Knast. Julia wird das nicht aushalten. Sie wird fortgehen, ein neues Leben beginnen, mit einem anderen Mann. Bringe ich dich nicht um, ist auch alles aus. Ich haue ab, versuche, durch die Berge zu verschwinden und irgendwo unterzutauchen. Was für ein Leben? Mit Sicherheit eines ohne Julia. Was würdest du an meiner Stelle tun, wenn alles verloren ist …“

Plötzlich sah Tobs die Gestalt Phils über sich. Es war Nacht, doch die Sterne gaben hier oben am Berg Licht genug, um auch den schweren Steinbrocken in Phils Hand zu sehen.

„Was würdest du tun? Würdest du dich zuletzt noch rächen an dem Kerl, der dir alles versaut hat? Oder würdest du ihn einfach liegen lassen, um nicht noch mehr Schuld auf dich zu laden? Sag …“

„Ich würde …“, begann Tobs tonlos, doch weiter kam er nicht.

Er sah, dass Phil den Arm hob und den Stein mit aller Gewalt schleuderte. Er schloss die Augen. Er hörte den Aufschlag, spürte, dass ihn Splitter im Gesicht trafen. Doch da war kein Schmerz, da war keine Ohnmacht. Der Stein musste in einiger Entfernung aufgeschlagen sein. Phil hatte ihn verfehlt. Verfehlen wollen.

Er hörte Schritte, Schritte, die sich schnell entfernten.

„Thanner!"

Phil Reichhardt lief weg, blieb stehen, rief ihm noch etwas zu.

„Thanner, du verdammtes Arschloch. Sag Julia, dass ich sie liebe und dass ich alles, was ich getan habe, aus Liebe getan habe. Sag ihr das, hörst du? Sag ihr das …"

Die Stimme entfernte sich und Tobs fragte sich, wohin.

„Ohne sie kann ich nicht leben", hörte er Phil noch einmal. „Sag ihr das!"

Dann trat so etwas wie Stille ein. Das Rauschen des Gebirges, unterbrochen von fernen Schritten und Wortfetzen.

Tobs zitterte. Er hoffte und bangte.

War nun alles vorüber?

Alles war vorüber.

Kein guter Tag

Was Jakob Brunner sich so sehnlich erhofft hatte, war in Erfüllung gegangen. Hosp, der Innsbrucker Kommissar, hatte sich dabei als guter Geist entpuppt.

„Deine Tochter und ihre Freundin kommen heute raus", hatte er gesagt. „Der Richter sieht keinen Grund, die beiden in Untersuchungshaft zu behalten. Sie haben den Tathergang geschildert – deine Tochter hat natürlich nichts gesagt, aber die Protokolle unterschrieben –, sie haben ihre Schuld eingeräumt, und ich habe genauso wie der Richter das gute Gefühl, dass sie bereit sind, die Verantwortung für das, was sie getan haben, zu übernehmen. Mit ein bisschen Glück und einer Richterin, die niemandem ihre Männlichkeit beweisen muss, könnten beide mit einer erträglichen Strafe davonkommen."

„Ich würde Lonni gerne treffen, bevor ich in den Bau wandere", hatte Brunner gesagt. „Aber nicht hier, nicht im Krankenzimmer. Einmal noch das Gefühl haben, mit ihr zusammenzusitzen wie ganz normale Leute …"

Hosp hatte gelächelt. „Was spricht dagegen?", war seine Antwort. „Du läufst ja schon wieder herum, hat mir die Stationsschwester gesagt. Dabei wird dir aufgefallen sein, dass kein Uniformierter vor deinem Krankenzimmer Wache hält, oder?"

Brunner, der seitlich auf dem Bett saß, den Rücken dem alten Mann zugekehrt, der nicht mehr vor sich hinsprach, sondern wie teilnahmslos zur Decke sah, hatte genickt.

„Ich gehe davon aus, dass du dich nicht aus dem Staub machst. Dass ich dein Wort habe, oder? Also werde ich dafür sorgen, dass du so etwas Ähnliches wie Ausgang erhältst, wenn deine Tochter dich heute besuchen kommt. Gleich im Gebäude gegenüber ist eine ganz nette Cafeteria. Dorthin solltest du mit ihr gehen. Am besten, du legst schon mal den Bademantel ab, rasierst dich und ziehst dir was Richtiges an."

***

Für die jungen Leute von der Bergrettung war es kein guter Tag. Die meisten von ihnen hatten schon mehrfach Schwerverletzte und auch tödlich Verunglückte zu sehen bekommen. Das brachte ihre Aufgabe einfach mit sich. Wenn jemand bei einer etwas leichteren Klettertour abrutschte und ins Seil stürzte, dann führte das im geneigten Felsgelände häufig zu schweren Verletzungen: Offene Brüche waren dann nichts Seltenes. Bei der Vielzahl von Menschen, die bergbegeistert über die Gletscher pilgerten, kam es auch immer wieder vor, dass jemand bei einem an sich harmlosen Sturz – die Steigeisen waren in den Gamaschen hängen geblieben; das allein genügte schon – in den eigenen Eispickel fiel und sich die scharf geschliffene Spitze in den Bauch bohrte. Kein schöner Anblick.

Und natürlich war die Bergung eines im Gebirge tödlich verunglückten Menschen immer mit Eindrücken verbunden, die sich in die Köpfe und die Seelen der Helfer einbrannten und die sie nicht mehr loswurden. Erschütternd war dabei oftmals, dass es sich bei den Verunglückten nicht um die extremen Bergsteiger handelte, also nicht um solche, die sich der Gefahren bewusst waren, mehr noch, sie suchten und herausforderten. Es waren die Wanderer und Normalbergsteiger, die auf schmalen Wegen ins Straucheln kamen oder in einem Moment der Unachtsamkeit oder auch der starken Ermüdung einen Fehler machten, einen winzigen vielleicht nur, für den sie dann allerdings den höchsten Preis bezahlen mussten: mit ihrem Leben.

Mit in sich verdrehten Körpern, zerschmetterten Gliedmaßen, offenen Schädeln, nicht selten auch verstreut liegenden Körperteilen wurden die sterblichen Überreste dann hundert oder viele hundert Meter tiefer von den Bergrettungsleuten geborgen.

Ein Scheißjob!

Phil Reichhardt war am Morgen von der Besatzung eines Helikopters gesucht worden. Das Licht war gut, es sollte wieder ein strahlend schöner Tag werden. Aus der Hubschrau-

berperspektive waren Bergsteiger als schwarze Ameisen auf dem weißen Gletscherfirn zu erkennen. Die meisten waren schon vor Sonnenaufgang aufgebrochen. Viele genossen nun bestimmt die besondere Stunde des Tagesanbruchs, ohne zu wissen, welch große Tragödie sich unweit ereignet hatte. Dass etwas passiert sein musste, war aber wohl allen bewusst: Ein ständig an der Zsigmondyspitze kreisender Helikopter verhieß nichts Gutes.

Es hatte lange gedauert, bis der Leichnam entdeckt worden war. Der Laie stellt es sich ganz leicht vor, eine einzelne Person im Niemandsland des Gebirges aus der Luft wahrnehmen zu können. Im Urgestein der Zillertaler Alpen jedoch war es die sprichwörtliche Suche nach der Stecknadel im Heuhaufen. Die Felsberge bestanden aus unüberschaubarem Blockwerk. Von oben gesehen glich alles einem Chaos aus riesigem Gesteinsschutt, so als wäre bei der Entstehung dieses Gebirges vieles explodiert und geradezu pulverisiert worden.

„Wenn jemand in Bergnot ist und Signale gibt, sei es mit einem farbigen Tuch oder mit einem Spiegel oder einer Lampe, dann ist das leichter zu schaffen", räumte der Helikopter-Pilot ein. „So aber … Das Gestein ist flechtenbewachsen, weist also Farbigkeiten auf, die durch den jeweiligen Lichteinfall noch verstärkt werden. Das macht es dann verdammt schwierig …"

Es dauerte über eine Stunde, während der die Crew, den spärlichen Angaben von Tobs folgend, die Zsigmondyspitze und ihre unmittelbare Umgebung abflog, dabei immer noch in der Hoffnung, sie würden den Gesuchten lebend finden.

„Ist einfach ein schönerer Anblick als immer diese ganze Sauerei", sagte der Copilot.

Ein Wunsch, der nicht in Erfüllung ging.

Phil Reichhardt lag östlich der Kante, die er am Nachmittag zuvor mit Tobs geklettert war. Er musste dort wieder hinaufgestiegen sein, nachts, im fahlen Licht der Sterne. Ziemlich weit oben, wahrscheinlich knapp unterhalb der schwierigsten Stelle, musste er abgestürzt sein. Wobei „abgestürzt" wahrscheinlich nicht das richtige Wort war. Nach allem, was Tobs

Thanner berichtet hatte, war Reichhardts Kletterei nicht dem Vergnügen, nicht der Abenteuerlust geschuldet.

„Der wollte Schluss machen", hatte Thanner gesagt. „Nachdem er herausgefunden hatte, dass ich um seine erste Tat wusste, saß er in der Klemme – so oder so. Er hätte mich einfach laufen lassen und warten können, bis die Polizei ihn in Gewahrsam nimmt. Oder er hätte mich töten können – Mord Nummer zwei. Und jeder Verdacht wäre auf ihn gefallen. Für ihn war es vorbei."

Alles sprach dafür, dass Reichhardt an einer Stelle abgesprungen war, wo der Berg steil ostwärts zum sogenannten Sonntagsfeld und zum Floitengrund hin abfiel. Vermutlich stürzte er die ersten achtzig bis hundert Meter in freiem Fall (allenfalls, dass er den Fels an ein oder zwei vorspringenden Absätzen touchierte). Dann aber musste er in geneigterem, schrofigem, felsbrockigem Gelände aufgeschlagen sein – mindestens drei Mal, wie die Bergretter anhand der Blutspuren und sonstiger menschlicher Überreste eruieren konnten.

Von der Stelle an der Kante, wo er in den Tod gesprungen sein musste, bis dorthin, wo man den Großteil seines Leichnams auffand, waren es – geschätzt – zweihundert Höhenmeter. Die große Fallhöhe und das mehrmalige Aufschlagen des Körpers erklärten denn auch, warum der Leichnam Phil Reichhardts derart zerstört aussah.

„Den hat's richtig zerlegt", sagte einer der etwas älteren, erfahreneren Bergretter, die mit dem großen schwarzen Plastiksack an der Fundstelle eintrafen. Einer der jüngeren musste sich beim Anblick der Leiche übergeben und war an diesem Tag für nichts mehr zu gebrauchen – während seine Kollegen die Umgebung nach der rechten Kopfhälfte, nach einem Bein und einer Hand absuchten (und schließlich insoweit fündig wurden, als beinahe alles, was je zu Phil Reichhardt gehört hatte, wieder beisammen war).

Auch wenn der Ältere mit seinem Sarkasmus die Tragik zu überspielen versuchte und die meisten Jüngeren in seinem Team damit anzustecken vermochte, so war es doch für ihn *genauso wie für die anderen ein absolut schlimmer Tag voller grausamer Eindrücke und Bilder. Und weil sich solche Bilder nicht verdrängen lassen, würde sich ein jeder von ihnen noch lange und vielleicht auf immer an die Leiche unter der Zsigmondyspitze erinnern.*

***

Brunner und seine Tochter Lonni saßen in der Cafeteria, tranken Almdudler und Cappuccino, und sie schwiegen lange. Er hatte seine große Hand auf die ihre gelegt und sie hatte es sich gefallen lassen. Es war früh am Nachmittag und es herrschte reger Betrieb im Lokal; zu den „geländegängigen" Patienten und den an weißen oder grünen Kitteln erkennbaren Personen vom Krankenhauspersonal gesellten sich immer mehr Menschen, die zu Besuch kamen und die davor oder danach noch rasch eine leibliche oder seelische Stärkung nötig hatten. Die meisten Tische waren besetzt, niemand achtete auf Brunner und Lonni, alle hatten mit sich selbst zu tun.

Wir könnten aufstehen, rausgehen, das Gelände verlassen, dachte Brunner, und mit einem Taxi irgendwohin fahren. Verschwinden, dachte er.

Hosp war vor einer halben Stunde mit Lonni ins Krankenhaus gekommen, hatte sie beide in die Cafeteria begleitet und sich dann ohne viele Umstände verabschiedet.

Es geht nicht, dachte Brunner. Er vertraut mir. Und es macht keinen Sinn, wieder auf der Flucht zu sein, so wie damals … Für einige Sekunden kehrte die Erinnerung an die gewalttätige Auseinandersetzung zurück, aus der er vor vielen Jahren als Sieger hervorgegangen war. Allerdings war der Mann gestorben – was Brunner nicht beabsichtigt hatte. Und er selbst war für lange Zeit ins Gefängnis gewandert.

Dafür bin ich zu alt, entschied er für sich.

Er fragte sich, wie Lonni aus dieser Misere herausgehen würde. Ob sie vor ein mildes Gericht gestellt werden würde, das die Vorgeschichte entsprechend berücksichtigte. Wie sie klarkäme, wenn er, ihr BrunnerPa, ein weiteres Mal in den Bau musste und bei seiner Vorgeschichte nicht auf Milde hoffen durfte.

„Ich weiß nicht", sagte er leise, so leise, dass es an den Nachbartischen niemand hören konnte, „ob du ins Gefängnis musst oder nicht. Aber, was auch immer geschieht: Versprich mir, dass du dein Leben in die Hand nimmst. Dass du nicht mehr den Sachen nachhängst, die in der Vergangenheit geschehen sind, so schlimm sie auch waren …"

Lonni zog die Hand unter der seinen heraus. Sie holte einen kleinen Block und einen Filzschreiber aus der Tasche, die neben ihrem Stuhl am Boden stand.

„Du könntest mir einen Gefallen tun", fuhr Brunner fort. „Du erinnerst dich an Tobs Thanner, den wir ein paar Tage bei uns oben versteckt haben. Mach ihn ausfindig und lass ihn wissen, was geschehen ist. Okay?!"

Lonni nickte. Dann schob sie ihm einen Zettel über den Tisch:

„Der Zweite läuft noch frei rum."

Brunner las, nahm das Papier und knüllte es zusammen.

Er sah sie an und nickte. Es dauerte lange, bis er die richtigen Worte fand.

„Das stimmt schon. Aber wenn du jetzt nicht aufhörst, dich rächen zu wollen, wird er noch mehr in dir zerstören, als er ohnehin schon zerstört hat. Du musst aus diesem Gefängnis ausbrechen. Du musst … ich weiß, das ist leichter gesagt als getan … dein eigenes Leben in die Hand nehmen. Du musst wieder leben wollen und irgendetwas mit dir anfangen …"

Lonni kritzelte erneut etwas auf den Block.

„Ich will mir eine Kamera kaufen und besondere Sachen fotografieren. Sachen, die keiner sonst beachtet."

Er wusste nicht, worauf sie hinauswollte, wie sie auf diese Idee gekommen war. Doch das war ihm völlig egal. „Ich will mir eine Kamera kaufen …" war von weit mehr Optimismus beseelt als alles, was in den letzten Jahren von ihr ausgegangen war.

Er wollte erneut ihre Hand nehmen, doch sie entzog sie ihm, schüttelte ihn geradezu ab. Sie wollte noch etwas schreiben, und er hatte das Gefühl, dass es sich dabei um die wichtigste Mitteilung von allen handelte. Er hatte recht. Auf dem Block, den sie ihm zuschob, stand: „Ich will versuchen, wieder sprechen zu lernen."

Brunners Augen wurden feucht, dann liefen ihm Tränen über die Wangen, die er sich verstohlen abwischte. Er genierte sich vor all den Leuten, doch es nahm niemand Notiz von ihm.

Lonni legte ihre Hand auf die seine.

***

In derselben Cafeteria saß zur selben Zeit Frau Doktor Hillmeier mit einem Kollegen zusammen, der wie sie gerade zwanzig Minuten Pause hatte und der diese für einen kleinen Schwarzen und eine Kirschschnitte nutzte. Er war Notarzt und als solcher ständig zu Einsätzen unterwegs, wo es um Leben oder Tod ging.

„Wie ist deine Quote?", fragte er, während er den Zucker in die Espressotasse löffelte. Er sagte es mit einem Lächeln, doch in diesem Lächeln lag etwas Sarkastisches, beinahe Galliges.

Hillmeier verzog das Gesicht. Sie wollte eine Pause, etwas trinken, danach eine rauchen, hatte nicht die geringste Lust auf Doktorspiele. Aber sie mochte Karl, traf ihn gern, und sie hatte Verständnis für seine Art, den oft unerträglichen Druck abzubauen. Den Job rein technisch aufzufassen, den verunglückten Menschen also nur als eine Konstellation von funktionierenden und defekten Organen, Muskeln, Gelenken, Nerven und Zellen zu begreifen, war das eine. Jeder Arzt redete sich ein, das zu können. Doch tief im Inneren wusste auch jeder, dass es damit nicht getan war. Dass niemand eine Haut hatte, die das Elend abschütteln konnte wie ein Regenanorak die Nässe. Hinter jedem Patienten standen Menschen, die durch die Geschehnisse in erschütterndes Leid gestoßen wurden: Angehörige, Freunde, Kollegen.

„Ein Erfolgserlebnis nach zwei Todesfällen in den letzten Tagen“, sagte sie. „Schwere Kopfverletzungen. Am Anfang standen die Chancen nicht gut. Aber wir haben ihn so weit hingekriegt, dass er durchkommt. Na gut, von Erfolg zu sprechen ist auch nur bedingt richtig. So, wie es im Moment aussieht, wird er nie mehr ganz. Einige Schäden sind irreparabel. Wahrscheinlich wird der Mann – er ist noch jung – immer auf Hilfe angewiesen sein. Dafür muss er dann nicht ins Gefängnis. Soll eine junge Frau vergewaltigt haben …“

Sie trank einen Schluck von ihrem Orangensaft.

„Manche Lebenswege sind ziemlich beschissen.“

Mit einer Papierserviette tupfte sie sich den Mund ab.

„Und, bei dir?“, fragte sie dann.

„Fifty-fifty“, gab Karl zurück. „Eine hat sich die Pulsadern aufgeschnitten, gleich hier um die Ecke, in einer Pension. Der Vermieter hat sie gefunden. Sie hat noch gelebt, als wir eintrafen. Aber es war schon zu spät. Ganz jung noch. Kein Abschiedsbrief. Nichts. Das geht einem schon nahe …“

„Und der andere Einsatz?“

„Ein Mann in Jenbach. Sie haben uns geholt, weil die dortigen Notärzte alle schon anderweitig unterwegs waren. Eine Frau hat ihm ein Trumm über den Schädel gezogen. Außerdem sind heftige Verätzungen in den Augen festgestellt worden. Er war übel zugerichtet, aber die Verletzungen durch den Schlag oder die Schläge waren nicht so schlimm, wie auf den ersten Blick anzunehmen. Sein Problem sind die Augen. Wenn der jemals wieder was sieht, kann er eine Wallfahrt nach Maria-Waldrast machen. Wahrscheinlich kann er sie sich sparen …“

Hillmeier sah ihn nachdenklich an. Dann sagte sie:

„Sag mir eins, Karl: Würdest du, wenn du wieder auf die Welt kämst, denselben Job noch mal machen wollen?“

Karl, der Notarzt mit elf Jahren Berufserfahrung, zog die Lippen nach innen und zuckte mit den Schultern. Das war die ganze Antwort.

***

Kaum, dass die Sonne hinter den Dächern verschwunden war, wurde es auch schon kühl. Ricardo Casula, Gendi Koch und Tobs Thanner saßen auf der Stufe vor Tobs' Haustür, blickten in den Vorgarten, wo zwischen Sträuchern das Unkraut wucherte, und tranken ihr Bier aus den Flaschen.

„Und?", sagte Ricardo nach einigen Minuten der Stille. „Hast du noch immer nicht genug von dem Ganzen hier, Monsieur Poirot?"

Er deutete mit einer Kopfbewegung auf das Schild, das neben der Eingangstür angebracht war: „Tobias Thanner. Fahndung – Sicherheit – Diskretion".

„Wer?", fragte Tobs.

„Poirot. Meisterdetektiv bei Agatha Christie."

Tobs zuckte mit den Schultern. Ob er damit zeigte, dass er den Roman-Detektiv nicht kannte oder aber zum Ausdruck bringen wollte, dass er noch nicht wusste, wie es für ihn weitergehen sollte, erschloss sich für Ricardo nicht.

Denn Tobs hatte nicht die geringste Lust, sich jetzt über seine Zukunft Gedanken zu machen. Er stand noch ganz unter den Eindrücken der letzten Tage und der letzten Nacht. Und er wusste, dass er Julia noch aufsuchen musste, um ihr zu überbringen, was Phils letzte Worte an sie waren. Und dass er einen Bericht schreiben würde über all das, was er erfahren hatte, und dass er diesen Bericht zur Polizei bringen und eine Kopie an Peter Hennings Eltern schicken musste.

Auch hatte er die Geschichte mit Elena Donath – seinen ersten Fall als Privatermittler – noch längst nicht verarbeitet. Und dazu kamen die Informationen über Brunner und seine Tochter Lonni, die ihn schmerzlich bedrückten.

Nun zu sagen: Ich gebe meinen Job auf und sperre meine One-Man-Detektei zu – das wäre voreilig gewesen (auch wenn eine innere Stimme ihn barsch dazu drängte). Genauso blöd wäre er sich vorgekommen, wenn er einfach nur „Weiter so!" gesagt hätte. Von Tragödien wie jener in der vergangenen Nacht, von Mord, Totschlag und Suizid hatte er dermaßen genug … So etwas im Krimi zu sehen, ist das eine, dachte er.

Es selbst zu erleben, ist etwas ganz anderes.

Er sah zu Gendi, dann zu Ricardo, und nahm einen weiteren Schluck vom Bier.

„Frag mich ein andermal", sagte er. „Heute ist dafür kein guter Tag …"

Rother Bergkrimi – bereits erschienen:

ISBN 978-3-7633-7062-7

Eigentlich könnte es Martin Keller bestens gehen: Er arbeitet erfolgreich bei einer Konstanzer Pharmafirma, hat eine attraktive neue Freundin und wohnt in unmittelbarer Nähe zu seinen geliebten Bergen.
Doch dann entdeckt er durch Zufall etwas, was er nie hätte erfahren dürfen. Nun muss er wählen zwischen Loyalität und ärztlichem Gewissen. Um sich über seine Situation klar zu werden, fährt er in die Tiroler Berge. Doch während einer Rast auf dem Gipfel muss er mit ansehen, wie zwei Männer seinen Campingbus im Tal aufbrechen und anschließend in seine Richtung loslaufen.
Eine gnadenlose Verfolgungsjagd durch das Gebirge beginnt, die für einen der Beteiligten tödlich endet.

Rother Bergkrimi – bereits erschienen:

ISBN 978-3-7633-7041-2

Tobs Thanner, der eigentlich nichts anderes tun möchte als bergsteigen und klettern, entscheidet sich notgedrungen für einen Job, der ihm, so hofft er, genug Freiräume lässt: Als Privatermittler will er sich um so lapidare Angelegenheiten wie das Beschatten vermeintlicher Ehebrecher oder die Rückführung eines gestohlenen Autos kümmern.
Doch gleich sein erster Auftrag wird zur Katastrophe. Der Fall lässt Thanner in tiefe menschliche Abgründe blicken und teilhaben an einer Beziehungsgeschichte mit grauenvollem Ausgang.
Hart, psychologisch fein geknüpft und mit einem melancholischen Grundton erzählt Stefan König diesen Krimi. Immer am Rand des Abgrunds – und dann auch darüber hinaus …